傭兵団の料理番 9

川井昂

JN054147

ヒーロー文庫

傭兵団の料理番
9
Youheidan no Ryouriban
illustration：四季童子

CONTENTS

イラスト／四季童子
装丁・本文デザイン／5GAS DESIGN STUDIO
校正／福島典子（東京出版サービスセンター）
DTP／伊大知桂子（主婦の友社）

この物語は、小説投稿サイト「小説家になろう」で
発表された同名作品に、書籍化にあたって
大幅に加筆修正を加えたフィクションです。
実在の人物・団体等とは関係ありません。

プロローグ　シュリ

「あー……なんでこうなったんだっけかなぁ」

皆様どうもこんにちは。シュリです。

正直、元気よく挨拶する気力すらありません。おざなりですすまん。

なんでかというと、僕が今いるのが、

「なーんで牢屋《ろうや》に入れられたんだっけかなー」

そう、牢屋なわけです。

僕は現在、地下に作られた石造りの牢屋の真ん中で体育座りをしているのです。

魔工ランプの光があるためそれほど暗くないんですけど、だからといって辛《つら》くないというわけでもなく、むしろ何もないのに明るすぎて辛すぎる。

僕は体を揺すりながら、暇を潰したりしてます。暇すぎるもん。

この地下牢、何もなくて暇も潰せない。暇すぎる。辛い。

「あー……辛いわー」

「やかましいわ！」

そんな僕に、牢屋《ろうや》の奥から酒焼けした声が響きました。

振り返ると、そこには先住人の大男が寝っ転がって僕を睨《にら》んでいます。

「この地下牢は、独り言もかなり響いてうるさいんだよ。もう少し静かにしろぃ」

「すみませんね、アドラさん。いえ、暇すぎて」

僕が謝罪すると、大男……アドラさんは、鼻を鳴らして再び目を閉じました。

このアドラさん、僕が牢屋に入れられたときにすでにいた人で、ずっと長いことここにいるらしいです。

何の罪状で閉じ込められてるのか、といった話は全くしてません。

僕も牢屋にぶち込まれたショックで、そんな話をする余裕がないわけでして。

「どうしてこうなったんだっけ……?」

新しい国で働いて、料理を作って、牢屋にぶち込まれる。

この一連の流れがどこから始まり、今に至るのか。

僕はそれをゆっくりと思い出すことにしました。

五十六話　祝勝会と子豚の丸焼き ～シュリ～

この話は……そうだな……あれは、数日前のことでした。


どうも皆さん、シュリです。お疲れさまでございます。

アルトゥーリアの革命に巻き込まれつつアーリウスさんを助けた僕たちは、革命に加担した噂《うわさ》が広まる前に急いで別の土地へ向かって、仕事を探していました。

雪に半分閉ざされているような雪深いアルトゥーリアですが、革命に参加した話が外部に伝わる可能性が高く、しかもすぐ広まってしまうだろうと判断したガングレイブさんは、とうとう決意しました。

どこかで仕事を請けたら、そのまま褒賞として土地をもらって腰を落ち着ける、と。

これに驚いた傭兵《ようへい》団の面々ですが、これまでに築いた名声や武力、実績があるし、革命の噂が出回る前に事を為して、なんとかしてみせると豪語するガングレイブさんに押され、新しい土地で仕事を請け負いました。

「暖かい地方での仕事って、こんなにも恵まれてたんですね」

「言うな。あそこが厳しすぎただけなんじゃ」

僕たちはとある戦争で雇われ、その陣地で食事をしていました。

そこでポロッと愚痴った僕を、クウガさんがぴしゃりと窘《たしな》めました。

「どこぞで仕官させてもらえるとしても、あそこだけは勘弁じゃ。寒いのはかなわん」

「ん？　クウガさんは寒いのが苦手でしたか？」

「あれだけの寒さが苦手じゃない人間なぞおらんわ」

「こりゃ失礼、ごもっともですわ」

僕はクウガさんの隣に座り、野菜スープを飲みました。うむ、上手くできてる。

すっかり日が暮れていて、空は曇っている。夜の闇が際立って暗い。

僕は篝火《かがりび》で照らされた陣地で体を休める兵士の皆さんを見ながら言いました。

「まあ、ここは暖かいですからね。温暖なところです」

「それが一番よ。極端に暑いだの寒いだのは、体の動きを悪くするわ」

「……この温暖な地域で、仕官できますかね？」

僕は真剣な顔をして、クウガさんの目を見ました。

クウガさんは僕を見つめ返した後、目を伏せて答えます。

「さてな」

そして、手に持っている空になった皿を、弄《もてあそ》びながら言いました。

「どうやら、噂《うわさ》は予想以上の速さで広まっとるからの」

その言葉に、僕の眉間に皺《しわ》が刻まれる。

「やっぱり、ですか」

「人の口に戸は立てられん……あんな雪国からどうやってこんな速さで噂が広まったのかは知らんが……ここの領主も良い顔はしとらんかったな」

クウガさんはゆっくりと思い出すように、淡々とした口調で続ける。

「ワイらが会ったときもこっちは武装解除、向こうは全員完全武装。話をするのもガングレイブのみで、護衛で行ったワイとオルトロスは発言も許されんかった……まあそれは時々あることだが、向こうの警戒具合は異常じゃったな。

領主側のお偉いさんが、さっさとこっちを雇うと決めなんだら、この仕事はなかったかもしれん」

僕はそれを聞いて、一気に野菜スープを飲んでから一息つく。というか、溜め息をついた感じ。

そうなのだ。雪国アルトゥーリアで起こった革命。革命軍に加勢した僕らは噂が広まる前に仕事を請け、仕官の糸口を見つける腹づもりなのは前述の通り。

しかし、噂の広がり方が異常に早かった。なんせ雪国なので、人の往来がある程度堰《せ》き止められているのに、僕たちがアルトゥーリアを出て訪れた最初の街で、すでに広まっていましたからね。

あの革命後の混乱の中ですぐに広まるのもおかしいけれども、ガングレイブさんは困ってしまいました。なんせその街でもいい顔はされない、宿屋の手配も上手くいかない。

仕方がない……いや、こういう状況だからこそ、ガングレイブさんは噂が広まっていない地域の領主に仕官させてもらおうと決意したのですから。

「……クウガさんは」

「ん？」

「クウガさんは、どうしてこんなに噂が広まるのが早いと思いましたか？」

クウガさんは顔を上げて、顎に手を添えて思案する。

「……やはり、リルの研究資料を盗んだとかいう奴が怪しいわな」

「……なんのため、と？」

「さあな……ワイにはわからん」

クウガさんは立ち上がって言いました。

「なんであれ、ワイはガングレイブの指示に従うまでや。あいつなら、きっと道を開くじゃろうよ」

「そう、ですね」

「そうじゃ。ワイらはなんの心配もせんでええ。ここで……このスーニティで腰を落ち着けられる土地を得るのが、ガングレイブの仕事じゃからな」

結局依頼は……スーニティの領主からの仕事は無事に終わりました。特筆するほどのこともありません。

いつも通り仕事をして、いつも通りみんな生き残って帰ってきた。それは、いつも通りです。

しかし、僕たちは緊張の面持ちで宿屋で待機をしていました。

戦場から帰って一週間後。僕たちは仕事完了の報告のため領主と会っているガングレイブさんたちを待っているのです。すでに時刻は日を跨《また》ぎ、真夜中になっています。

「……ふぁ」

宿屋の一室に、僕とクウガさん、テグさん、リルさん、アーリウスさん、アサギさん、カグヤさんが集合しています。

僕とテグさんは落ちつかない様子で椅子に座り、クウガさんは眠たそうな顔をして壁に寄りかかっています。リルさんとアーリウスさんはベッドに座って黙ってるし、アサギさんとカグヤさんは床に布を敷いて、何やらカード遊びをしている。

「遅いの……ガングレイブ」

誰もが大した話もしないままいた中で、クウガさんは欠伸《あくび》をかみ殺しながら眠そうに言いました。

「もう日付も変わってしもうたがな。どれだけ話し込みゃええねん」

「それなら、寝ればよろしいのでは？」

アーリウスさんは静かに答えました。

「ご自分の部屋で寝ていれば、朝には結果がわかるかと」

「まあな。いつもなら、ワイもとっとと寝とるわ」

「オイラもっスよ」

テグさんは椅子に前後逆で座り、背もたれに手をかけてその上に顎を乗せました。

そして緊張した顔で言います。

「いつもならオイラだって寝るっスわ。でも、こればっかりは寝るわけにもいかんっスよ」

「そう、ですね。その通りです。私も、そこまで頭が回ってませんでした」

「仕方ないぃ」

そこに、手もとのカードを選びながらアサギさんが言いました。

「ガングレイブはオルトロスを連れて、領主と交渉してるでありんすから」

「上手くいく、とはワタクシは断言できません」

アサギさんがカードを出したあと、すぐにカグヤさんも自分のカードを出しながら言いました。

視線をこちらに向けず、そのままで。

「傭兵《ようへい》団としての仕事は先日の戦で終わっております。報奨金の話に関しても、戦の前に話がまとまっていたはずでございます」

アサギさんがどのカードを出すか迷っている間に、カグヤさんは手持ちのカードを整理していました。

「それなのに、報奨金以上のものをもらおうとしているのです。自分をこれでもかと売り込まねばなりません。ガングレイブとしても、一気に話をまとめようとしているのでしょう」

「それが、土地」

リルさんは白衣の下から魔晶石を取り出すと、手のひらで弄《いじ》りはじめました。

「仕官……そして傭兵団全員が入植できる土地をもらう。最初は開墾《かいこん》と仮設住居の建設から始まるだろうけど、ともかくこの領地の土地を正式にちょうだいしないといけない。リルが思うに、八割は失敗すると思う」

「残りの二割は、上手くいくってことですよね」

僕は椅子の背もたれに寄っかかりました。

「ガングレイブさんにとっては十分な勝率ではないかと思いますが」

「リルもそう思うけど、それでも普通は上手くいかない。……百人規模の武装集団だから、それを一気に仕官させて土地を任すのは、相当胆力のある領主かなと」

「まあ……それはそうかもしれませんが」

「下手したら領内に敵対勢力を抱えるようなもの」

リルさんはさらに魔晶石を指先で回転させて言いました。いつの間にそんな曲芸身に付けたのよ？

「……さて、ガングレイブさんはこの問題を、どうやって解決するのかな？」

僕はそう呟《つぶや》き、扉の方を見ました。そろそろ帰ってきてくれたら嬉《うれ》しいなぁ、とか思って。

すると、

「今帰ったぞ！」

と、まさにタイミングよくガングレイブさんが入ってきたじゃありませんか。

僕たちは全員驚いて、思わずガングレイブさんの方を見ました。もちろんオルトロスさんも一緒にいます。

ガングレイブさんは疲れ切った様子で、堅苦しい礼服をゆるめ、余っていた椅子を引いて座りました。

「すまん、遅くなった」

「お帰りなさいガングレイブ、お疲れさまでした」

アーリウスさんはそんなガングレイブさんに寄り添って、労《ねぎら》いました。

……最近、アーリウスさんの良妻ムーブに磨きがかかってきたんだよなぁ。ここぞというときに、良妻の如く気を利かせてガングレイブさんを支えようとします。

それもこれも、アルトゥーリアでガングレイブさんからのプロポーズを受けてからなおさら、って感じなので、きっかけがあればこうなるんだなと。

「それで？　話はどないなった」

そんな疲れ切ったガングレイブさんに、クウガさんは情け容赦なく仕事の話を振ります。

「ワイらの処遇は？　報酬の件はどないなったかの、ガングレイブ」

その一言に、場の空気は固まる。

そうだ、ガングレイブさんはそれを確認するために、交渉に行ったのです。

誰だってその結果が気にならないはずがない。

「クウガ。ガングレイブは疲れているのです」

その中でアーリウスさんが毅然《きぜん》として言いました。

「私も気になりますが、これ以上ガングレイブに負担をかけるのはよしとしません。なので、明日にでも」

「いや、いい」

ガングレイブさんはアーリウスさんの言葉を遮りました。

「気遣いありがとうな、アーリウス。だが、俺なら大丈夫だ。話す」

「ですが」

「この場で、全員が揃《そろ》っている今こそ言わないといけないからな」

ガングレイブさんはそう言うと、椅子から立ち上がって全員の顔を見ました。

一人一人の顔をしっかり見てから、真剣な顔で言います。

「今回の戦の功労によって、俺たちはスーニティのある土地をもらうことになった」

その言葉は全員の耳に届き、全員の顔を喜色満面に染めていく。

「それでは……僕たちはようやく、落ち着ける土地を得られたってことですか？」

僕が恐る恐るそう聞くと、ガングレイブさんはハッキリと頷《うなず》きました。

「ああ。傭兵《ようへい》団全員分の家も、畑も作れるだろう」

「やった……やったっスよ……!!」

テグさんはそれに一番に喜び、叫びたい気持ちを必死に抑えつけて震える声で言いました。

「長かった……!!　ここまで、本当に、長かったっスね……！

死ぬような思いをして、実際に仲間を何人も見送って……！　失って、手に入れて、失って、それを繰り返して……ようやく……ようやく……！」

その言葉の端々に、テグさんはもちろんのこと他の皆さんが体験したさまざまな苦労が、感じられました。

カグヤさんは俯《うつむ》いて薄く笑みを浮かべながら何かを思い出してますし、アサギさんは満足そうに頷《うなず》いていています。

リルさんは無表情ですが楽しそうに肩が揺れていて、アーリウスさんは嬉《うれ》しそうに口元を押さえていました。

オルトロスさんも天井を見上げて肩を震わせているので、喜んでいるのがよくわかります。

ただ、クウガさんは厳しい表情のままでした。

そのままガングレイブさんに言い放ちます。

「で？　ワイらはどういう身分になるんや」

その言葉に全員から喜びの色が消えて、クウガさんを見ました。僕も驚いてそちらを見ます。

「あれか？　同盟扱いか？　それとも新しく召し抱えた部下への領地の譲渡か？　貸与か？　戦の際の対応は？　税の徴収はどうなるんや、徴兵に賦役《ふえき》は？　部下たちの身分はどうなるんや？　平民か？　ワイらは貴族か？　争いが起きるぞ。山ほど聞きたいことがあるぞ、ワイはな」

「「クウガ!!」」

テグさんとアサギさんが同時に叫び、クウガさんに詰め寄りました。

「せっかくの良い気分に、なに冷水を浴びせてるんスか!!」

「そうやぇ！　気になる気持ちはわかるけども、ありえん！　言い方っちゅうもんがありんすぇ！」

「夢見心地に浸っとる場合やなかろうが」

そんな二人に対して、クウガさんは仁王立ちして腕を組み、鋭く睨《にら》みつけました。

その視線に気圧《けお》されたのか、テグさんとアサギさんがうろたえるように後ずさります。

「夢が叶《かな》っても、夢に到達しても、そこはまだ通過地点でなけりゃあかん。夢の先の先、理想のそれに辿《たど》り着かにゃ、人生は完遂されん。

理想への足がかりができたとしても、それはまだ出発地点にすぎん。

どうなんやお前ら？」

クウガさんは全員の顔を見てから言います。

「ワイの言っとること、間違っとるか？」

「間違って、ない、と、思います」

僕はすぐに、ちょっとつかえながら言いました。

「クウガさんの言ってることは、間違いじゃないです。うん、間違いじゃないと、思う」

確かめるように、僕は繰り返す。

「ここが到達点でも目標点でもない、ただの通過点なのですから……喜ぶより、まずは現状の確認を。今後の予定を。……それらを聞いておいた方が、良いかと」

僕がそう言うと、テグさんとアサギさんが気まずそうにしていました。

「浮かれるのは……僕も浮かれてたのでアレですけど。

喜ぶのは、笑顔になってないガングレイブさんとオルトロスさんの両名が、話し合いで何を言われたかを確認してからでも、遅くないかと」

僕がそう言うと、クウガさんだけは冷静であるものの、他の全員がハッとしてガングレイブさんを見る。

そう、気になってた。

ようやく土地が手に入る。身分が手に入る。安住の地が手に入る。

なのに、ガングレイブさんは一切喜ぶ様子を見せていない。それはなぜか?

素直に喜べない何かがあったから、としか言えないでしょう。

元々ガングレイブさんは最悪を避けて思考を巡らすタイプの人だ。だから今、一応落ち着いているところを見るに、最悪というわけではないのでしょう。

素直に喜ばないのは、最悪ではないものの、何かがあったからだ。

僕はそう思ったのです。だから、クウガさんの言うように、浮かれることはできなかった。

　ガングレイブさんは何かヤバいものに触れたとき、よくこんなふうになります。

「ガングレイブさん、何があったんですか？　基本的に最悪を避けるようにしてるガングレイブさんが、素直に喜べない事態になっているってことですよね？　話してもらえますか」

「もちろん。全員に話す必要があるとは思ってる、その気はある」

　ガングレイブさんは、もう一度全員の顔を見てから言いました。

「この、俺たちを仕官させる話は、スーニティ内部の派閥争いの一つだ」

「派閥争い、スか？」

　テグさんは明らかに嫌そうな顔をしました。ていうか表情で明らかに不快感を出す人、僅かに眉をひそめる人、といますが……誰一人として良い顔はしない。

　それはもちろん、僕も同じです。

「そら……一気に盛り上がった気分が萎《な》えるぇ」

　アサギさんは憂鬱そうな顔をして腕を組む。なんだろ、この人がそれをすると胸が明らかに強調されてしまうんだよな。ちょっと視線がそっちにいってしまうじゃないか。

　だけど、すぐにリルさんがジトッとこっちを見るので、必死に視線をアサギさんの胸から逸《そ》らしました。やめろ、そんなムッツリスケベを見るような目をするんじゃない。

「まずこのスーニティという国だが、領主ナケク・スーニティには二人の子供がいる」

「うわ、一気に話がめんどくさそうになってしもうたわ」

クウガさんは嫌そうに首を振りました。

「まあ聞け。さらに面倒くさいから」

「聞く気が萎《な》えるわ、ワイ」

「で、だ。子供の二人は現在、内政と軍事の二つの組織をそれぞれ率いている」

「よくありがちな、文官と武官の争いですね」

アーリウスさんが呆《あき》れたように言います。多分、僕も同じ顔をしてる。

「そうだ。問題は、どっちも成果を上げていて後継者を決められないことだ」

ガングレイブさんはさらに嫌そうな顔をして言いました。

「内政、つまりは文官を束ねるのは長男のエクレスという人物だ。会ってみたが、柔和で物腰も柔らかい人物だ。こいつが内政を担当するようになってから領地は安定しているらしい。実際、災害への対応や不作に対しての補填《ほてん》も見事にこなしている。

次に軍事、武官を束ねるのが次男のギングス。こいつに関しては武官にありがちな荒々しさはあったが、同時に頭は悪くないといった感じだ。数年前に初陣を済ませてから、それからの戦争を見事に利益が出るように導いている」

「それは、負けも含めて？」

「負けもある。だが、損害を最小限にして利益が出るように戦争を操作してる節がある。戦争の規模自体は大したことはないが、それでもそこまで思考を巡らせることができるのは驚異的だ。ギングスの戦い方は、常勝無敗を目指すのではなく、勝ちも負けも含めて自領の利益に繋《つな》がる形にもっていくようにしている。

負けて鉱山を割譲することになっても、鉱山開発や鉱石採掘にかかる手間やリスクとリターンのバランスを考えて割譲し、その上で有利に商売できる形に落ち着かせていたりな。これは、武官としては非常に視野の広い決断の仕方だと思う」

ガングレイブさんがそう言いながら拳を握りしめる姿を見て、僕は顎に手を添えて考えました。

ただ負けるのではなく、不良債権を相手に押しつけて商売で利益を得る、かぁ……。言葉にすると簡単そうですけど、そんな簡単な話のはずがない。

「でも、戦争するくらいの仲の悪さなのに、商売や交易の契約なんてそう簡単に結べるんですか？」

「そこを戦後処理で結ばせる強《した》かさも、ギングスにはあるということだ。まあ、その前に鉱山の調査はエクレスの部門だとは思うが、そこを踏まえて考えられるというのはなかなかいないぞ」

なるほど、それは凄《すご》い。勝っても負けても、領地にできるだけ損害を与えずに利益をもたらせる戦の運び方、か。

　僕が思わず感心している横で、ガングレイブさんはさらに続けます。

「で、俺たちの仕官話の中心にいるのはエクレスだ」

　僕らは傭兵《ようへい》団なんで、てっきり武官のギングスさんの方が中心かと思ってましたが。

「まずこの話の基本は、入植可能な土地を俺たちにあてがうことで開発をしてほしいってことだ。そして三年の間は税を免除される」

「税は何で納めるんや？　作物か？　特産物か？」

「金だ」

　ガングレイブさんは苦笑を浮かべて言いました。

「作物や特産物、貿易諸々を含めて得た金を納めろ、だとさ」

「どれくらいや？　六割か？　それとも？」

「そこはまだ要相談だ。ただし、ここから話が分かれる」

「「分かれる？」」

　クウガさんとカグヤさんは同時に疑問を投げかけました。

「そうだ。この話は、エクレスとギングスの二人では、それぞれ後に求めることが違う」

「ちょい待って」

　リルさんはそこでガングレイブさんに向かって手を伸ばし、話を止めました。

「おかしい。仕官話なのにエクレスとギングス二人が同時にその場にいたように聞こえる」

「何かおかしいですか？　リルさん」

「おかしい」

リルさんは僕の疑問にキッパリと答えました。

「だって、新たに傭兵団を領地の軍隊に組み込もうという話。その中心はエクレス。ならエクレスだけがその場にいれば良い。内政担当の人が傭兵団を仕官させようってなら、リルたちの運用方法はおそらく守備重視、領地防衛だと思うけど」

リルさんはさらに腕を組んで言いました。

「なのにギングスが契約内容に口を出してる。当たり前だけど軍隊のトップは一人じゃないといけない。これでは、指示系統が二つあるようになってしまう」

「まあ、リルの言う通りだよ」

僕がちんぷんかんぷんな顔をしていると、ガングレイブさんは僕を見て言いました。

「エクレスが求めるのは戦力を国防に当てること。土地を富ませ、砦《とりで》を作り、他国からの侵略に備えてほしい。ギングスが求めるのは戦力を武力に当てること。戦争になったら前線で戦ってほしいってことだな。

ここら辺の意見が統一されてないんだ。実際、話し合いの段階で二人とも俺の前にいて、別々の事を言ってるんだ。

要するに、スーニティの最終決定権を持つはずの領主ナケクがその場におらず、後継者候補二人が交渉の場にいるんだ。おかしいだろ?」

うわ、ようやく僕にも事態の複雑さがわかりました。同時に凄《すご》く嫌な顔をしてしまいます。それは、地球にいた頃にも体験した嫌な思い出に直結するからです。

あれは酷《ひど》かった。確か……どこかのレストランだったかな? 何の料理かは忘れたけど……あそこは駄目だ。料理長と副料理長、二人が仲違《なかたが》いしてたから調理場はいつも喧嘩《けんか》が絶えなかった。

料理長は実力はそこそこだけど人望はない、だけど先代料理長のコネでその地位に就いた人だった。指示も……まあそこまで酷いものではなかったけど、どこか現場慣れしてない感じ。

副料理長の方は実力も人望もあった。だけど料理長になれず、副料理長の地位にずっといる。現場慣れしていて指示も的確だった。

普通なら副料理長の指示を聞けばいいんだろうけど、料理長の指示を無視すれば調理場の秩序が保てない。だけど料理長の指示は的外れが多かった。

僕がその職場にいた頃には、その仲違いが臨界状態まで達していたんだよ。だから、僕は一週間で逃げ出した。どっちの味方をしても、後になって迷惑をこうむるのは目に見えてたからね。

そして後でそのレストランに行ってみたら潰れてたな。結局、実力と人望を伴わない人が上にいては救いがないってことです。

そんな気配が、スーニティから匂ってくる……あの駄目職場と同じ匂いが……。

「それで？　ガングレイブさんはどう返事をしたんですか？」

僕がそれを聞くと、ガングレイブさんは溜め息をつきながら言いました。

「俺としては、土地さえもらえればもういいからな。そこは〝領主と相談のうえ〟決めてくださいと言っておいた。あとはあっちが調整するさ」

「そんなもんでええんか」

クウガさんが剣呑《けんのん》な様子で言いました。

「これが到達点ではないことはさっき散々言ったやろうが。そんな半端な契約で痛い目見たことは一度や二度やなかろうが」

「クウガ、ならお前だったらどう答えるんだ？　あの場で。

あちらを立てればこちらが立たず……だ。これから俺たちはスーニティ傘下の騎士団……みたいなものになるんだ。最初から内政の上司と軍事の上司どっちかに喧嘩を売れ、と？　あとで何をされるかわかったもんじゃない」

「そうやけどな」

「それに」

ガングレイブさんは全員の顔をじっと見てから、目を閉じました。

「この場にいる全員が、また戦場に立つ……みたいなことにはならん。防衛と遠征部隊は分けることになるだろう。その都度、その都度でな。

なら、どっちになったって変わらないさ。領地を守る部隊と、遠征で戦う部隊……どっちにも対応させればいい……と俺は思ってるし、この場にいる全員はそれができると思っている」

それは、ガングレイブさんの皆に対する全幅の信頼からくる言葉でした。

ガングレイブさんの言葉を受け、クウガさんはそれ以上何も言えないらしく、頭を掻《か》いて壁に寄りかかりました。

……まあガングレイブさんの言う通りなんだよな。

この場にいる全員が戦場に立ってるのは、単純に守るべき土地がないからだ。全員で戦場に出て、それぞれの戦いをしてきたから。

これからは領地を守る必要だって出てくる。治安を維持するために、犯罪を、諍《いさか》いを、さまざまな争いを収める必要があるのだから。

「それはそれで、話は終わりだ」

ガングレイブさんは一度手を鳴らし、自分に注目を集めました。

「みんなに至急、やってもらいたいことがある」

全員が、背筋にピリッと電流を感じたように緊張する。

僕も同じく、顔が真剣なものになります。ガングレイブさんは疲れたような顔をして机に肘を突き、手首に頬を乗せて言いました。

「一週間後、戦勝祝いってことで宴《うたげ》をするんだとよ。だから、各隊長は至急パーティに出られるドレスや服装を用意。団員にも下級騎士たちとの宴があるから服を綺麗《きれい》にしとけと伝えてくれ」

「くだらん。ワイは出んぞ」

なんだ……パーティがあるからドレスコードに合わせて服を買えってことか……もっと重い問題かと思って緊張しましたよ。

安心する僕の横で、すぐにクウガさんはくだらなそうな顔をして、剣の柄を弄《いじ》りながら言いました。

「何が悲しゅうてお貴族様のどんちゃん騒ぎに参加せにゃならんのじゃ。ワイは出んから、他の奴らで楽しんでこい」

「そうはいかん。俺もクウガの意見に賛成だが、これは全員強制参加だ」

ガングレイブさんも同様にくだらなそうな顔をしてますが、どこか諦めている様子。

「それはどういうこと？」

リルさんも髪の先を弄りながら、興味なさそうに聞きました。

「全員強制参加とか、なんで」

「簡単に言うと、お前らと話をしたい奴らがわんさかいるってことだ」

「わっちは勘弁願いたいぇ」

アサギさんは足を崩して天井を仰ぎます。

「お貴族様は決まって、わっちの胸やふとももばっか見るから嫌気《いやけ》が差すでありんす」

「まあ……アサギさんは美人ですからね……」

「嬉《うれ》しいことを言ってくれるぇ、シュリ。お礼にシュリもわっちの胸やふとももをチラチラ見てること、許すぇ」

アサギさんはカラカラと笑いながら言いました。

え、嘘《うそ》、すっかり慣れたと思ってたけど……視線がそっちに泳いでた、僕？

「シュリ？」

「リルさん、これはアサギさんの冗談なので本気にしないでくださいでございます」

リルさんが凄《すご》くジトッと睨《にら》んでくるので、僕は頭を下げて言いました。

怖い怖い、いつもより何倍も怖い。ヤバいぞあの目。

「まあシュリは女っ気がありませぬ故。ワタクシの胸も見てはいますが」

「嘘でしょ？」

「嘘です」

本気で驚いて聞いたけど、カグヤさんは悪戯《いたずら》っぽい笑みを浮かべて冗談を言います。やめてくれ、本気で心臓が止まりかけた。

「シュリ、男なら仕方ないっスから」

「それ慰めになってません」

テグさん。そんな仲間を得たみたいな顔をして肩を組まれても困ります。同類に見られたら死ぬ。

「お前ら、冗談はそこまでにしとけ」

ガングレイブさんの一言に、緩みかけた空気が引き締まります。

こういうところでちゃんと場を仕切れるから、この人は団長なんだなーと改めて思わされる。

「簡単に言おう。まずリル。お前は新技術を編み出したことで有名だ。話をしたいと言ってる魔工師は結構いるぞ」

「もはやリルにとっては当然の賛美」

「はいはい」

リルさんはドヤァと胸を張りますが、ガングレイブさんはさらっとスルーする。もうちょっと触れてあげて。リルさんが拗《す》ねるから。

「アサギ。お前に会いたがってる貴族は多いぞ。美貌と、あのガマグチとの勝負は広く伝わってるとのことだ」

「げ、あの食えない爺《じい》さんに紐《ひも》付けられて、でありんすか……」

複雑そうな顔をしてるアサギさん。ああ、あのフルムガルドでゲームをしたガマグチさんとスガバシさんね……まあ、無敗の賭場の主を破ったとあっては、話は広まるもんですよね……。

「カグヤに関しては……よくわからんが、一部の貴族の奥方たちが秘密裏に会いたがってると耳にしたが……なぜだ？」

「はて？　なぜでございましょう」

疑問符を浮かべるガングレイブさんに対して、カグヤさんは目を閉じて素知らぬ顔をして言いました。

知ってるぞ……ていうかこの人は未《いま》だに、僕に未完成の官能小説を見せてくるからな……最近は頻度は減ったけど、内容の濃さに磨きがかかってきてるからな。

そしてそれを、みんなに秘密にして本にして売り出してるのも知ってる。そして売上金をこっそり懐に収めて、さらに本を書いてるのも知ってる。

なぜかその本が、根強い人気なのも知ってる。読者層がやんごとなき身分の女性なのも知ってる。

どうして知ってるかって？　いつも最初の読者が僕だからで、カグヤさんに一番に自慢げに報告されるのも僕だけだからですよ。

嬉《うれ》しそうに語るんだから。なんにも言えなかったよそのときの僕は。

カグヤさんはそんな僕を、片目を少しだけ開いて見つめてくる。

あれは……絶対に喋《しゃべ》るなといっている！

（安心してください……あれを語ることはしません）

僕は声に出さず唇だけ動かして言った。

読唇術でそれを読み取ったカグヤさんは満足そうに目を閉じる。良かった……わかってもらえて。

「アーリウスなんかは、魔法の技術を教えてほしいって魔法師はわんさかいる」

「私は未だに修業中の身。部下以外に教えられるほどの技術はありませんよ」

アーリウスさんは謙遜《けんそん》してるけど、唇の端がニマニマと震えているので内心嬉しいんだろうな、あれ。

「オルトロスは、その堅実な働き方に、騎士団の中で興味を持っている人間がいたな」

「……」

腕を組んで難しそうな顔をするオルトロスさん。確かにオルトロスさんは戦場でも後方でも、堅実で確実な仕事をしています。

だけど嬉しくなさそうだな、オルトロスさん。興味がないのかもしれない。

「オイラは？」

「テグは弓術に関して弓兵から興味を持たれてるという話は聞く」

「そりゃそうっスよねー！　さすがオイラ！」

テグさんは喜色満面で嬉《うれ》しそうです。まあ、評価してもらえば嬉しいのはわかります。

「クウガはいうまでもない。百人斬り、オリトルでのヒリュウとの決闘、数多くの戦場での武勇伝。話を聞きたいって奴は数えきれんと聞いた」

「どーでもえー」

うわ、クウガさんは本当に興味なさそうだし嬉しくなさそう。

昔は剣一本で成り上がるって感じが凄《すご》かったのに、今では腕を磨く方に考えを変えてますからね。まんま求道者だよ。

ガングレイブさんは一通り言い終わったみたいで、ちょっと疲れてる感じで続けました。

「わかったか？　俺たちの活躍は、武名は確かに広まってる。ここでお偉方に気に入られて、ちゃんと仕官の話を確定まで持っていく大事な時期だ。

だから、着るものはちゃんとしとけ。団長命令だ」

「……仕方ないわな」

クウガさんはそう言うと、壁から背を離して扉に手を掛けました。

「じゃ、もう眠いんで、残りの話は明日でええな。明日から服屋巡りせにゃならん」

「全員分の服の金は団の資金から出す。ちゃんとしたところで作ってもらえ」

「はいはい」

クウガさんは最後まで興味なさそうに、部屋を出て行きました。

それを皮切りに、今日の話は終わりという空気が流れる。アサギさんも床から立ち上がってお尻を叩《たた》いて埃《ほこり》を落とします。やめろエロい。

「んじゃ、わっちも明日に備えるでありんす」

「いつものなまめかしい衣装は駄目だぞ」

「了解。お淑《しと》やかなの用意するぇ」

そういってアサギさんは部屋を出て行きました。

残された面々も、それぞれが着ていく服を考えながら去っていきます。

……よく考えたら、僕も着ていく服を考えないといけないのでは？　あ、いや、別に僕は隊長でもなんでもないから、必要ないか。

とすると、だ。

「さて、他の皆さんは宴《うたげ》に参加するようですし、僕はお留守番ってことで」

僕はガングレイブさんと二人だけ残っていた部屋で、そう言って自分の部屋に帰ろうと立ち上がりました。

「いや、お前は別の形で参加してもらおうか」

なのに、ガングレイブさんはそれを否定する。

その言葉に驚いた僕は、思わず勢いよく振り返ってガングレイブさんを見ます。

真剣な顔だ。茶化すつもりではないのはよくわかりました。

「別の形、とは?」

僕が恐る恐る聞くと、ガングレイブさんは腕を組み、困った顔をしました。

「先ほど、俺がした話を覚えてるよな。エクレスとギングスが話に参加していた、という」

「ええ。領主様が不在だった、と」

「この場ではみんなに言わなかったが、この話には裏がある」

……裏? 僕は首を傾《かし》げました。

「裏、とは? 領主様は実は、すでにこの世にいないとか……!?」

「そこまでじゃねえよ」

僕が戦々恐々として聞くと、ガングレイブさんは即座に否定しました。

「だが、確かにナケクの体調はよくない。話し合いの後でエクレスから聞かされた。領主は奇病に冒されていると」

「奇病? 奇病とはまた、穏やかではありませんね」

「ああ。なんでも手のひらや足の裏に水ぶくれができてるらしい」

「水ぶくれ?」

「潰すと膿《うみ》が出るそうだ。膝、肘に痛みも抱えているらしい。どうやら昔はそこまで酷《ひど》くなかったんだが、最近になって重症化したとのことだ」

それは……確かに人に言えない秘密ですね。僕は考え込みながら言いました。

「それなら、僕ではなくカグヤさんに相談すべきでは？　僕に相談されても、なにもできませんよ。僕は医者じゃない、料理人なのですから」

「……流離《さすら》い人《びと》でも聞かない病気、か？」

「そりゃ、そういう医学的知識を持った人なら答えられますけど、僕は専門分野が違うので答えることもできないってことです」

「そうか」

ガングレイブさんは組んでいた腕をほどき、僕を見ました。

「すまんな。一縷《いちる》の望みをかけたつもりだったのだが」

「いえ、こちらこそ勉強不足なだけで……」

「いや、俺が無理を言った。もしかしたら、と勝手に期待したからな。だがやってもらいたいことはある」

「……それは？」

「料理を出してほしい」

まあ、そうなりますよね。僕は料理人なので、頼まれることといえば料理なのは当たり前。ようやく自分の専門の話になったので、僕は笑顔で言いました。

「了解です。……あ、でも宴《うたげ》っていうなら、あっちの料理人さんが用意するのでは？　改めて僕が作る必要もないのでは」

「エクレスが、お前のことを知っていたよ」

僕の肩がびくりと震えました。

「知ってた、とは？」

「エクレスはなかなかの情報通だったよ。お前のことも調べていた。話し合いの後に俺にこっそりナケクの病状を教えて、そのうえでお前にナケクのために料理を作ってほしいそうだ。珍しい、美味《おい》しい料理を所望だと。それで元気を出してもらいたいらしい」

「……どこまで、ご存じでした？」

僕が恐る恐る聞くと、ガングレイブさんはおどけたように言いました。

「安心しろ、エクレスが知っていたのは、ニュービストとオリトルで料理を出していて、凄《すご》く気に入ってもらえていたことだ。さすがにフルムベルクのときのような……お前が外海人とか流離《さすら》い人《びと》とかのことは、知られていないようだ」

「それは、良かった」

なんというか、前回のアルトゥーリアでも流離い人ってことが知られててフルブニルさんに仕組まれた感じがありましたからね。いや、あれはどちらかというと僕が罠《わな》に嵌《は》まった、のかな？

　まあ、安心できるのは間違いなし。僕は胸を撫《な》で下《お》ろしました。

「それなら、僕も料理を供するとしましょう」

「おう、頼んだ。向こうの要求は、領主が食べられる上質な料理だそうだ。お前の腕を見込んで、体調不良の領主のために、だそうだ」

「了解。ちなみに、領主様は体調が悪くて食事がしにくい、とかは？」

「それはない。好き嫌いもないようだ。食事は普通に取れるらしい。さて……もう時間も遅い。俺はもう寝る。疲れた」

「はい、お疲れさまでした。お休みなさい」

「おう」

　ガングレイブさんはそう言うと、欠伸《あくび》をしながら部屋を出て行きました。

　残された僕は、椅子に座りなおして顎に手を添えました。

「さて……改めて宴に供することのできる料理、というのを考えないとな……」

　相手は領主、しかも病弱。

　いつもの僕だったら相手の体調を気遣って胃に優しい料理や滋養のある料理を出しますが……。

「何を出すのが一番かな。とりあえず、食事は普通に取れる、となると……」

そこまで考え、僕はハッとしました。

それは地球にいた頃の話。修業時代に客として、味を盗むために通ったとある美味《おい》しい中華料理店の厨房《ちゅうぼう》の風景。

修業先が休みの時は、美味しいと評判のレストランとかを、味を真似する目的でいろいろと巡った。その中で印象に残って、自分でも試したもの。

最後の一回は成功したけど、設備や食材に問題があって何回も練習はできなかった、とある料理。

「あれならド派手で、食べ応えもあるな」

僕はそう呟《つぶや》くと、頭の中で構想を練り始めました。

五十七話　暗殺騒ぎと子豚の丸焼き ～シュリ～

「……そうだ、仕官の話だ」

僕は思い出すのをやめて、独り言を呟く。消え入るような小さな声で。

現在の牢屋《ろうや》の中で、僕は疲れてしまい壁にもたれて座りました。ここに拘束されるとき、なかなかの乱暴な扱いでしたよ。どさくさに紛れて殴られたかも。

脇腹と首が痛い。どうやら少し、痛めてしまったみたいです。僕は痛みで呻《うめ》きながら、目を閉じる。

「……仕官の話と……料理を作る話をしてたんだ。……ああくそ、頭が回らない……さてはあの部屋、何か薬でもまいてやがったのかも」

かなり頭がフワフワしています。なんだろう、この思考が遮られる感じは。

……そうだ、僕は料理を作ることになって、料理の献立を考えた。

できるだけ豪華で食い応えのあるやつ。病気を患っているもののまだ食欲のある領主様にがっつり食べてもらえるやつ。

「……それで、僕は食材を用意したんだ」

おかしい、ここまで思考を遮られるのは、何か変だ。まるで、思い出さないように薬に邪魔されてる感じだ。

でも、現状をもう一度ハッキリさせるために、思い出す必要がある。

「そこで、僕は」

僕は顔を手で覆って、まぶたの裏に記憶を蘇《よみがえ》らせ、

「彼……に出会ったんだ」

もう一度、眠るように過去を回想する——。


「さて、何から用意しますかね」

ガングレイブさんから料理を出すように言われた次の日、僕は朝早く起きて、市場へと足を運んでいました。

まあ残り六日……用意する時間は……いや、ものによってはあまりないかもしれない。

作ろうと考えている料理は、それはそれは金がかかるし手間もかかる。

あればいいんだけどな……。

「すみません」

「いらっしゃい！　何か入り用か？」

肉を専門に扱う露店を見つけ、僕は声を掛けてみました。表に並べられてる商品はどれ

も、何かしらの動物の干し肉、か。

「この干し肉を一つ」

「あいよ！　まいどあり！」

　僕は干し肉を一つ買ってみる。匂いを嗅いでみれば強烈な香辛料の匂い。

　これは……干し肉にする過程で塩の他に香辛料を使ってるな。噛《か》んでみれば、凝縮された旨《うま》みと、香辛料の鮮烈な香りと辛み。

　思わず鼻がつーんとしてきますが、頭がスッキリして、美味《おい》しさがよくわかる。なるほど、こういう干し肉の作り方もあるのか。

「美味しいですね、これ」

「そうだろ？　これはうちの秘伝でな、塩と、ある配合がされた香辛料を使って干してあるんだ。辛みと旨みを両立させた、うち自慢の干し肉だぜ」

「保存食にしてはちょっと値段が高めですが……なるほど、納得できる美味しさです」

　干し肉なのでかなり顎の力が要求されるなー、これ。噛み切るのに全身の力を使う感じ。噛み切って口の中で咀嚼《そしゃく》すれば、次々にわき出る旨みと辛みの奔流。これはぜひとも味を盗んでみたい。

　てか、普通に食べるだけじゃなくても、このままスープに入れてみても良いかもしれない。旨みがスープに溶け出して、きっと美味しいぞー。

というのは置いといて……僕は干し肉を飲み込んでから言いました。

「ところで、こちらの露店の他に、本店とかあります？」

「あ？　ああ、一応店は構えてるが……どうした？」

「いえ、ちょっと大きな宴《うたげ》が控えてましてね、僕。ちょっと食材を求めてるんです」

「なんだ、お前料理人か。うちの味を盗むなよ」

「真似せずにはいられません、こんな美味《おい》しいの再現したくなっちゃう」

「嬉《うれ》しいが勘弁してくれ。……で？　うちの店でどんな物がほしいんだよ」

「いえ」

僕は残りの干し肉も口の中に放り込み、よく噛《か》んで味わってから言いました。

「子豚を料理する予定があるので、こちらで扱ってないかと」

僕の言葉に、お店の人は驚いた顔をしました。

そしてすぐに爆笑しました。

「お前、おま、子豚って！」

「やっぱ笑われますよねぇ……」

本来なら笑われたことに怒りを覚えるのが普通の反応なんですけど、この場合お店の人の反応の方が正しいので、僕はやっぱり、って苦笑しました。

なぜかって？　決まってる。

「子豚、お高いですもんね」

そう、子豚は高いのである。

それも、この世界では特に高いのですよ。

現代地球で子豚を手に入れようと思うなら、ネット通販などで手に入るでしょう。

ちょちょいと調べて、輸入品とか冷凍保存処理がされたものでも何万円かはしますが。

そう、この値段のせいで練習があまりできなかった……！　修業中の料理人の薄給ではかなり懐に優しくなかった……！

しかし、これはあくまで現代日本の話。ネット通販でボタンをポチり、なんてのはこの世界では通用しないんですわ。

子豚は美味しいんですよ。とにかく美味しい。食べたことがあるからわかる。

なので、普通の肉からしてお高いこの世界において、子豚は貴族とか身分の高い人が食べるものという扱いです。

保存も問題になります。冷凍保存なんてできないから、予定してる食事会の前に子豚を買ったら、生きたまま引き取ることになります。

そうするとどうなるか？　決まってる、その間のお世話はこっちでします。餌から糞《ふん》の始末までこっちもち。

ではお金を払って予約し、肉屋に子豚の世話を頼んだとしましょう。そうすると、その間の世話代も、やっぱり上乗せされる。

では当日に買うのは？　予約されてない子豚が都合良く肉屋に並ぶわけがない、肉屋は肉を扱うのであって動物を扱うわけではありませんからね。いつ誰が買うかもわからない、とにかく世話の手間がかかる子豚を取り置きなんてしない。

と、こんな感じでこっちの世界の子豚は、美味《おい》しいがとにかく金がかかる高級食材なわけです。だからこそ、お店の人が笑ったのです。

お前、そんだけの金があるの？　と。

「そうだよ……あー笑った、すまん失礼だったな」

「いえ、こっちもそれを覚悟で言いましたから。で、子豚を取り扱ってます？」

「契約している農家に頼んで運んでもらうとして……まあ五日はかかる。その間の世話代もそっちが持つことになるぞ」

「ですよねー……ちなみにおいくらで？」

「ざっとこれくらいだな」

店主は指を五本、開いてこっちに見せました。

「五万イェリル……ですか」

「五十万イェリルだよ」

「かー……!!　やっぱ高いなぁ……！」

僕は頭を抱えたくなりました。自分で献立を考えておきながら、経費のことは何も考えちゃいなかったのです。自分の迂闊《うかつ》さを呪いたい。

でもなー、目立つ料理といえばあれだからなー。子豚を使った料理が良いと思ったんだよなー！

こっちではそういう契約の元に子豚を取り扱うのなら、僕がそれに逆らうことはできません。郷《ごう》に入《い》っては郷に従え、ですからね。

でも、どうすれば……そう悩んでいると、僕の鼻に良い香りが漂ってきました。

露天の干し肉とは違う、柑橘系《かんきつけい》の香料のそれ。

思わずそちらに目を向けた僕は、息が止まりました。

綺麗《きれい》な人が立っているのです。

アーリウスさんに似たような銀髪を伸ばしたワンレングス……だっけ？　そんな髪型で、日頃から丁寧に手入れされているそれは朝日に当たって淡く光を反射しています。

着ているのは、動きやすそうだけど上等な男性ものの服。すらりと伸びた手足で、上着の袖から出た手は白く妖しく艶《あで》やかです。

背丈は僕と同じくらいで、干し肉を真剣な目で見ている。

顔立ちはクウガさんのように中性的だけど、クウガさんが男性寄りだとするとこちらは完全に真ん中。男性か女性かわからない。

美女、と言われればそうだと言える。

美男、と言われてもそうなるだろう。

まるで物語の中の主人公が出てきたようなその美貌に、僕は息を呑《の》んで見とれるばかりです。

理由はわからない。けど、目が離せなかった。

その人が、口を開きました。

「おじさん、干し肉一つ」

鈴をころがすような綺麗《きれい》な声。声は高く、耳に心地よい。だけど声でも女性かどうかわかりません。ここまで性別がわからない人は初めてでした。

「はい、いつものですね」

店主は丁寧な口調と態度で、大きめの干し肉を渡しました。

「ありがと。料金はこれで」

「はい、まいどあり」

その人は料金を払うと、さっそくその場で干し肉を食べ始める。

「うーん、美味《おい》しい。いつも通りだね」

「ありがとうごぜぇやす」

「でも、他の肉の量はちょっと減り気味かな?」

「はは、誤魔化《ごまか》せませんね。農家の方も、天候の不順の影響で飼料の確保が難しいと」

「なるほど。取引している地域は、確か西の方だったね」

「はい」

「わかったよ。ボクの方で援助をしてみる。あっちの牧場で仕入れる肉は、仕事でも使うことがあるからね」

その人は仕事の話を終えると、僕の方を見ました。

視線が交わされる。藍色《あいいろ》の瞳に僕の顔が写ります。

息をするのも忘れてしまうほど、美しい人なのです。なんというか、なんでここまで注目してしまうのか自分でもわからないほどに。

「それで、君は？」

「え？」

話しかけられ、僕は思わず言葉に詰まってしまう。

上手く返事ができません。

「え、えっと、その」

「ん？　どうしたの？　ずっとボクの方を見てるから、なんでかなと」

「いえ、見るつもりは、なくて、その」

「そっちの料理人のお客さんは、子豚をご所望のようですよ」

上手く答えられなかった僕に、店主が呆《あき》れた顔で助け船を出してくれました。

「子豚？」

「そうですエクレス様。なんでも、子豚を料理する予定があるんですと。どこのお貴族様に出すのか」

「へー」

エクレスと呼ばれた人は、店主との話を終えてもう一度こちらを見る。

「君、名前は？」

「あ、僕の名前は」

と、名乗ろうとしたときに思い出す。昨晩のガングレイブさんの話を。

料理を出すことになったその前の話で、ガングレイブさんはこの領地のトップと話をしていた。確かそのうちの一人が……。

「え？　……エクレスって、もしかして領主様の跡継ぎ……の方……？」

ハッと気づいて、僕は思わずそう言い直していました。もう一度マズい事を言ったことに気づき、頭を下げます。

「す、すみません！　あの、僕の名前はシュリといいます……！　その、エクレス様にここで出会うとは思ってなくて……！」

「ん？　シュリ……？　シュリ、シュリ……」

エクレスさんは僕の名前を聞いて、顎に手を添えて何かを考える。

いやー、こんな綺麗《きれい》な人が真剣な顔をして悩む姿も、凄《すご》く絵になるなぁ……クウガさんと同じ感じがする。こんな感じならモテるだろうに。

……どっちにだろ。この人、見た目じゃ性別がわからん。

「ああ、なるほど。君があの」

「あの？」

「そう、あのシュリくんだよね」

エクレスさんは朗らかに笑って言った。くそ、ほんとどんな表情でも華があるな。

「あの、とは？」

「ニュービストのテビス姫から包丁を賜り、オリトル屈指の料理人ゼンシェに認められた料理人。だよね？」

「まあ……そんなもんです」

僕は照れ笑いしながら答えました。

「でも、過剰に評価されてる部分もあるので……案外普通の料理人なのかもしれませんよ？」

「それは謙遜《けんそん》が過ぎるというものだ。君の功績は調べれば簡単に出てくるほどだからね」

そう言うと、エクレスさんは楽しそうに僕の顔を覗《のぞ》き込みました。

眼前に迫る、綺麗《きれい》な顔。よして。仄《ほの》かに香る良い匂いにドギマギします。

「それで？　ここに何の用事だったたっけ？」

「えっと、それは仕事で」

「ふむ、仕事！　それは料理人として、後日ある宴《うたげ》に料理をお出しする役目をもらった、とかかな？」

「白々しいなー。エクレス様からのご要望でしょ？」

「その通り。ボクが頼んだことだ」

エクレスさんは楽しそうに笑いながら、僕から離れます。

「それで？　ボクが頼んだ仕事をガングレイブが君に任せたようだけど……ここに子豚を求めてきてたんだね？」

「はい、そうです」

「どんな料理を作るんだい？　子豚の丸焼きでも作るのかい」

「誰も食べたことのない、子豚の丸焼きを」

僕がそう告げると、エクレスさんは一瞬ポカーンとした顔をして、動きを止めました。

笑われるかな……と僕がちょっと構えていると、エクレスさんは真剣な顔をして顎に手を添える。

何か考え込んでいるようで、口がボソボソと動いていました。声が小さすぎて聞こえな

いけど……どうしたんだ？

　数秒後、エクレスさんは考えがまとまったのか微笑を浮かべて言いました。

「いいだろう、そのお金はボクが負担しよう」

「え？」

「え、エクレス様！」

　僕と店主は同時に驚き、そして店主がそこに口を挟む形で言いました。

「その、今からだと、そこの人の話から料金を考えると……五十万イェリルはかかりますが……」

「ああ、構わない。大事な宴《うたげ》の料理だ。お金を惜しんでも仕方がない」

「あ、あなたは無駄なお金の出費は控えつつも、領民のために必要な出費は惜しまない人です。そのあなたがお金を出すってことは、それほど大切なことと……」

「それ以上は、駄目だよ」

　エクレスさんは店主さんを見て言いました。

　そこには先ほどまでコロコロと表情が変わる、親しみやすい印象はありません。

　ただ為政者《いせいしゃ》として仕事を考える人の顔だった。

　その顔に気圧《けお》された店主は口を噤《つぐ》み、頷《うなず》きます。

「わかりました……そういうことなら、エクレス様のために最高の子豚をご用意いたしましょう」

「ああ、頼んだよ」

一瞬にして為政者としての顔が消え、再び親しみやすい顔を覗《のぞ》かせるエクレスさん。

エクレスさんはそのまま僕に向かって一度だけ笑顔を見せ、

「そういうことだから、ちゃんと仕事を頼むよ。これはボクの個人的なお金から出すからね」

「え？　個人的なお金？」

「じゃ、ボクは仕事が残ってるからこの辺で失礼するよ。またねー」

と、言いたいことだけ言って、さっさと朝の市場の喧噪《けんそう》の中に紛れていく。

あまりに唐突すぎる展開で、僕はその場から動けないでいました。

だってさ、いきなりこの領地の為政者が現れて、食材にかかるお金を負担してくれたんだよ？　まともなお礼も言えないまま行っちゃったから……あ。

「あ、ちょ、エクレス様！　お礼を」

「やめときなよ、兄ちゃん」

後を追おうとした僕を、露天の店主が呼び止めました。

「エクレス様はあれで忙しいお方だ。常に露天を回り、街を見て、行商人のところにまで足を運んで情報を集め、状況を知ろうとしてくださる。邪魔をしてはいかんよ」

「は、はあ……」

僕は頷《うなず》くことしかできませんでした。

「その、エクレス様は、常にその、領民のためにあれこれと足を運ぶ方、なので？」

「そうだ」

店主は誇らしげに胸を張り、得意そうに語り始めます。

「あのお方は素晴らしい人でな……食糧の流通や価格変動から、地域の異変や災害といったことまで、敏感に察することができる。だから毎朝、この市場に出てきて物価と売り物の数を確認なさる。ご自分の足でだ。

他にも、辺境の村の発展や街道の整備にも尽力してくださる。このご時世だからな、街道の整備に文句を言う連中は多いが……俺たち商人にとっては助かるばかりだ。

他にも治水、開墾《かいこん》といろいろと調査をなさって、必要に応じて工事を命じなさるからな、ほんとこの国は住みやすいんだよ。

内政に関して、エクレス様の右に出る方はそういないだろうよ」

まるで自分のことのように、嬉《うれ》しそうに語る店主を見て僕は思った。

慕われてるお人なんだなー、と。

そりゃ、こんな戦乱が続く中で、戦争ではなく領地の発展に尽力する人がいたら助かるよなぁ。領地が荒廃することなく商売ができるってことは、それだけ上に立つ人の器量が大きいってことだと思います。

　僕も腕を組んで、思わず納得していました。

「なるほど、そりゃできた人ですね」

「だろ？」

「じゃあギングス様は、どうなんです？　あの人は」

「あの人もなぁ……悪くはねえよ」

　店主はさっきとは打って変わって、難しい顔をしました。

「戦争になっても先頭に立って戦ってくださるし、負けもあるけど勝ちの方が多いさ。……そういや、不思議とギングス様が負けた戦だって、あとがそれほど酷《ひど》いことになったことはないな。

　それに、ギングス様自身が優れた武官だからな、外交もそつなくこなしてくださる。兵の調練だって、兵の練度を一定に保つのは凄《すご》いさ。

　まあ……俺たち商売人にとっては、エクレス様の方がありがたいんだが、ギングス様だって領地のためにあれこれ尽力してくださってるさ」

「……何か他に問題が？」

　聞いてる限り、ギングスさんにも問題がないように思えますが……。

　店主はそこで言葉を切ると、一度周りを見渡します。誰かを探しているように、念入りにチェックしていました。

そして安全が確認できたのか、店主は僕を手招きします。それに従って顔を寄せた僕に、耳打ちしてくれたのです。

「……母親が問題なのさ」

「母親？　それは……ギングス様の母親が？」

「そうだ……領主様の正妻が問題なのさ……」

僕も声を小さくして問うと、店主は同じように小さな声で答えました。

「正妻のレンハ様はな、がめついし権力欲が強い方でな……ギングス様の活躍を笠に着て自分の権力基盤を固めようとするのさ……。実際、ギングス様が手柄を立てれば立てるほど、レンハ様は威張りくさってるって話だ……」

「ふむ……息子の活躍を盾にしてやりたい放題好き放題、ですか……」

「そうだ……周りはやめとけって言ってたみたいなんだけどな……グランエンドから嫁をもらうなんざ、ロクな事にならんぞと……」

そこまで言うと店主は僕から体を離し、もう一度周りを見ました。

「これ、秘密な。俺が言ってたって人には話さないでくれ」

「わかりました。秘密にしときます」

ガングレイブさんには話すけどね。僕は心の中でそう呟《つぶや》く。

「さて、子豚の件だが」

「あ、はい」

「エクレス様が金を出してくださるっていうことなら問題はねぇ。仕入れたら当日までこちらで管理しておこう。こちらでシメておこうか？　それと届け先は？」

「あ、それならそちらでシメておいてください。届けるのはこちらの宿屋へ」

僕は宿屋の場所を記したメモを渡します。よかったよ、こんなこともあろうかと文字を練習してて。

カグヤさんにみっちり教えてもらったからなー。後で礼を言っておこう。

店主はそれを確認してから頷《うなず》きました。

「了解だ。日時もこれに記してある通りでいいな？」

「はい。お願いします」

「そんじゃ、良い子豚を用意しておくよ」

「楽しみにしてますね。では」

僕はお礼を言って、肉屋の露店から離れました。

帰り道、市場を抜けながら考える。

レンハ様、そしてグランエンド、か。なんか最近、どこかで似たような話を聞いた気がするけど、どこだったたっけ？　ガングレイブさんが話をしていたような、別の誰かがしていたような……ボンヤリとしてて思い出せません。

息子の手柄を笠に着て横暴に振る舞う母親、か。ロクでもない話なのは間違いありません。ガングレイブさんの耳には入れておいた方がいいでしょうね。

そして、エクレスさん、か。何度も言うけど綺麗《きれい》な人だったなー。

思わず胸がときめいてしまいそうでした。相手は男……のはず、なんですけど？　ね？　男……だよな？　クウガさんの事例もあるから一概に断言できないよ、あんな中性的な顔の人。

いや、男かもしれない相手にときめくってのは……ときめく……のも……。

やめよう、不毛な考えだ。神経を削る。

僕は考えることをやめて、宿屋へと帰路についたのでした。

そして宿屋に入り、受付から鍵を受け取って自分の部屋へ戻ろうとしたとき、なにか賑《にぎ》やかな声が聞こえてきました。

なんだ？　誰がはしゃいでるんだろう？

聞き覚えのある声なので、僕は通り過ぎようとした部屋に聞き耳を立ててみる。

聞こえたのは、うちの傭兵《ようへい》団隊長の女性陣の声。

「わっちはやっぱりあれが着たいぇ！　どうせだから派手に！」

「いけませんよアサギ。ガングレイブにも言われたでしょう。派手すぎる、艶《なま》めかしすぎる衣装は駄目だと」

「そう言いながらカグヤは自分の趣味のドレスを選んでた」

「な！　リル！　それは言わない約束だと！」

「ほほ～ん？　カグヤもはしゃいでたでありんすねぇ」

「仕方ありませんよ。こういう機会でもない限り、着飾ることなんてできませんから」

「そうは言いますがアーリウス……あなたとリルは逆に地味すぎます。デザインはともかく、色合いはもう少し映えるものを選んでも……」

「リルの趣味じゃない。そんなもんを着るくらいなら、そのお金で実験材料を買いたい」

「私は……その……見せる相手はガングレイブだけでいいので……他の人には地味に」

「全く……せっかくお金は団から出るんやから、贅沢《ぜいたく》してもええと思うぇ！　もっとこう！」

やめよう、これ以上聞くのは。

僕はそっと扉から離れて、ガングレイブさんに思いを馳《は》せました。

多分、ドレスの料金はとんでもないことになるから覚悟した方がいいですよ、と。

宴《うたげ》まで残り三日のある日。

傭兵団の内部でも、宴を楽しみにしてソワソワしている人が増えました。

女性陣は、仕立てたドレスが出来上がってくるのを楽しみにしてる感じです。

そんな楽しそうな雰囲気の中で、僕は借りている宿屋の厨房《ちゅうぼう》で頭を抱えていました。

「ほんっとーに困った!!」

思わず一人しかいない厨房で叫んでいました。なぜかというと。

「食材はともかく、今度は調味料が揃《そろ》わない!!」

そう。作ろうと決めた料理には、特殊な調味料が必要なのです。

その子豚を使った中華の豪華な料理には、どうしても外せない、あるものが必要になるのですが……。

当たり前だが、売ってない。

どこにもない。

そもそもこの世界にない!!

「どうする……今から自作……するにも材料がない……!」

僕はもう一度机に突っ伏して叫んでいました。

「そもそも、なんで僕はそれを考えずにメニューを決めてしまったんだー!!

今までなんとかなってたことに、甘えと油断が出てしまったー!!

情けなさすぎて死にたい!!」

一通り叫んでから、僕は消え入るような声で呟《つぶや》きます。

「必要なのは五香塩《ウーシャンイェン》、芝麻醤《チーマージャン》、糖水《タンスィ》なのだが……他にもいろいろ中華ふうの味噌や油も欲しい。材料さえあれば自作して終わるのに……！　糖水の白酢《しろず》はストックの豆腐とゴマと酢を使って、麦芽糖《ばくがとう》は大麦を乾燥処理してから餅米っぽいやつで作ればいい……！　だけど他は原材料の香辛料がそもそもない！」

僕が作ろうとしている料理には、このようにいろいろな調味料が必要になります。

まず五香塩とは、中国のほぼ全ての地域で使われる五種類以上の香辛料を合わせた混合香辛料の五香粉《ウーシャンフェン》に塩、砂糖、八角を加えたもののことです。五香粉の主な配合は八角、丁香（チョウジ、クローブ）、肉桂《カシア》、花椒《ホアジャオ》、小茴香《ウイキョウ》となります。

次に芝麻醤とは丁寧に炒《い》って香りを出したゴマを細かくすり潰し、良質の植物油を加えてペースト状にしたものです。

担々麺《タンタンメン》とかによく使われますね。

あとは大豆味噌をベースにして、香辛料、砂糖、ごま油などを混ぜ合わせた中華ふうの合わせ味噌とか。

これは煮込み料理の味付けに使われたりします。

糖水はその名の通り甘い水で、砂糖やザラメを混ぜた水でもいいのですが、ここで使うのは麦芽糖と白酢を混ぜたものです。

麦芽糖は餅米と乾燥大麦を使って作るもので、白酢は水を切った豆腐、ゴマ（白が好ましい)、酢を混ぜたものです。主に使うのは和え物かな。

他はどうすりゃ揃《そろ》うってんだよぉ!!

「考えろ、考えるんだ東朱里《あずましゅり》……! ここまできて材料がないからって、ただの子豚の丸焼きにするわけにはいかないぞ……! ガングレイブさんには怒られるしエクレスさんにも申し訳が立たない……! あんな啖呵《たんか》まで切っちゃってんだし……っ!」

エクレスさんには子豚の代金も出してもらってるしね!

それなのにできたものが領主様にお出しできない平凡な料理では、エクレスさんの顔を潰してしまう……!

そうなったらガングレイブ傭兵《ようへい》団の仕官話に支障が……!!

「……駄目だ……っ。もう一度、市場を駆けずり回るしかないかもしれない……!!」

僕は立ち上がり、意を決して厨房《ちゅうぼう》を出ました。悩んでても始まらん、行動せねば状況は改善しない!

で、宿屋を出ようと急いでエントランスに行くと、複数の小さな袋をまとめて背負ったテグさんが、ちょうど辺りをキョロキョロしながら、こっそり出かけようとしているところでした。

「テグさん?」

そんなテグさんに声を掛けると、明らかに肩をビクつかせました。

この行動……明らかに怪しい!!

事実、テグさんは僕に気づいて逃げようとしてます。

逃がしてたまるか！　僕は荷物でもたついているテグさんに追いつき、その肩を掴《つか》んで引き留めました。

「テグさん！　なぜ逃げるんですか!?」

「な、なんでもないっス！　見逃してくれっス！」

「見逃してくれ、でなんでもないはないでしょう！　その袋の中身はなんですか!?」

「な、何も入ってねえっスから！」

「こんなパンパンに膨らんだ袋で何も入ってないはないでしょ！　見せてください！」

「あ、やめ、やめてくれっス！」

僕は抵抗するテグさんの動きに振り回されながら、袋の口を開きました。

「う!?」

瞬間、広がる刺激臭。

思わず僕はテグさんから離れて尻もちをついてしまいました。

テグさんもまた僕の動きに突き飛ばされ、袋を取り落としてしまいました。

臭い！　いや、臭くはない、むしろ良い香りなんだけど、それが一挙に鼻に叩《たた》きつけられてしまい、思わず涙が出てしまいました。

「な、んですか、それ？」

僕は涙を拭いながら、テグざんが落とした袋の一つを開けてみました。

「あ、それは！」

テグさんは慌てて止めようとしましたが時すでに遅し。僕は中身の確認をします。

「これは……香辛料？」

そこに入っていたのは袋一杯に詰められた香辛料……。

僕はバッと他の袋を見て、次々と袋を開けていきます。袋は全部で十数個。それを縄で一つに括《くく》っています。

それを確認していくと、どれもこれも香辛料ばっかり……。

え、なぜ？

「テグさん、これ……なんでこれを？」

「な、なんでもねえっスから！　なんというか、ほら、ただその、ねえ？」

「あ！　さては……アルトゥーリアでこっそり香辛料を買い込んで、ここで売ろうと画策してましたね！」

「なんでバレるっスか!?」

やはりか！　語るに落ちたな！　テグさんも思わず口を押さえて、しまった！　という顔をしました。

僕はそれで全てを察しました。そういや、前に訪れてたアルトゥーリアは工場内栽培で香辛料を作っていたぞ、と。

あのときは革命騒ぎだのなんだので、結局僕は乳酒とヨーグルトを手に入れるだけに留《とど》まっていました。というか、忙しくて食料を買い込んでる暇がなかった。

いや、正直に言いましょう。ヨーグルトゲットで浮かれて、香辛料まで頭が回ってませんでした。

いや、少しは買ったけどテグさんほどの種類は買えてません。

なのにテグさんは仕事の合間に香辛料を買い込んで、ここぞというときに売ってお金を得ようとしてやがった！　賢いんだけど、なんか釈然としない！

「ここにきてさらに小遣い稼ぎとは……！　傭兵《ようへい》団のお金でなんということを。ガングレイブさんに報告だ」

「待つっス！　待ってほしいっス！　これにはわけがあるんス！」

「わけ？　ほう、聞かせてもらおうか？」

僕は袋を片付けながら聞きました。

で、テグさんはバツの悪そうな顔で答えます。

「実は……金が足りんっス」

「はい？」

「オイラたちの礼服を作る金が、足りないんスよ」

「嘘《うそ》でしょっ?」

そんなバカな? 最近だって稼いでいたはずだ、男衆の礼服の金がないなんて……。

そこで僕は先日のことを思い出しました。女性陣が、あれこれとドレスを考えてはしゃいでいたな、と。まさか……まさか、な。

「……テグさん」

「なんスか?」

「女性陣のドレス、高かったんですか?」

僕の一言にテグさんは驚いた顔をしましたが、すぐに苦笑を浮かべました。

「その通り」

やはり、か……。

「アーリウスたちがえり好みして選んだドレスが……高いんスよ……届いた請求書を見て、あまりの金額にガングレイブが枕に顔を押しつけて叫ぶくらいに」

哀れすぎる。

「じゃあ、仕方ないんで黙ってます」

「あざっス」

「ただ、ちゃんと男衆の礼服代に使ってくださいね。ちょろまかして、またアルトゥーリアのときみたいにお金払っておねーちゃんを呼ぶのはやめておいた方が」

「さすがにオイラもそれはやっちゃ駄目ってわかるっスからね!!」

テグさんはそう言うと袋をまとめて再び背負いました。

「ちなみにどこで売るので？」

「市場で路上販売でもするっスよ。もしくは料理屋か調味料の問屋にでも卸《おろ》せば」

「なるほど……ン？」

そこで僕の息が止まりました。

気づいてしまったのです。問題を解決する糸口が目の前にあると!!

「待ってください！」

「ふぉ!?　なんスかいったい!?」

「その香辛料、少し見せてもらってもいいですか！」

「は？　まあ、いいっスけど」

テグさんは背負っていた袋をエントランスの机の上に置きました。

僕はもう一度その袋の中身の香辛料を確認します。一つ一つ、形と色、匂いを確かめながら。

そうして、僕はだんだんと笑顔になっていきました。

「これなら、なんとかなるかも！」

「どうしたっスか？」

「テグさん！」

　僕は拍子抜けした顔をするテグさんに向かって、頭を下げました。

「この香辛料、これとこれとこれ……あとこれ、少し分けてもらえませんか⁉」

「はぁっ？」

　そうだよな。そういう反応するよな、テグさんみたいになるよ、驚いて呆気《あっけ》にとられたような顔になるよ。

　でも僕だって必死です。手に入らないと思っていた香辛料がここにある。

　これがあれば、作ろうとしている料理に必要な調味料をこさえることができるかもしれないので！

「実は、宴《うたげ》の際に領主様へ料理を供することになっているのですが……それに必要な調味料がないんです。自作するにも香辛料が手に入らなくて……でもここにあるのを使えば、なんとかなるんです。だから」

「ならいいっスよ」

「お願いしま……え？　いいんですか？」

「いいに決まってるっスよ」

　テグさんは胸を拳でドンと殴ってから言いました。

「シュリが仕事で必要だっていうんなら、それが最優先っスからね！」

「あ、でも……礼服代が」

「大丈夫っスよ」

僕が心配そうに言うと、テグさんは悪そうな笑みを浮かべて言いました。

「売るとき、かなりふっかければいいっスから」

「ほ、ほどほどに」

僕はそう言いながらも必要な香辛料を改めて吟味し、選ぶことにしました。

「じゃあこれらをこんだけもらいますね」

「結構ごっそり持っていくっスね!?」

テグさん……し、仕方ないじゃん……。ここから記憶と舌だけを頼りに再現するから、量がいるんだよ……。


そしてとうとう宴の日。僕たちは城に招待され、中庭に足を踏み入れました。

「おわー……」

僕は思わず、そんな気の抜けた声を出していました。

「こりゃ豪華ですねー……」

現在の時刻は夜。それなのに、この中庭には多くの人が集まり、魔工ランプがこれでもかと場を明るく照らしていました。

立てられた支柱に縄が張られ、そこにたくさんの魔工ランプが吊《つる》されている。明かりだけじゃなく僅《わず》かに熱も出すので、場は寒くなく明るいまま。

多くの人が歓談し、机の上に並べられた料理を皿に取っていく。立食スタイルの宴《うたげ》なので、給仕さんが所狭しと動いて杯や皿を渡したり片付けたりしている。

そんな様子を見て立ち止まっていた僕でしたが、唐突に尻を叩《たた》かれました。

「うひゃ!?」

「何を立ち止まっとるんや。さっさと行かんか」

僕の横をクウガさんが通り過ぎて、会場に足を踏み入れていました。

クウガさんは最後までやっぱ出たくない、面倒くさい、なんとかならんかとゴネていたのですが、女性陣が無理やりクウガさんの礼服を用意したので、仕方なしに参加しています。目元には皺《しわ》が寄ってる。

燕尾服《えんびふく》にも似た礼服で、クウガさんのほっそりとした体に似合うように作られています。なんというか、色っぽいな。

「そうそう、ご馳走がたくさんっスよシュリ！　腹一杯食べて、この服の分を取り戻さないと！　それと綺麗《きれい》なお姉さんも要チェックっス！」

さらにテグさんがはしゃいだ様子で飛び出していきました。こちらも礼服を着て、いつものドレッドヘアは後ろのつむじできちんとまとめています。まあ、その髪型はいろいろとはっちゃけてますからね。

「……」

さらに続いてオルトロスさんが僕の隣に立ちました。

いつものヘルムは外し、獅子《しし》の如き様相に礼服の効果も合わさって、凄《すご》く偉い軍人のように見えました。

「緊張するわー。見なさいよシュリ、ほらあそこの夫人が着てる服……！　可愛くて良いデザインだわー……遠目からでも良い素材を使ってるのがわかるもの。やだわ、可愛いドレスが多くてボロが出ちゃいそう」

「抑えてくださいね」

口を開けばこうだもんな、オルトロスさん。どっしりしているように見えて、目は可愛いドレスや綺麗なドレスに目移りしてそわそわしてるもん。

僕にだけ聞こえる声量で言ってたオルトロスさんは、ゴホンと咳払《せきばら》いをしてからビシッと姿勢を正しました。

「もちろんよ。アタイの擬態《ぎたい》を舐《な》めるんじゃないわよ」

「それもそうでしたね」

よく考えたらこの人、ガングレイブさんたちとずっと一緒にいてボロを出さないようにしてたもんな。しかもずっとバレてないっていう。

僕が心配するまでもありませんでしたね。オルトロスさんはそのまま、宴《うたげ》の会場内へと足を進めました。

「さて……僕は厨房《ちゅうぼう》に引っ込もうかな」

僕は城の建物内へ戻ろうとしましたが、

「待て、どこに行く」

それをガングレイブさんに止められました。肩をガシッと掴《つか》まれて。

「え？　子豚も無事に届いたようですし、厨房に引っ込んで準備をしようかな、と」

「お前も参加するんだよ」

「嫌ですよっ。見てくださいよこれ」

僕は自分の格好を指差し、

「いつもの服装なんですよ？　浮くに決まってるじゃないですかっ」

そう言ってやりました。これにはガングレイブさんも顔をしかめています。

僕の格好。それはいつもの白Tシャツにジーパンという、ラフなスタイルなのです。

僕だけ礼服を用意してもらえませんでした。というより、用意できませんでした。

「それはお前が、料理の手順の確認のために厨房にこもったり材料を買うために市場を走り回って、肝心の礼服を仕立ててもらうのを忘れていたのが悪い」

「その前に『すまん、お前の分の礼服の金が少ない。簡単なものでないと無理だ』と言ったのはそっちですよ？」

「それでも、その上に着る小じゃれた服くらい買う金はあったぞ！」

「そんなもので僕の庶民感を消せるわけないでしょ!?」

「言い争いはそこまで」

　僕とガングレイブさんが言い争っていると、後ろから誰かに話しかけられました。

「せっかくの宴の場、空気を乱すのはよくないとさすがのリルもわかる」

「そうですよ。仕官祝いと思って、ここで顔を繋《つな》いでおくのがいいです」

「わっちはいい男を引っかけたいぇ」

「アサギ。ワタクシとしましては清楚《せいそ》におとなしくしておくことをオススメしておきます。今後の仕事に差し障りがありますからね」

　声に反応して振り向くと、そこには着飾った女性陣の姿がありました。

　これでもかと豪華で仕立ての良いドレスを身にまとって、悠然と歩いているのです。

「なのでシュリ、ここはおとなしくしておくのが吉。せめて宴の場に出て顔繋《つな》ぎくらいはしとかないと」

「そうしたかったのですが、あなたたちがお金を使いすぎたせいで僕の服がないのですが？」

「それは知ーらない」

「無責任な⁉」

「それより、シュリ」

僕が唖然《あぜん》としていると、リルさんはその場でくるりと回りました。

「女性陣がせっかく着飾って綺麗《きれい》にしている。男はそれを褒めるべき」

「え……ああ」

リルさんの言葉に、僕は先ほどのあれこれを引っ込めて、改めてリルさんの服をよく見てみる。

リルさんの水色の髪に合わせた青色のドレス。まるで海のコントラストを表しているかのような配色。僅かに輝いていることから、パールか何か散りばめられているのかもしれません。

手に刻んだ刺青《いれずみ》を隠すために純白の手袋をしているので、元々白い肌によく映える。

「そうですね。まるで海の雄大な美しさを表現したかのような着こなしで、すばらしいかと」

「シュリからまさかのまともな褒め言葉……」

「失礼だな」

自分で褒めろと言ったんじゃないかよ。なんでそこで驚いて引いてるんだよ。

ふと隣を見れば、アーリウスさんが恥ずかしそうにしながらガングレイブさんの前に立っていました。

「が、ガングレイブ」

「おう？」

「わ、私はどうでしょうか？　ちょっと地味にしたのではありますが、その、ガングレイブに見てもらうために悩んで選んだのですが……」

そう言いながらイチャイチャする二人。爆発しちまえ。

アーリウスさんは銀髪がよく映える黒っぽいドレス。確かにデザインとか配色は地味かもしれませんが、なんというか清楚《せいそ》さがある。銀髪の輝きをさらに際立たせているかのような。

でも、ガングレイブさんはつぶさに観察した後、

「もうちょっと派手でも良かったんじゃないか？　こう、金はあるんだし」

と、なんというか間の抜けた答え。

おいおいそれはさすがにないだろアーリウスさん怒るよ？　と思ったのですが、そこはアーリウスさん。恥ずかしそうにしながら、

「そ、それはガングレイブだけに見てほしくて……」

「え？　あ、ああ、なるほど。それは気づかなかった……ありがとうな」

「そんなありがとうだなんて」

と、さらにイチャつく。なぜだ、あんなデリカシーのない言葉でなぜそこまで落ちる……これが惚《ほ》れた弱みというやつなのか……？

僕が二人に戦慄《せんりつ》していると、アサギさんが僕の肩に腕を回しました。

「アーリウスは結局、ガングレイブに何を言われてもいいだけでありんす。妬ましい、好きな相手とあれだけイチャイチャできるのは」

「アサギさんもモテるでしょ？」

「わっちのは仕事でありんすから～」

と言いながら、アサギさんは離れました。

アサギさんのドレスは……ちょっと胸元を強調したドレス。色は赤。凄《すご》い鮮やかな赤。虹色の髪の艶《つや》やかさと相まって凄く目立つ。なんというか、会場の視線を独り占めしてやろうとしているのが凄くわかる。

「まあ、ガングレイブが土地をもらって腰を落ち着けたら、わっちも良い人を探さねばならんぇ」

「よりどりみどりでは」

「残念、モテるだけでは良い人とは巡り合えんのでありんす。自分の足と目で、良い男を引っかけにゃならぬから」

そう言ってカラカラと笑うアサギさんですが、なんというかこの人なら、そんな人あっさり捕まえそうだな、としか思えない。

「ほら、皆さん騒ぐのはそこまでです」

パン、と手を叩《たた》いてカグヤさんが言いました。

「ちゃんと宴《うたげ》に参加しましょう。そして顔繋《つな》ぎをしっかりして、これからのための仕事をこなすのが、ワタクシたちの今回の任務です」

うーむ、そういうカグヤさんは、髪の色と合わせた紺色でお淑《しと》やかなタイプのドレス……これ、結構悩んで選んでたのでは？

ということを口に出しても仕方がないので、僕は黙っていました。

「はいはい、カグヤの忠告は聞いとくぇ」

「では行きましょうか、ガングレイブ」

「ああ、そうだな」

「ごはん、ごはん」

ガングレイブさんたちはおのおの、宴の会場へと入っていきました。

さて、改めて厨房《ちゅうぼう》へ行こうと思った僕の隣に、カグヤさんが立ちます。

「はしゃぐだけでなく、顔繋ぎも大切なのですけど……」

「まあカグヤさんの言い分はもっともですからね」

ふぅ、と頬に手を添えて溜め息をつくカグヤさんに、僕は苦笑しながら言いました。

「こういう場は、剣を使わぬ戦場だと前に聞いたことがあります」

「それは、前の世界でですか？」

カグヤさんが少しだけ声を潜めて聞きました。

一瞬驚いた僕ですが、すぐに笑みを浮かべて返します。

「そうです。歴史の勉強とか、小説を読んでとか、いろいろ」

「なるほど。言い得て妙、いえ、的確な表現かと」

カグヤさんは真剣な顔をして、会場の全域を見渡します。

「ワタクシたちも、この宴《うたげ》を乗り切れば土地持ちの領主。スーニティの傘下でありましょうが、それはこの戦乱の世においてよくある話。

なればこそ、ワタクシたちは新参者であろうとも礼節をわきまえ、互いに利用する価値があると証明しなければいけません」

「互いに、利用し合う」

「そうです」

カグヤさんはさらに続ける。

「これからは、戦での働きだけでは身を立てられません。領地を開墾《かいこん》し、村を作り、街に発展させ、行商人を呼び、職人を育て、領民を養う……今までと違う働きに、最初は戸惑うことでしょう。

そんなときに、手を貸してくれる……手伝ったり教えてくれる人がいれば、助かるでしょうから」

「……まあ、そう、ですね」

カグヤさんの言うことは正論だ。僕だってそう思ってました。

これからは、ただ雇われて戦をして金を稼いでいたときとは違う身の立て方が必要になります。

カグヤさんの言うことは、全てその通り。つまり自分たちで土地を発展させる必要があるということです。

その毎日は、きっと今までとは違う苦しみがあるかもしれない。

ただ田畑を耕し、家を作り、街道を整備する。

平和かもしれませんが、最初はきっと貧困状態でしょう。さすがにスーニティに何から何まで援助してもらえるだなんて思ってはいけない。

良くても理想とする援助の二割、悪ければ一割以下しか助けてもらえないかもしれない。

苦労する日々となることでしょう。でも――

「今は、喜ぶのも良いのではありませんか？」

「今は、喜ぶ？」

「はい。夢の第一歩に踏み出せたことを、ただ喜ぶ。それを力に蓄えておく。それも良いのでは？」

僕がそう言うと、カグヤさんは面食らった顔をしました。

「シュリがそこで、皆を諌《いさ》めないとは思いませんでした」

「いや、カグヤさんの言うことは正しい。なので、正しいことをわかってる人が、大事な所でガングレイブさんを引き締めればいいと思います。それまでは、ガングレイブさんを緩めさせてあげてください。今しかないでしょうから」

カグヤさんは僕の言葉に数秒間何かを考えたあと、すぐに笑みを浮かべて言います。

「それは、最初から最後までワタクシ任せってことではありませぬか？」

「あ！　まあそうなんですけど！　大事なところでは僕も手伝いますから！　ね!?」

慌てて訂正を入れる僕を見て、さらに楽しそうにカグヤさんは笑みを深めます。

「そのときは容赦なく、シュリを巻き込むのでよろしくお願いいたしますね」

「あ、はい」

「ところで、シュリ」

「はい？」

「ワタクシの衣装に関しては何も言ってもらえぬのでしょうか？」

悪戯《いたずら》っ子《こ》みたいに笑いながら言うものですから、今度は僕が驚きました。

だけど、そうですね。たまにはそんなカグヤさんも素敵だと思います。

僕は腕組みをして、同じく悪ノリした笑顔で言いました。

「これは困った。この場の話題をかっさらう美人の言葉に、僕はドギマギするばかりです」

「あら、お上手」

「まぁ……本当に綺麗《きれい》になってますよ、カグヤさん」

「ありがとうございますね」

スッキリしたのか、カグヤさんはいつもの微笑を顔に貼り付けて歩きだしました。

足が向かう先は、酒と食事を食べまくって白い目で見られているクウガさんとテグさんの方向です。

「では、ワタクシはワタクシの仕事をしますか」

「ご苦労さまです」

「ありがとう。では」

そのままカグヤさんは行ってしまいました。

残された僕はもう一度腕組みをして、率直に呟《つぶや》きます。

「カグヤさんも、ちょっとでいいから緩んでいいと思うけどなぁ……」

なんというか、あの人は苦労人《くろうにん》ポジションなんですよね。いつだって、ガングレイブさんに対して心遣いをしている。

いや、ガングレイブさんだけじゃないな。僕のことも、他のみんなのことも、団全体のことを考えてる。

だから、今だけは楽しんでほしいと思うのは、僕の勝手な思いなのでしょうか。

そんなことを考えながら、ようやく決心がついた僕は宴《うたげ》の会場へと足を踏み入れることにしました。


「でもやっぱり浮くんだよなぁ……」

結局、周囲に馴染もうと一時間くらいそこにいたのですが、やはり格好が格好なだけに誰も近寄りませんし、こちらから近寄ったら逃げられます。

こっちをちらりと見て、コソコソ移動する。多分、なんで場違いな人が混じってるんだ？　と思われてるんだろうなぁ。

当然だよな。ドレスコードのある宴会でTシャツにジーパンって、なんていじめだよ。もう厨房《ちゅうぼう》に引っ込もうかな。

「駄目だ、ここにいても精神を削られる……聞いてた予定より早いけど、もう調理に入ろう……厨房に用意してあるはずだ。道具も、食材も……」

僕は一人呟《つぶや》き、厨房へと足を運ぶ。

そこに横合いから誰かが話しかけてきました。

「やあシュリくん。楽しんでるかい？」

「？　あ、エクレス様」

そちらを見ると、そこには護衛二人を連れたエクレスさんの姿が。

いやー、相変わらず美しい人だな……着ているものも前に見たもの同様に豪華だし、よく似合ってる。

「いや、ちょっと場違いなんで楽しむもなにも……」

「ん？　君たちは今回の宴の主役だろう……と、そうか、君が礼服を着てないのが原因か」

「はい、すみませんでした。用意する暇がなくて」

「それだけ、この後父上に供する料理の準備を突き詰めてくれてたってことだろう？　領主である父上に変わってボクからお礼を言おう」

「いえいえ！　そこまででは！」

エクレスさんが丁寧に礼を言うので、思わず手をブンブンと振ってしまいました。

だってこんな偉い人が、僕に礼を言ってくださるんですよ？　後ろの護衛さんの視線が怖くて怖くて仕方ないよ。

「ただ、その、金がなかっただけもあって……」

「え？　他の人たちはちゃんとした礼服を用意しているのにかい？」

「まあ、はい。それで僕の分の金がなくなりました」

あっけらかんと僕が答えると、エクレスさんは絶句していました。

そりゃ普通はそうなるだろうな。僕だって目の前の人が同じことを言ったら同じ顔をしますよ。そしてエクレスさんは真面目な顔をして続けました。

「シュリくん」

「はい？」

「よければ、ボクが君を雇おうか？」

……なんだって？

「えっと、話の流れが見えませんが」

「簡単だよ。そんな扱いをするような団にいても、いいことないよきっと……」

「いや、心配してくださるのは本気でありがたいんですけど」

うん、思わず涙が溢《あふ》れそうな優しさに、グラッときたのは事実です。

だけど、僕は微笑を浮かべて言いました。

「ま、なんだかんだで皆さんには世話になってますし、一番ガングレイブさんが反省してくれてるでしょう。他の女性陣の方々だって、たまには着飾りたいはずですから。まあ、僕がちょいと我慢すれば済む話……なのですが、この埋め合わせは後日、ちゃんとしてもらいますよ」

「そうかい」

　エクレスさんは体を後ろに向けながら言いました。

「まあ、いつでもこっちは歓迎するよ。……とはいっても、ニュービストの姫様がどうでるかだけどね～……」

「え、なぜそこでテビス姫が」

「自分で考えなよ。じゃあね」

　そのままエクレスさんが去って行ってしまったので、僕は答えが聞けずじまいで立ち尽くしていました。

　な、なぜテビス姫が話に出てきたんだろ～……ああ、そういえばあの人は結構、僕の料理を気に入ってくれてたなぁ。

　考えてみれば、ニュービストにはしばらく行ってない……またあの美食の宝庫に足を踏み入れてみたいものです。

　ということをガングレイブさんに言ったことがあるのですが、駄目だとストップをかけられてしまいました。理由としては「あんな魔窟《まくつ》にゃもう行かん」だそうです。

　ふぅむ、結局その理由も教えてくれなかったな、ガングレイブさん。

「はぁ……さて、どうしようか」

「どうしようかもこうしようかも、お前はそろそろ調理に入れよ」

「おわぁ!?」

返されないと思っていた独り言に背後から返答があったので、僕は飛び上がらんばかりに驚いてしまいました。

周りにいる人たちが何事かとこちらを振り返ったので、頭を下げて何でもないと伝えておきます。

振り返ると、そこにはちょっと顔が赤いガングレイブさんがいました。

「あー驚いたー。えっと、そろそろですかねガングレイブさん」

「そろそろだな。時間的にも、場の空気からしてもそろそろ領主様が出てくる」

「あ」

そう言われて僕は理解しました。

「なるほど、そろそろ調理の準備をしていれば領主様が顔を出してくる、と」

「そしてお前の調理を目の前で見せる。そうすれば毒味も実食も問題なく行える」

「毒味って」

「そんな嫌そうな顔するな。考えてもみろ、今までの王族が突拍子もなさすぎただけで、毒味もせずにそのまま食事を取るなんて普通はしないんだよ」

「それもそうですねぇ……てか、それが普通でしたね、うん」

ああ、よく考えてみたら、僕の料理を食べてくれた今までの人たちってのは……よっぽど食に遠慮がなかったんだなぁ。

いや、そういえばグルゴのときは毒味役がいたぞ？　ちょっと争ってたけどね。そこは細かいところなので割愛。

ともかく、そういうことになれば僕も腕を振るう準備をしなければなりますまいて。僕は改めて気合いを入れるように腕まくりをしました。

「では僕は調理の準備に入ろうと思います」

「よろしく頼む」

「それで、調理を目の前で見せるという話ですが……ここで作ってもいいのですね？」

「構わん。人手は出すから好きにしろ。問題はその料理、自分で言っておいてなんだが、この場で作るのに支障は？」

「全くありません。むしろ広くてちょうど良いかと。目の前で作れるので、毒なんて微塵《みじん》も入ってないと証明できます」

「なるほど。証明できるのか」

「調理手順はわかりやすいと思いますし、調味料に怪しいものは使っていませんから」

「シュリの言葉を信じるとも。信頼できるからな、お前の仕事っぷりは」

僕とガングレイブさんはお互いに笑い合いました。

「そういうことなので、何人か力を貸してもらえませんか？　用意してきた調理用具と下ごしらえした食材やらを運びたいので」

「構わんぞ。さて、誰が空いてるかな……」

ガングレイブさんが視線を向けてる先を、僕も同じように見てみます。

まずはクウガさん。片手に皿を持ち、優雅な立ち振る舞いで食事をなさっていました。

なんというか、あの人は何をしていても華があるな……一発で目に入りましたよ。

そして、その周りには……。

「あのー、クウガさんはどれほど剣の修行を？」

「さあの。ワイは物心ついてから剣を振るっとったもんでな。正確な年数はわからんわ」

「どれほどの武功を立てられましたの？」

「数えきれんのぅ。行く先行く先、強敵も雑魚《ざこ》もまとめて切り払って進むだけやから」

「あのオリトルの魔剣騎士団団長のヒリュウに勝ったって本当ですか？」

「ギリギリな。ほんま、ギリギリの死闘やった」

何人かの貴族令嬢が、黄色い声を上げながら付きまとってる。それをクウガさんは迷惑そうな顔をしてあしらってますね。

あれは、駄目だ。

「クウガさんは駄目ですね」

「あそこから引き剥がしたら、ご令嬢たちから恨まれるな」

僕とガングレイブさんは互いに頷《うなず》き、クウガさんに手伝ってもらうのを諦めました。

だってさ、見てたら思うよ。周りのご令嬢さんたち、クウガさんの佇《たたず》まいにすっかりポーッとして女の顔をしてるもん。怖いよ、近寄るの。

しかもさ、周りの男たちはクウガさんに嫉妬の目を向けてるんだわこれが。殺気がビンビン伝わってくるもん。僕でさえわかるレベルで。

「テグさんはどうです？」

「あれを見ろ」

逆にテグさんを見たらどうか？

クウガさんとは真逆で、男も女も近くにいない。なんかあそこだけ空気が違う感じがする。その中でテグさんは、一人寂しく料理を食べていました。

「あそこだけ一人居酒屋なんですかね」

「言ってやるな。傷口に塩を塗るような言動は慎め」

「すみませんでした」

「まあ、見てわかる通りだ。テグと……あとオルトロスもいいな」

視線を向けてみれば、オルトロスさんの周りにも誰もいない。

だけどテグさんの、なんというか空気扱いとも違う。近くに猛獣がいるような扱いで、遠巻きにしてヒソヒソ言い合ってる。

そりゃ怖いもん。遠目からだと礼服着た猛獣だよ？　僕だって知らなきゃ怖くて近寄らないから。

「あの二人に声を掛けておく。お前は準備に取りかかれ」

「はい。……あれ？　女性陣は？」

「あそこを見ろ」

ガングレイブさんは呆《あき》れた顔をして指を差しました。

そっちを見れば、女性陣は多くの男性に囲まれてちやほやされてるがな。

アーリウスさんも、アサギさんも、カグヤさんも。三人にたくさんの男性が群がって口《く》説《ど》いている。

アーリウスさんは困ったような笑みを浮かべてあしらっていますが、それをフォローするようにアサギさんとカグヤさんが前に出ています。そうか、ああやってアーリウスさんを庇《かば》ってるんだな。

だからあんなふうに有象無象《うぞうむぞう》の男性に囲まれてもガングレイブさんは平静に……。

「ガングレイブさん？」

「なんだ、シュリ」

「組んだ腕の下で隠してますけど、拳が震えるほど握りしめてるように見えるのは僕の気のせいですか？」

「気のせいではない。アーリウスに触れようものならあの頬骨、微塵《みじん》に砕いてくれる」

ヤバい！　ガングレイブさんが怒りのあまり顔色が蒼白《そうはく》になっている！　口の端を噛《か》みしめてるから血が出て流れてるし、こめかみにはこれでもかと青筋が浮かんでいるではありませんか!!

頑張ってくれアサギさん、カグヤさん。ガングレイブさんの心の嵐は、あなた方にしか静められない！

……ん？

「リルさんは？」

「ここだよ」

「おわ!?」

ふと気になってリルさんの名前を呼んだら後ろから声がしたので、僕は驚いて振り向きました。

そこには食べ物を目一杯頬張って、片手には料理を山盛りにした皿を持っているリルさんの姿が！

「はしたないですよ。それでも淑女ですか」

「リルはそういう、乙女的な扱いは諦めてる」

「女を捨てるんじゃない」

「なら、なぜリルには男が群がらない!!」

一気に口の中のものを飲み込んだリルさんは皿を置き、凄《すご》い剣幕で僕に詰め寄ります。

怖い怖い！　まるで般若《はんにゃ》だよ！

「自画自賛するわけではないが、リルはこれでも美少女の類いだと自負してる！　スタイルも悪くない！　顔も悪くない！　発明品で金もある！　なのになぜリルはモテない!?」

「スタイルが、良い……？」

「どうしたの？　死にたいの？」

「なんでもありません」

僕の呟《つぶや》きに、能面のような顔で聞いてくるリルさんから顔を逸《そ》らした僕。ブワッと脂汗が出ます。

危ない危ない。確かにリルさんは美少女の類いかもしれませんが、美〝小〟女なので……アーリウスさんたちのような〝大人〟の美女のカテゴリじゃないから……それが原因なのでは……という考えが読まれていたのかと思った。

「まあよい」

リルさんは再び無表情に戻り、皿を手にして料理を口にし始めました。

「それで？　シュリはそろそろ料理の準備なんだよね？」

「はい。それで人手が欲しいのでテグさんを呼ぼうかと」

「適任。あのままあそこにいさせたら、テグはモテない現実で溶けるよ」

「溶けるって」

よ、よくわからないようでわかるようで……？　確かにあのままあそこにいさせても、テグさんは空気に馴染んだまま誰にも気づかれないかもしれない……。

「俺から声を掛けておく。シュリ、お前はもう準備に入れ」

「あ、はい。それではリルさん、いってきます」

「いってらっしゃい。できれば少し残しておいて、後でリルにもちょうだい」

「む、無理かも」

そんな期待するような目で見られても困りますよ……。


結局、テグさんとオルトロスさんに手伝ってもらって会場の真ん中に、材料と設備を用意することにしました。

量が量なので、何回か往復することになりましたが……。

「テグさん、すみません。宴《うたげ》を楽しんでるところを邪魔するようで」

「構わないっスよ！　全く、シュリはオイラが手伝わないと駄目っスね！」

「ああはい」

やめとこう。誰にも相手にされてなかったから、と言うのはやめておこう。

こんなに活き活きした顔で手伝ってくれるテグさんにそれを言うのは、惨《むご》すぎる。

「オルトロスさんもありがとうございました」

オルトロスさんは、しゃがみ込んで設備の準備をしてくれていました。そんなオルトロスさん、笑顔で僕にサムズアップ。

これは多分、胸糞《むなくそ》悪くて空気が悪い場から連れ出してくれてありがとうって言いたげだな。間違いない。そんな爽やかさを感じる。

「さて、これで一通りの準備はできましたね」

時間はかかりましたが、ようやく設営は完了。

用意したのは、さばいて下ごしらえをした小豚と、それを焼くための炭、架台、刺股。

それを見てから、改めて調味料の確認も行い、準備万端です。

「よし……これで準備は終わった。あとは……」

僕は視線をガングレイブさんの方へ向けました。

先ほどから会場の真ん中で作業する僕たちを、大勢の人たちが興味深そうに見ております——遠巻きにね。

その中にガングレイブさんがいるわけですが、僕が視線を向けた意図を察してくれたのでしょう。頷《うなず》き、始めるようにジェスチャーで伝えてきます。

……なるほど、そろそろお越しになるということですね。

「テグさん。オルトロスさん。手伝ってくれてありがとうございます」

「おうとも。どういたしまして……もうこの辺でいいんっスか?」

「ええ」

僕は腕まくりをしてから気合いを入れ直しました。

「この料理は神経を使うので、できれば離れていてもらえると助かります」

「お、おう……シュリのそんなマジな顔、久しぶりに見たっスね。わかったっス。あとは任せるっスよ」

「……」

テグさんとオルトロスさんが離れてくれたので、僕はもう一度周囲を見渡します。

興味本位でこちらを見る者、興味なさげにそっぽを向く者。

その視線が好意的であれなんであれ、僕には関係ありません。

僕は、僕にできる仕事をするだけ。

何度も何度も、そう心に言い聞かせてきた。この世界に来てから、ガングレイブさんたちと出会ってから。今この瞬間まで、自分に刻んできた言葉。

僕にできる仕事をしろ。

そして今する仕事は、ガングレイブさんの仕官を確実にするために、領主様の気に入る料理を作ることだ。

「よしっ!!」

僕は声を出してから、両頬を叩《たた》いて気合いを入れる。

パン、と音が大きくなる。気合いは十分だ！

「おお、なんとも気合いが入った料理人だ」

そんな僕の後ろから、声が掛かりました。少ししゃがれているけど、元気さを感じさせる声色。

振り向いてみれば、そこにいたのは護衛を連れた壮年の男性でした。

礼服に身を包みながらも手袋をはめて、首元にはマフラーらしきものを巻いています。

少し色落ちしている銀色の髪をオールバックにまとめ、優しそうな顔に年齢相応の皺《しわ》が刻まれていました。

しかし髭《ひげ》などは丁寧に手入れされており、それが若々しく見せています。

「こ、これは失礼しました」

僕は思わず恥ずかしくなって頭を下げました。

いかんいかん、気合いが入りすぎて周りが見えてませんでしたね。こりゃ恥ずかしい。

遠くにいるガングレイブさんもあちゃーって顔をしてます。すまんかった。

だけど他の人……クウガさんやテグさん、アーリウスさん、アサギさん、カグヤさん、オルトロスさんなんかは苦笑してる。いつも通りの僕だと思ってくれてたらマシかな。

で、リルさんはというと僕の方に視線を向けず、ずっと用意した食材の方を見てた。羨《うらや》ましそうに見てた。おい、ちょっとは僕の心配もしろ。

「構わないよ。……君は、ガングレイブくんの部下のシュリくん……だったかな？」

「あ、はい。そうです。……どこで僕のことを？」

楽しそうに聞いてくる壮年の男性に、僕は思わず聞き返していました。

……そういえばこの人誰よ？　なんか偉い人かと思ったから頭下げたけど、誰なんだ？

僕の質問と心の疑問に、壮年の男性はすぐに答えてくれました。楽しそうに、です。

「君のことはエクレスから聞いた。数日前に、あの子が自分で費用を出して、その界隈では有名な料理人である君に、私のための料理を作らせると」

「……っ、エクレス様から、ですか。では、あなたは領主ナケク様？」

「その通りだとも、シュリくん」

僕は心臓が飛び上がるほどの驚きを隠しつつ、礼を尽くしておじぎをしました。

そうか、この人がスーニティの領主の……ナケク・スーニティ様だったのか……！

エクレスさんから話を聞いたってことは、これから僕が作る料理についても知ってるってことだろうか……。動揺を隠しながら、僕は言いました。

「領主様、エクレス様から何かこう……僕が供する料理についてお聞きになりましたか？」

「子豚を使った料理、だとは聞いてる。……が」

「が？」

「あの美食姫を唸《うな》らせた料理人だ、予想しても無駄だとも言われたよ。エクレスからね」

うわー、うわー！　僕は頭を下げて顔を隠しました。

明らかに動揺しましたからね、僕。汗まみれで変な笑顔になってしまいました。

「ヤバい……ただでさえ成功率が安定しないうえ、練習がイメトレしかできてないってのに……ますます失敗が許されなくなった……!!　ちっくしょう……!!」

誰にも聞こえないほどの小声で、僕は悪態をついていました。

満足させる料理はある。自信もある。

だけど問題は、その料理の練習が、頭の中だけでしかできてないことです。なんせ食材がないから、ぶっつけ本番に近い。

しかも成功率だって……いや、ここまできたら弱音は吐いていられない！

僕は自信満々な顔をして領主様に向き直りました。

「はい。ご満足いただける料理を作れるよう、今日まで食材の吟味や練習に励んでおりました」

頭の中でね。

「そうか、それは期待できそうだ」

「父上」

笑顔の領主様の隣に、若いお兄さんが立ちました。

どことなくエクレスさんと似た雰囲気がありながら、なんかエクレスさんよりもはるかに男らしく父親似の男性。

ガングレイブさんと同じくらいの背丈ですね。こちらは軍服に身を包み……軍服っぽいものだな。なんというか礼服のそれも兼ねてる感じ。

精悍《せいかん》な顔立ちで、三白眼で目つきがキツい。領主様と同じ銀髪をざんばら髪にしています。髪型にこだわりはないみたいだ。

その男性は僕の方をジロリと睨《にら》み、言いました。

「自信満々なのはいいが、期待させすぎるなよ。俺様としては、マシで毒が入ってない料理を出してくれりゃいいだけなんだから」

「はい？」

思わずこめかみに青筋が浮かぶほどの怒りを、無理やり笑顔で誤魔化す僕。なんだこいつ……失礼な奴だな。ウナギの煮こごり食わせるぞ。

「失礼、あなたは……」

「なんだ、ガングレイブから聞いてないのか？　俺様はギングス。この領地の次期領主候補だ。覚えておけ」

投げやりな言い方でしたが、僕にはそれで十分でした。

なるほど、この人が武官として優秀なギングスさん……。確かに、この人からはどことなくガングレイブさんと同じ何かを感じる。

こう、武人としてではなく、指揮官として同じ匂いというのか。

……いや、僕は料理人だ。そこまでわかるはずがない……のですがね。なんでしょうか、この感じは。

「これは、礼を失して申し訳ございません。ギングス様。知識の足りぬこの身、精進《しょうじん》が足りませんでした」

「そこまで言うな」

ギングスさんはバッサリと言い捨てました。

「お前は料理人。知識は求めない。旨《うま》い料理を作る、それだけに邁進《まいしん》しろ。それがお前の役目で仕事で存在理由だろう。……あと、お前の謙遜《けんそん》はどことなく、揺らぎない自信からきてると感じるぞ」

「え？　え、ええと、すみません？」

「言うな。自分の腕に覚えのある職人独特の雰囲気だから気にするな。……俺様も余計なことを言った。忘れてくれ」

そう言うとギングスさんはそっぽを向きました。

なんだろう、俺様タイプなのに親しみやすさを感じさせる不思議な人だな……こういう人が上司だったら、思わず頑張りたくなる感じ。

「ギングス、お前はいつも口が悪くて素直じゃない。素直に失礼なことを言ったと言えばいいだろう。この人は毒なんて入れないだろうよ」

「ち、父上！　そこまでおっしゃらなくてよろしいのです！」

あ、なるほど、こういうことか。

領主様の言葉に思わず慌てるギングスさんの姿は、確かに親しみやすい。なるほど、根は良い人ということなのでしょう。だからあんなことを言われても、言葉を交わしているうちに怒りが軟化してしまう。

僕はもう一度頭を下げてから言いました。

「領主様、ギングス様。私如きにそこまでの言葉をかけてくださりありがとうございます。これより、ガングレイブ傭兵《ようへい》団団長より仕事を任されました料理番のシュリが、この度の戦の勝利の祝いに一品作らせていただきます」

「うん、期待しよう。それで？　何を作るんだい？」

「はい、私が作りますのは」

僕はそこで振り返り、毛を取り除いたり内臓を出したりして下ごしらえをした子豚を、リルさんに作ってもらった刺股にぶっ刺して用意します。

「子豚の丸焼きです」

それは周りの人にとっては、異様な光景だったのでしょう。

刺股に子豚を刺して持ち上げる男を見て、周りの人たちはヒソヒソ言い合っています。

領主様とギングスさんだって目を真ん丸にしています。そりゃ驚くわな。

あまりの光景だったのか、慌てた様子のガングレイブさんが出てきて僕に耳打ちしてきました。

「何をしてやがるんだお前……!?」

「見ての通り子豚の丸焼きを作ろうとしてるんですけど」

「子豚の丸焼きはそうやって、刺股で作るもんじゃないだろう!?」

とうとうガングレイブさんが怒鳴りつけてきました。

はて？　子豚の丸焼きはそうやって作るもんじゃない……？

疑問に思っていた僕でしたが、そこでようやく気づきました。

「さては、ガングレイブさんは、子豚の丸焼きって、本当に子豚を丸ごとそのまま炉で焼くものだと思ってません？」

「そうじゃないのか？　それが普通だろ?!」

「僕が作ろうとしてるのは、どちらかというと皮を美味《おい》しく食べてもらおうってものなので、ちょっと違うんですけど……」

子豚の丸焼きって国によっていろいろあるんですよね。

多分、ガングレイブさんが想像したのはスペインとかの子豚の丸焼き、コチニージョ・アサードとかだろうなぁ。子豚を丸ごと焼き上げて食べる料理ですね。

僕が作ろうとしてるのは中華料理の、手の込んだ子豚の丸焼きですからね。本当の料理名や漢字の読みは難しいので割愛。

「まあまあ、ここは任せてもらえませんかね？　損はさせませんので」

「……そうか。シュリがそう言うなら任せよう……」

ただし、とガングレイブさんは僕を指差して言いました。

「お前がとんでもないことをし始めたら速攻で止めるからな」

「どこまで信用ないんだよ」

僕の言葉を聞く前に、ガングレイブさんはさっさと戻っていってしまいました。

全く、嵐みたいな人だよ。ビックリしたよ本当に。

「え、えーと……それで、君はそれで子豚の丸焼き、を？　作るのかね？」

領主様はおずおずと僕にそう聞いたので、頷《うなず》きました。

「はい。皮を美味しく食べる子豚の丸焼きをご用意します」

「そ、そうか。よろしく頼むよ」

領主様はそういうと、ちょっと後ろに下がってしまいました。そんなに恐れることか？

そんな領主様の横から誰かが現れて、僕の近くに来ました。

「シュリくん」

「あ、エクレス様」

僕がエクレスさんの方を見ると、とても難しい顔をしていました。どうした？

「見ててくださいね。美味しい子豚の炭火焼きを作りますから」

「う、うん。君がそういうなら信じよう、かな？　だけど」

エクレス様は僕が持っている刺股を指差して言いました。

「その料理、刺股をそういう使い方をして作る料理なの……？」

「こういう作り方じゃないと作れないんですけど……」

めっちゃ不安そうな顔をして聞いてくるな、この人。

どうやら、周りの野次馬も不安そうにこっちを見ています。それほどか。

……それほどかもしれねぇなぁ。僕だって初めて見たときは、驚いたものですからね。

でも、美味しいものを作るためなら何でも使いますよ、僕は。

「まあ見ててくださいよ。ご期待に添う料理を作りますから」

「……わかった。そこまで自信満々に言うなら信じよう。ただし」

エクレス様は僕から三歩ほど離れた位置に立ちます。

「近くで調理工程は見させてもらうよ」

「はいはい、毒は入ってませんよー、と」

全く、料理人に失礼な人たちだな。毒なんぞ入れるわけないだろうに。

僕はちょっとしかめっ面をしてしまいましたが、改めて気を引き締め直します。

ここからまず炭火で焼くので焼き架台《かだい》の設置が必要なのですが、それはオルトロスさんたちがやってくれました。

これね……リルさんにかなり無理を言って用意してもらったんですよ。

というのは、現場で組み立てる予定にしてたので、リルさんにはその部品を作ってもらったんです。ここで簡単に組み立てられるようにね。レンガと鉄の、要するに組み立てキットみたいなやつ。

でもリルさんは「現場でリルが作るから」といって聞いてくれなかったんです。それを断って、なんとかこれにしてもらいました。

なんでそんなことにしたかというと……僕が気を使ったんですよ。

リルさんをチラリと見ると、腕組みをしてこちらを興味深そうに見ていました。

そして、ドレスで美しく着飾っている。

リルさんがここで焼き架台を作るとなると、必然的にドレスは着られない。そんな作業をすると、せっかくのドレスが汚れるからね。

「ありがと、リルさん。良い焼き架台だ。やっぱり、ドレスを着て楽しむのを邪魔しなかったのは、正解だった。あとはそこで、見ててくださいね」

誰にも聞こえないほどの小さな声で、僕はリルさんにお礼を述べる。

さて、調理を開始しましょう。今回は神経を使うぞ。

材料は腹開きをした子豚、五香塩《ウーシャンイェン》、芝麻醤《チーマージャン》、酒、おろしにんにく、糖水《タンスイ》、中華ふうの香味味噌です。

これらの調味料は徹夜までして味を調整し、記憶を頼りにそれっぽくしたものです。

焼き架台なんてリルさんから文句が出たよ、ギリギリでこんな道具を作らせるなって。ほんと、リルさんがいなかったら、この世界で作れる料理のレパートリー、八割はなかった。

子豚は下ごしらえは済んでいるので、きれいに洗って水気をふき取ります。これは割と良い子豚ですね。

さて、作りましょうか！

まず子豚の腹の中に五香塩をすりこんでおきます。さらににんにく、酒、芝麻醤、中華ふうの味噌を塗りつけます。

自作の調味料が増えてきて、料理人なのか加工食品職人なのかわかんなくなってくるけど、そこは無視しておく。

そして次は焼くための準備。

熱い湯を子豚の皮全体にかけ、さらに糖水もかけておきます。皮をパリッとさせるための重要な作業なんですよ。

ここまできたら、とうとう焼きに入ります。

ここからが神経を使う。

過去に何度も何度も通って味を真似しようとした中華料理店の、職人として招致された中国人料理人のあの人をイメージして頭の中で練習を繰り返しました。ここでそれを、一発で成功させなければいけない。

緊張で手が震えそうですが、それを無理やり押さえる。

目標は、皮がパリッと焼けるように、です。

ここで刺股の柄をしっかりと握って、炭火から少し離れるように作った架台に柄を乗せて焼く。さらに絶えず回転させ、平均に熱が当たるようにする。

これが難しい!!　ここで必要なのは熟練の職人技。今の僕にできるかどうかもわからない、高度な技術が要求される！

終盤には皮に油を塗り、焼きむらがないように火との距離を細かく調整します。

これで上手くいけばこんがりきれいに焼き上がるのだが……！

ここにくるまで、僕はずっと緊張し続けているせいか、額からボタボタと汗が流れます。料理にかからないように汗を拭いながら、さらに作業を続け……！

無限とも思える時間が過ぎ、ようやく理想の形に子豚が焼き上がりました！

僕は焼き架台《かだい》から子豚をおろし、刺股《さすまた》を外します。

後は大皿にかっこ良く盛り付けて、これにて完成だ！

「はぁ！　はぁ！　はぁ！」

極限の緊張から解放された瞬間、僕はドッと汗を流して息を切らしました。

呼吸することすら忘れるほど、この料理は神経を使わざるを得なかった。

地球にいた頃に中国人のあの料理人に少しだけ無理を言って、この料理のコツを教えてもらったことがありました。そのコツと、現在僕が持ちうる技術の全てを注いで作ったと言ってもいい。

少しでも火加減や刺股の回転具合を間違えれば、極上の焼き加減にはならない。

僕は料理を盛った机から離れて、膝を突いて呼吸をします。

「シュリくん！」

そんな汗まみれの僕の肩に手を置き、背中をさすってくれた人がいました。

「あ……ああ、エクレス、様？」

「大丈夫かい⁉　そんなに疲労しちゃって……‼」

「ええ。ありがとう、ございます。見苦しいところをお見せしました」

僕は息を整えて、エクレスさんにお礼を言ってから立ち上がりました。

そして軽く服を払って汚れを落としてから、料理に近づきます。

うん、きれいな焼き色。上手くできた証。

僕は小豚の皮を切り分けて皿に取り、領主様に両手で捧げました。

もちろん頭を下げてね。

「お見苦しいところをお見せしました。これが僕が領主様に捧げる、子豚の丸焼きです」

「あ、ああ。そうかい」

ちょっとだけ視線を上げると、領主様は戸惑ったような顔をしていました。

……どうやら、相当驚かせてしまったらしい。悪いことをしてしまいましたね。

僕は一層頭を下げてから言いました。

「この料理は、未熟な私では全神経を注がねばできない料理です。なので調理後の醜態に関しては、本当に申し訳」

「やめなさい、頭を下げてはいけない」

領主様が手を伸ばす気配がする。僕は少しだけ頭を上げて領主様を見てみる。

その顔はとても穏やかなものでした。僕を気遣おうとしているような、目。

「君はそれだけの料理を作ったのだろう？　ならば、あとは私が食べるだけだ。美味《おい》しいのだろう？」

「それはもちろん、保証します」

僕は体を起こし、真っ直ぐに領主様の顔を見て答える。

当然だ。この料理にはかつて教えてくれたあの料理人のコツと、僕が今まで培《つちか》ってきた経験と技術をこれでもかと注ぎました。

そんな料理をマズいなんて、口が裂けても言えない。

「ではさっそく食べさせてもらおう。冷めてはもったいない。で、どうやって食べるのかね？」

「こちらをどうぞ」

僕は別に用意していた器にタレを注ぎ、領主様に渡しました。

「これは僕が、この料理に合うように作ったさまざまな調味料を合わせたものです。この料理は基本的に豚の皮を食べるもの。まずは皮をお召し上がりください」

「皮を？　肉ではなく、か？」

「皮です。この料理は特に皮が美味しいので」

もちろん、豚の皮を食べ終わったら、頭や足などの肉も食べますよ。

まあそれは後の話。

領主様は受け取った器のタレを眺めていましたが、隣の護衛の方が口を開きました。

「領主様、毒味をいたしますので少々よろしいでしょうか」

「……頼んだ」

領主様は少し嫌そうな顔をして、護衛の方に器を渡しました。

毒なんて入れるわけないんだけどなー。仕方ないんだろうけど、やはり不満はある。

思わずしかめっ面になりそうな僕でしたが、すぐに顔を手のひらで覆ってそれを隠しました。嫌だと思って入るのが顔に出るけど、それを相手に見せる必要はない。

護衛の方は匙《さじ》で少し掬《すく》い、少量を口の中に入れます。

口の中で少し転がしてから確かめて飲み込み、呼吸して、喉を触って確認。

念入りだなぁ。

「そこまで確認なさるなら、匂いも確認した方がよろしいのでは？」

「は？」

僕が思わず口に出してしまった言葉を、毒味をしていた護衛の方が聞いてしまったようで不機嫌な顔をしています。やべ、ポロったね。

「毒というのは基本的に無味無臭ですが、火を通す、日にちを空ける、別のものと混ぜるなどした場合には、隠そうとしてもその痕跡《こんせき》が出てくることがあるのでは？　食べるだけが毒味とは、迂闊《うかつ》にもほどがある」

だけど、もう言っちゃったことなので言い切ることにしました。

「まあ僕は毒なんて混ぜていませんし、混ぜる気もない。美味《おい》しい料理を食べてもらおうと思ってるだけです。それにそんなに毒に詳しいわけじゃない。今の言葉も、ただそういうこともあるのではと口に出しただけ」

僕は手のひらで覆った下の顔を不機嫌に歪《ゆが》ませ、視線は鋭くする。

「で？　毒はどうでしたか？」

「……なんともない。舌も痺《しび》れぬし、喉に痛みもない、胃に不調もなく意識に混濁もない。毒はない」

「そうですか、それは良かった」

手のひらを顔から外し、大仰に礼をしてから言いました。

「失礼。私も料理人として矜持《きょうじ》を持つ身、どうも毒味されることには慣れませぬ故、不躾《ぶしつけ》なことをいたしました。お許しください」

「よい。許す」

ここで領主様が、護衛から器を受け取って答えました。

「そちの言った毒の可能性は十分にあり得ることだ。過去に、そういう毒の知識で主人を守った者もいる話はよく聞く」

「ありがとうございます」

「ではいただこうか。さすがに目の前で調理してるんだ、これには毒はないだろう」

「ですが、この者は子豚を焼く際に調味料を塗っております。その確認も、必要かと」

「まあ、やるならとことんやってください」

ここまで来ると、もう怒りは湧いてきません。それどころか、相手に敬意すら覚える。

「僕には料理人としての矜持がありますが、あなた方も、よく考えたらそれが仕事なのですから当然です。領主様を守るという責務を考えれば当然のことでした。

どうぞ。皮をそのタレにつけてから食べてください」

僕がそう促すと、護衛の方は少し嫌そうな顔をしていました。

まあ、仕方ないんだよ。僕がどれだけ文句言ったって、この人たちはそれが仕事なんだ。安全安心衛生管理完璧、な日本の飲食店じゃないんだ、ここは。あくまでも戦乱真っ只中の異世界なんですから。

いけないいけない、こういうときは郷《ごう》に入《い》りては郷に従え。僕も意識を変える必要がありそうです。

「……てか、今になってようやくそれに気づくとか……僕も抜けてるなぁ……」

今度こそ誰にも聞こえないほどの小声で呟《つぶや》き、改めて意識する。ここが日本ではないことを。地球ですらないことを。

と、真剣な顔で決意している僕でしたが、

「旨《うま》い！」

という叫び声で、意識を無理やり引き戻されました。なんだ？

そちらへ意識を向けると、そこには毒味をする護衛の方が目を輝かせて、皮に齧《かじ》りついているところでした。

「……っ！　これは、失礼いたしました！」

もう一口食べたところで自分の醜態に気づいたらしく、護衛の方は急いで飲み込んで領主様へ頭を下げていました。

驚いていた領主様でしたが、笑顔になって、

「そうか、そんなに美味《おい》しいのか、これは。ということは毒はない、でよいのだな？」

「あ、は、はい……」

言われて気づいたのか、もう一度呼吸をして喉を触ってと確認をする護衛の方。

しかしそれはすでに形だけのものだと明らかにわかるもので、周りの野次馬の貴族の方たちも料理を凝視している。

見たこともなく、食べたこともない。

それが、毒味役が思わず旨いと叫んでしまうほどの美味。

日頃から美食飽食を堪能する人にとって、これだけ魅力的に映るものはないのかもしれません。

「では私もいただこう。君は最初はそのまま食べたのだったね」

「は、はい」

「それでも旨そうだったな。では、私も最初はタレを付けずに食べてみよう」

領主様は皮を取り、タレを付けずにそのまま口に運びました。

せっかくだから……せっかくだからタレを付けて……それも苦労して作ったから……。

そんな僕の心の叫びもむなしく、領主様は皮を咀嚼《そしゃく》して、

「むぅ！　確かにこれは旨い！」

と言ってくださいました。ああ、その一言だけで大分救われる。

「これは初めての感触だ……！　エクレス、ギングス！」

「はい」

「お呼びですか、父上」

領主様がエクレスさんとギングスさんを呼び、二人に料理を指さしました。

「うむ、二人とも食べてみなさい。……今までの常識が覆るような食感だ」

「はい、わかりました」

「父上がそうおっしゃるなら……」

エクレスさんは乗り気で、ギングスさんは少々気乗りしない様子で、料理を取りました。二人とも、領主様と同じくまずは何も付けないようです。二人分のタレも、用意しと

かないと駄目だねこれは。

そして二人して同じように料理を口に運び、咀嚼《そしゃく》を始めました。

瞬間、二人の顔色が変わります。

「これは！」

「驚いた……なんだ、これは」

エクレスさんは飛び上がるように喜び、ギングスさんは冷静ですが驚いている様子。

「美味《おい》しいねシュリくん！　これは凄《すご》いよ！」

「ありがとうございます」

「そうだな、これは……食べたことがない感じだ」

エクレスさんは喜んで僕の肩をバンバンと叩《たた》いてきます。手加減してくれてるのか痛くない。いや、これはどちらかというと力がない、と形容した方が正しいかもしれない。なんだろ、非力なのかな？

「この皮、丁寧に焼かれているため旨《うま》みが凝縮している感じだ。食べていて飽きることがない。ただ、それはこの皮のほんの一部の魅力を表しているにすぎないな」

ギングスさんは落ち着いた様子で、さらに皮を口に運んでいきます。

パリ、サク、と小気味よい音が響く。

「これは不思議な食感だ……食べた瞬間に口の中で溶けていくようだ。豚の脂の旨みが口に広がるのと同時に皮が消えていく……これは未知の体験だ」

「オリトルで似たようなものを食べたことは、あるけどね」

エクレスさんは僕から離れ、もう一度皮を食べ始めました。

「確かあれは、上等なクッキーを食べたときと同じ感じだった。サクッと食べられるんだけど、口の中で少しずつ消えていく感じだ。

でも、この皮はそれ以上に凄い。まさか豚の皮であの食感を再現できるとは思ってなかった。まさにこれは、ギングスの言うように未知の体験だね」

「お前たち、せっかくだからこのソースを付けて食べてみようじゃないか」

そこに領主様も加わり、用意したタレに皮を付けて食べてくれました。

領主様も美味しさに酔っているのか、嬉《うれ》しそうな様子で安心ですよ、僕。

「うむ、このソースも良い。不思議だ、豚の脂の甘みをさっぱりと食べさせてくれる……というより、豚の旨みの方を何倍にも強調してくれるようだ。君、これはなんというソースなのかね」

「それは僕が作った調味料で、甜麺醤《テンメンジャン》と言います」

「甜麺醤……？」

領主様が不思議そうな顔をしてタレをもう一度見ます。

実はこれ、前にテビス姫のところで麻婆豆腐《マーボーどうふ》を作った際のあれとおんなじ自家製。

味噌にみりん、蜂蜜、醤油《しょうゆ》、塩を加えて火にかけて、焦がさないように混ぜてからごま油を艶《つや》が出るまで加えて完成。

簡単に言うけどごま油を手に入れる段階で苦労したのも、もはや懐かしい記憶ですわ。

ちなみに甜麺醤《テンメンジャン》がない場合は、醤油と砂糖とごま油を混ぜれば似た感じの風味になるぞ！　手元にない場合は試してみよう！

「なるほど、聞いたことのない……いや、前にニュービストから流れてきた食材の中に、似た味の調味料があったことを思い出した。うちの料理人ではどう使うのかわからなかったから、肉炒めなどに使っていたが……なるほど、あの甘辛くてコクのあるそれを、こう使うか、納得だ」

「父上、そのソースを少し分けていただいても？」

「あ、こちらにまだありますので」

僕は用意していたタレと器を準備し、エクレスさんとギングスさんに渡しました。

エクレスさんは嬉《うれ》しそうに、ギングスさんは普通に受け取ってくれます。まあギングスさんの口の端がちょっとだけ上がってるの、見逃さなかったけどな。

「シュリくん、といったね」

「はい」

領主様が改めて僕の前に立ちました。

「君は確かに最高の料理を出した。認めよう」

「はい。……領主様、実はこの料理にはある意味合いが込められております」

「ほう？　それはなんだね」

領主様の疑問に、僕は子豚の皮の一枚を示してから言いました。

「上手に仕上げられたこの子豚の丸焼きは、この通り黄金色に似た感じの色合いに焼き上げられます。

これは僕のいた世界では富と繁栄を意味し、それらが食べた人の元にやってくると言われています。このスーニティに、変わらぬ繁栄とさらなる富がもたらされますように……そう願いを込めて作らせていただきました」

僕の言葉に、領主様は少し呆《ほう》けた様子を見せました。

が、すぐに大笑いをします。高笑いに近いかもしれない。その様子を見て、僕はちょっと驚いてしまいました。

「なるほど！　君は確かに最高の料理を作る料理人だ！　まさかこれほどの料理にそれだけの意味合いを込めて、食べる人をもてなすことができるとは！　このナケク、君の心遣いを確かに受け取った！」

領主様のその宣言とともに、野次馬の中から拍手が少しずつ起こる。それは徐々に波及していき、大きな拍手へと変わっていきました。

僕がもう一度周囲を見渡してみると、ガングレイブさんの姿が見えました。

そして、僕に向かって笑いかけ、頷《うなず》く。

どうやら、僕は仕事をこなすことができたようです。それも、ガングレイブさんの望むように。肩の荷が下りた……僕は安心して胸を撫《な》で下《お》ろしました。

これで仕官の話もスムーズに進むことでしょう。あとはガングレイブさんの仕事次第とはいえども、九割は上手くいくはず。

——だけど、そこまで考えていた僕であったのだけど。

——その認識は甘かったと言わざるを得なかった。

——もしこのとき、領主様が顔を近づけていた時の違和感に気づいていれば。

——あんなことにはならなかったはずなのに。

「ああ、良い料理だ。酒が欲しくなる。誰かあるか」

「はい」

「いつもの杯に酒をくれ」

「はい」

領主様は喜色満面で、護衛の方から杯を受け取りました。

なかなか豪奢《ごうしゃ》な作りの杯で、表面の装飾が凝ったもの。

……あれ？　そういえばガングレイブさんが言ってたな。

『領主は奇病に冒されている』

顔を近づけたとき、化粧で隠していたけど変色した皮膚がうっすら見えた。

よほど近づかないとわからなかったけど、確かにあれは変色を隠すための化粧だった。

『ああ。なんでも手のひらや足の裏に水ぶくれができてるらしい』

手袋をしているのは、それを隠すためだと思う。

『潰すと膿《うみ》が出るそうだ。膝、肘に痛みも抱えているらしい。どうやら以前はそこまで酷《ひど》くなかったんだが、最近になって重症化したとのことだ』

全身に痛みが広がり、膿が出る水ぶくれ。

「うむ、やはりレンハからもらったこの杯は良いな。……過去に内側に鉛を貼り付けた杯を贈ってきた敵もいたが、レンハのこれにはない。信頼できる」

持っている杯は――。

瞬間、僕の脳裏にある失敗が蘇《よみがえ》る。

あれはレストランで修業していたときのことだ。その日は厨房《ちゅうぼう》仕事で、ある料理を盛り付けるときに料理長からぶん殴られて、ガンガン怒られた。

『お前は注意事項を聞いてなかったのか!?　お客様を殺す気か!!』

覚えてる。あれはあまりにも印象的な事件だった。僕自身も認識を改めなければいけなかった、苦い失敗。

通常では気づかない、やってはいけないことを——!!

「それで飲むんじゃないっ!!」

僕は思わず駆け出し、領主様の手を思い切り叩《たた》いた。

杯が飛んで地面に転がり、中の酒が撒《ま》き散らされた。上等な酒が入っていても関係ない、今は火急の事態だったのですから。

周りの人たちが悲鳴を上げ、驚き、ざわめく中で、僕は杯を確認してから口を開く。

「飲んでないな!? この杯の酒を口にしてないな!?」

「貴様、何をしている!!」

僕が驚く領主様にそう聞いている途中、急激に視界が変わった。そして体に走る激痛。

どうやら、気づいたときには地面に転がされ、拘束されていたのです。あまりの早技に、僕は思いきり地面に押しつけられてようやく気づいたのでした。

それでも、僕は続けました。なんせ人の命がかかってる!!

「領主様!! あれで酒を飲んじゃいけない!! ただでさえアレルギー反応が重篤化しているのに、それ以上金属を体内で反応させれば、命にかかわる!! だから!!」

「黙れ!! 何をわけのわからないことを言っている!」

そんな僕の口元に、剣が突きつけられた。

視線で剣をたどると、その先にはギングスさんの顔があった。怒りに満ちた顔で僕を見下ろし、剣を握る手が震えている。よほど頭にきているらしい。

「せっかく父上が温情を図ろうとしたときになんという狼藉《ろうぜき》か!!　父上の手を叩いただけでなく、母上からの贈り物まで愚弄するとは!!」

「贈り物⁉　あれが贈り物だって⁉　そう思ってるなら、込められた悪意があまりにも悪質すぎるぞ!!」

「黙れ黙れ!!」

「あなた様！」

そのとき、人だかりの中から誰かが出てきました。

豪華なドレスに身を包んだ淑女で、茶色のメッシュが入った藍色《あいいろ》の髪をしています。すらりとした体躯《たいく》に細い手足。

顔つきは穏やかですが、目つきが三白眼で少し鋭い。

そんな人が領主様にしなだれかかるように寄り添いました。

「大丈夫ですか⁉」

「あ、ああ、大丈夫だ。しかし、なぜシュリは――」

「あなた様は下がってお休みください。いきなりのことで動揺していらっしゃるのです。お前たち！　領主様をお部屋まで護衛しなさい！」

「は！」

領主様はまだ何か言いたげでしたが、護衛の方に守られて城へと戻っていきました。

マズい、マズい、マズい!!

やばい状況だったから思わず行動したけど、なんという短慮だったことか!!

領主様がこの場にいなくなり、全員の責める目が僕を射貫《いぬ》く。全身がちぎれそうなほどの拘束の痛みも、その目に比べればなんてことなかった。

一番辛《つら》いのは、ガングレイブさんの目だ。

そちらへ視線を向けると、ガングレイブさんは僕を助けるでもなく、庇《かば》うでもなく、ただ、ただただ、僕に対して怒りの目を向けていた。

最後の最後でしくじった僕へ、怒りと失望の目を向けていたこと。

それが、最後まで折れずにいようとした僕の心を軋《きし》ませる。

「さて、シュリといったな」

再び顔をそちらへ向けると、そこには激しく怒っている淑女さんが。

「お前は私、領主様の正妻であるレンハの贈り物を傷つけただけでなく、領主様へ危害を加えた。覚悟はしているだろうな」

それは静かな怒りが込められた声でした。今にも爆発しそうなほどの怒りを、ギリギリで堪《こら》えているような声色。

しかし、僕もそれに黙っていられなかった。あの杯を贈った？　この目の前の女性……

レンハが？　僕の頭に血が上り、思い切り暴れる。

「うがあああああ!!」

だけど、非力な僕では拘束を振りほどくこともできず、無力であることを突きつけられるだけでした。

「お前があんなもんを贈ったのか!?」

「あんなもの!?　貴様どこまで私と領主様を侮辱するのだ！」

「どう考えてもあれは領主様の体に毒でしかない！　あれは――」

「ええい黙れぇ！」

僕がそれ以上続けようとすると、レンハは僕の顔を蹴ってきた。かわすことも防御することもできず、頬を思い切り蹴飛ばされる。

「うぐっ！」

歯茎を切ったらしく、口から勢いよく血が溢《あふ》れる。それは口の端を伝い、地面に垂れて染みこんでいきます。

それを見たレンハは満足そうにすると、

「お前たち、こいつを地下牢《ちかろう》へ運びなさい」

「は！」

「領主様が体調を戻されてから、改めて宣告していただきましょう」

護衛に指示を出し、醜悪な笑みを浮かべた。

「この重罪人を、処刑するようにね」

僕の顔から血の気が引く音が、ハッキリと聞こえた気がした。

そして僕は抵抗する間もなく、拷問に近い取り調べで体を痛めつけられたうえに薬をもられ、朦朧《もうろう》としたまま牢屋《ろうや》にぶち込まれたわけです。

それらのことをハッキリとしてきた頭でなんとか思い出し、ようやく記憶が戻りました。

五十八話　看守さんとアドラさんとアサリの酒蒸し ～シュリ～

「……という感じでぶち込まれたんですよぅ。理不尽だと思いません？　アドラさん」

「知らねーよ寝てろ！」

トホホ。アドラさんは相変わらず牢屋の奥で横になったまま、相手をしてくれません。

話し相手がいないのは辛《つら》いなぁ、ほんと。

愚痴る相手すらいないとか、どんな罰ゲームだよ。


どうもシュリです。地下牢からお送りいたします。

魔工ランプが周囲を照らす、城内の石造りの牢屋。

鉄格子に囲まれた牢屋に、僕はアドラさんと一緒にぶち込まれてるわけです。

「はぁ……暇だ」

僕は思わず呟《つぶや》いていました。

……もう一度アドラさんの方を見て、思わず溜め息をつく。

このアドラという人は、僕よりも先に牢屋に入れられていた人です。

僕が護衛に引きずられてここに押し込まれたときも、このアドラさんは壁の方を向いて寝ていたのです。

スキンヘッドの大男。粗末な服を身にまとってはいるものの、その下の筋肉は盛り上がり、威圧感が凄《すご》い。

一度だけこちらに顔を向けたことがありますが、右のこめかみから右の瞼《まぶた》、鼻を横断して左頬にまで至る裂傷がありました。右目は見えないということはないようです。

そんな威圧感バリバリの人ですが、なぜこんなところにいるのか？　どういう人なのか？　聞いても何も答えてくれません。

話しかけてもぶっきらぼうに返答されるだけで、まともな会話はありません。もしくはうるさいって文句を言われるか……困ったもんだよ。

「さて……真面目に考えるか」

僕は鉄格子に背を預け、もう一度現状を考えてみる。

この牢屋《ろうや》に押し込められて諸々《もろもろ》の荷物を没収されてから、三日は経《た》った。

三日だよ、三日。レンハの言葉を信じるなら、今頃僕は処刑されてるはずだ。

それがないってことは、別の何かがあるってことなのだろうか？

あるいはガングレイブさんたちがなんとかしてくれてるとか……？

「……いや、ないな」

僕は頭《かぶり》を振って否定する。

あのときのガングレイブさんの顔を思い出して、それはないと思う。

明らかにガングレイブさんは僕に怒っていた。とんでもないことをした僕を、勝手に動いた僕に怒りを向けていた。

だから、もう助けに来るってことはないでしょう。

今まで散々助けられてきましたが……今度ばかりは愛想を尽かされても仕方がない。

ここが、僕の死に場所かもしれない。

長い長い夢が、ここで終わるのかもしれない。

「……僕もここで終わり、か」

本当なら地球にいたとき、新幹線に乗ろうとした時点で死んでいたのかもしれない。

あるいは、別の何かで死んでいたかも。

そう考えれば、ようやくそのときが来たのかと、諦める……ことは簡単にできない。

「はぁ……」

「溜め息ばかりついてんなよ」

そのとき、この牢屋に入れられてから初めて聞く声が響いてきました。

なんだろうと鉄格子の向こうを見れば、誰かがこちらに近づいてくる。魔工ランプの光が眩《まぶ》しくて姿がよく見えない……誰だ？

僕が疑問に思っていると、その人物は僕の前で立ち止まりました。

「おとなしくしとけ」

その人物は、形容するなら大男だ。アドラさんほどではないが、こちらもでかい。

2メートル近い身長で、締まった体つきをしています。看守服に身を包み、銀色に近い鳶色《とびいろ》の髪を短く刈り上げています。

どことなく誰かの面影があるその顔つきは、まるで猛《たけ》るオオカミを連想させます。鋭い目つきの細面、それでいて凛《りん》として風格がある。

誰だ、この人。

「あなたは？」

僕が恐る恐るそう聞くと、男性は答えました。

「俺か？　俺は看守のガーンという者だ。お前の監視を言い渡された」

その言葉に、後ろで噴き出す声が聞こえた。

思わず振り向けば、アドラさんが肩を震わせている。なんで？

「おい、聞いてるか？」

ガーンさんが呼びかけるのでそちらを向くと、彼は持っていた椅子を置いてそれに腰掛け、もう一方の手に持っていた袋を下ろし、その中から壺《つぼ》を取り出して、中の酒をあおっていました。

「ぷはーっ……まあ、お前が逃げないように監視するってことだ」

「そりゃ、ご苦労さまなことで」

「そうだ、これは返しておくぞ」

そう言うとガーンさんは、袋から何かを取り出して僕の前に置きました。

「これは……ナイフと、フライパンと、魔工コンロ？」

「死ぬ前の温情ってやつだ」

鉄格子の前に置かれたそれを受け取り、調子を確かめる。

ナイフを鞘《さや》から抜き、中の刃が欠けてないことを確認。これは前にオルトロスさんから、いざというときに自分を守るために使えと言われてもらったナイフだった。

魔工コンロの方も問題ない。

フライパンだって歪《ゆが》みはない。

それを確認して、僕は安心しました。

「よかった。せめてこれらは手元に置いておきたかったので」

「包丁はいいのか？」

ガーンさんは酒をちびりちびりと飲みながら言いました。

「あれはすぐに倉庫の奥に放りこまれて、俺でも回収できなかったが」

「あれは……正直惜しいですけど」

あれは切れ味も使い心地もよかったからなぁ。刻印入りでかっこよかったし。

ですが、そこまで欲張ることもできず。

「まあ、これだけでも手元に戻ったことを喜ぶばかりですよ。ですが、よろしいので？」

「何がだ？」

「魔工コンロとフライパンはともかく、ナイフを渡されるとは思いませんでした。これで脱獄を図るとは思われなかったので？」

「できると思うか？」

ガーンさんが、のっそりと立ち上がる。

僕よりも頭一つ分も背の高い大男が目の前に立ち、睨《にら》みつけてきた。

明らかに、殺気が混じっています。僕は戦場での暮らしが長かったためか、こちらを害そうとするものに関しては、なんとなくわかるようになりました。

そのなんとなくわかる程度の感性でも、ハッキリとわかるくらいの殺気。

「……無理だと思います」

腰を抜かしながら答えた僕に、ガーンさんは呆《あき》れたような笑みを浮かべて再び椅子に座りました。

「だろう？　お前はここで処刑されるまでの時間、過ごすしかないんだよ」

「そう、ですか」

やはり、処刑されるのは間違いないってことですか。

ガングレイブさんからの助けも期待できないし、こりゃ本当に死ぬかな。

「死ぬ前に、ガングレイブさんに謝りたかったな」

「ん？」

「せっかくの仕官話、無駄にしてごめんなさいって」

僕はそう言うと、牢屋《ろうや》の壁に背中を預けて口を開きました。

「途中までは上手くいってたんです。領主様には喜んでもらえてましたから。でも、どうしても、あれは見過ごすことはできませんでした。昔の僕の失敗を繰り返すようで、どうしても」

「何があったんだよ」

ガーンさんは真剣な顔をして僕を見ました。

「お前がやらかしたっていう領主様への不敬とやら、理由があったのか？」

「まあ」

あるにはあるけどねぇ。

「ですけど、今さら言っても仕方ありません。どうしようもないので。それを誰かに言っても、証明してくれる人がもういない。なら、領主様の命が少しでも長らえたことだけ満足して死ぬことに、します」

僕の言葉が不快だったのか、ガーンさんは顔をしかめて、また酒を飲み始めました。

「け、ジメジメ暗い奴だな」

「ごめんなさい」

「まあもうすぐ死ぬんだ。それまでにやりたいことはやっちまっておくんだな」

そう言うと、ガーンさんは椅子に深く座り直して酒を飲みながら、袋の中からつまみを取り出しました。

あれは……。

「それは、アサリを干したものですか?」

「お、わかるか?」

ガーンさんは機嫌よさそうに僕にアサリの干物を示しました。

「酒のあてにちょうどいいんだ、これ。味が凝縮されて噛《か》めば噛むほど味が出る。酒との相性もいいからな」

「その酒は、米から作った酒の類い、で?」

「お、よくわかったな」

さらにガーンさんは機嫌をよくして、酒の壺《つぼ》を示しました。

「最近ニュービストで開発されてる、米酒だ。ちょっと前までは濁り酒に近かったが、最近では澄み酒になった。製法は国家機密、まさにニュービストでなければ手に入らない酒だ」

「ああ、まあ」

なるほど、という前に僕の口が動いていました。

「作り方なら、わかりますから」

僕の言葉に、ガーンさんの動きが止まる。やばい、失言しちゃったかな。

「なんだと？」

ガーンさんは楽しそうに僕に聞いてきました。

「お前、これの作り方がわかるのか」

「ええ、まあ」

「死ぬ前にそれを教えてくれよ！　この領内でも作れりゃ儲《もう》かるだろうし、俺も嬉《うれ》しいんだがな」

「いや、まあそうですね」

僕はガーンさんの酒を指さして告げます。

「死ぬのは嫌ですしうろ覚えの知識なのでひけらかすわけにもいきませんが、その酒とアサリを使って、もっと美味《おい》しい料理は作れます」

この言葉に、ガーンさんは呆《ほう》けた顔をしました。あれ？　おかしいな。変なことを言ったかな？

次の瞬間にはガーンさんは大笑いをしていました。

薄暗い地下牢《ちかろう》の中で、その大笑いは石壁や床に反響して通常よりも大きく耳にたたき込まれるようです。

ひとしきり笑ったガーンさんは滲《にじ》んだ涙を拭っていました。

「いやー、笑った笑った！　まさかこんな状況でも料理を作ろうとするとはな！　筋金入りの料理人なわけだ」

「まあ傭兵《ようへい》団の料理番……だったので」

ガングレイブさんのあの顔を思い出すと、このまま切り捨てられるんだろうなーと思う。涙が出そうなくらい辛《つら》い。

少し顔をこするフリをして涙を拭いました。駄目だな、不安が募る。

「じゃあ試してみろよ。せっかくだ、お前の実力を見せてみろ」

「わかりました。じゃあ、その酒とアサリをわけてもらえますか」

「おう、好きに使え」

そう言うと、ガーンさんは僕に袋を投げ渡してきました。

鉄格子越しにそれを受け取り、中に引っ張り込んでみると……大量の酒を入れた陶器の壺《つぼ》とさまざまな食材に調味料。

確認してから、僕はジト目でガーンさんを見ました。

「この食材……おつまみ類ではありますが種類がありますし、調味料まで入れてるのを見ると……さては最初から僕に料理を作らせて、体《てい》よくサボろうと思ってませんかね？」

「当たり」

ガーンさんは嬉《うれ》しそうに、また酒を飲みました。

「いやー、領主様もギングス様もエクレス様も喜ばせた、未知で美味な料理を作る奴が地下牢に来るってんだろ？　せっかくだからその腕前、死ぬ前に味わってみたくてな」

「職務放棄では？」

「いやいや、これも職務中の食事休憩と変わらんよ」

酒の影響でだんだん顔が赤くなりつつあるガーンさんは、ゲラゲラと笑いながらさらに酒を飲みます。

この人凄《すご》く酒を飲むな。酒豪か何かか？

まあいいや。それより……やっぱりここで料理を作ってもらおうと思ってたんだな、結構な種類があるぞ？　てか、この食材はどこで手に入れたんだ？

探ってみると、見覚えのある容器に見覚えのある文字が書かれていました。

これは――。

「……そういうことか」

わずかに残っていた希望も全部潰《つい》えた。僕はそれをハッキリとわかってしまいました。

この調味料、僕がこしらえたり管理したりしていたものだ。

器に書かれた文字。この世界の文字だけど、練習がてら僕が書いていたんです。

――僕が捕らえられたあと、ガングレイブさんが厄介払いに、この人に渡したんだろうな。

見捨てられた――これで心置きなく死ねる。

「じゃあさっそく作りましょうか」

僕は腕をまくってから言いました。

「作るのは、アサリの酒蒸しです」

用意する材料はアサリ、酒、水、醬油《しょうゆ》、バター、塩、胡椒《こしょう》です。

これらの調味料、他の料理にも使えるように保管してたんだけどな。これまで厄介払いされちゃったか。しかたない、か。ここで使い切ろう。

本来ならアサリは入念に砂抜きしますが、これはすでに干してあるものなので作業は省きます。むしろこの乾燥アサリをもどさないといけません。

乾燥アサリを水につけて時間をおき、もどったらフライパンにアサリのもどし汁、普通の水、酒を入れて煮立て、塩、胡椒で味を調える。

ここに水でもどしたアサリを入れてさらに煮る。

あとは醬油、バターを加えて混ぜ合わせ、一煮立ちしたら完成。

「はい、できあがりです」

僕は魔工コンロからフライパンを持ち上げて火を消して、ガーンさんの方に差し出しました。

「場所が場所なんで、鉄格子越しで申し訳ありませんが」

「いやいや構わねえよ！　いやー、酒の香る良い料理だ！　さっそくいただこうか！」

ガーンさんは嬉《うれ》しそうに、鉄格子越しに手を伸ばしました。

「匙《さじ》まで用意してあるとは」

「まあいいだろ？　俺の予想通り、お前は料理を作ったわけだからよ」

悪戯《いたずら》っぽい笑みを浮かべるガーンさんに対し、僕は呆《あき》れ顔でその手に匙を握らせてやります。

その匙を使って、ガーンさんはアサリを掬《すく》って口に運びました。

「あふ、あふ。出来たては熱いな」

熱い料理に忙《せわ》しなく口を動かしていたガーンさんですが、みるみるうちに満足そうな顔をしてくれました。

「で、旨《うま》い！」

ガーンさんはそう言うと、さらにフライパンを鉄格子に寄せて、自身もまた近づいて石畳の床にじかに座って食べ始めました。

次々と、鉄格子越しで面倒くさそうではありますが、それでも手は止まりません。

「やはり干したアサリのもどし汁をそのまま使ってるからだろうな。アサリの旨《うま》みが十分に汁に溶け出している。これだけでも旨い。

が、調味料で味を調えているうえに酒で煮ているためか、その旨みが十二分に引き出されている。ほんのり香る酒精に、これでもかと引き出されたアサリの旨み。

なるほど、これは旨いな」

ガーンさんはそのまま食べ尽くそうと手を伸ばしました。

が、僕の隣に誰かが立ち、ガーンさんを制止します。

「お前……」

「旨そうな匂いをすぐそばでたてられて、おりゃあも腹がへったっちゃ。少しは分けてくんねぇ」

そこにいたのは、さっきまで牢屋《ろうや》の隅で寝ていたアドラさんでした。

大きな体を揺らして僕の隣に座り、袋の中からもう一つ匙《さじ》を取り出して勝手に料理に手を伸ばしました。

止める理由がないので放っていたら、アドラさんは一口食べて満足そうに頷《うなず》きます。

「確かにこれは旨いっちゃ」

「ちゃ？」

「酒精の香りもよく、アサリを噛《か》めば噛むほど味が出てくるけぇ、思わず酒が欲しくなるのぅ」

そう言いながら、アドラさんはどんどん食べていきます。

この人、結構訛《なま》りが出る人だったんだな。知らなかったよ。

僕は食べ続ける二人を黙って見ていましたが、あっという間にフライパンが空になりました。

「ごっそさん。旨かったぞ」

「おりゃあも満足じゃ。あんがとよ」

「そりゃどうも……」

僕はフライパンをどうしようかと迷っていましたが、その間に二人が笑いながら話す声が聞こえてきました。

「しかしアドラ。お前、いつまでここにいるつもりだよ」

「まだ刑期が残っとるからよぅ」

「まあ、仕方ないとはいえギングス様を殴っちまったもんな。ギングス様もお前をここから出したいそうだが、なにせそれをしたら規律が乱れちまうもんな」

二人は知り合いなのでしょうか？　だいぶ物騒な話ですが。

「ガーンさん、アドラさんと知り合いで？」

「そうだ、元は同僚だ」

「同僚」

僕がそう言うと、ばつが悪そうにアドラさんが頭を掻《か》きました。

「料理を食わしてくれたお礼にちょっとだけ話すけん。おりゃあは城の守備隊としてやらギングス様の下でやら、いろいろ戦場に出とったよ」

「『スーニティの熊殺し』といえば、結構ここらでは有名だったんだよ」

「熊殺し」

まあ、確かにこの人の体格なら熊も素手で殺しそうだな……。この筋骨隆々の体を見ると、そう思ってしまいます。

それならオルトロスさんもできそうだな、と思ったのは秘密。

「片手斧《おの》一つで敵陣に切り込みかき乱す、その勇猛さと実際に熊を素手で殺した逸話から付いた異名だ」

「やめてくんねぇガーン。今のおりゃあは、勝ち戦続きで調子に乗っちまったギングス様を、殴って諫《いさ》めた罪人よぅ」

「あれは必要なことだった。ギングス様もあの頃の自分の至らなさを反省して、お前をここから出したいと思ってるくらいだからよ」

「おりゃあはおりゃあの罪をちゃんと償うまで、出るつもりはねぇよ。あと3年は懲役刑《ちょうえきけい》が残っとるんよ。それをちゃんと償ってからじゃけぇ」

なるほど、アドラさんは元々この国の兵士さんだったのか。それも戦力としてかなり頼りにされてたのか。

……もはや情報収集も意味がないかもしれないけど、無意識に相手のことを調べてしまう。この話が、いつどこで役に立つんだろうね。

僕はガーンさんにフライパンを差し出して言いました。

「ところで、調理器具や皿を洗いたいんですけど、どこで洗えば？」

「まだ水が必要なら持ってきてやるよ。水を捨てたきゃ……そこの窓からでも捨てろ」

ガーンさんの言葉に、僕は後ろを振り返る。

どうやらここは半地下の構造だったらしく、明かり取り用だろうか、上の方に小さな窓がある。水を捨てるならまああそこしかないかなって感じ。

「わかりました……できればガーンさんが外で洗ってくれれば助かるんですけど」

「やだよ面倒くせえ」

「もう料理作りませんよ」

「ああ、それは……そうだ」

ガーンさんは何かを思いついたようで、ポンと手を打ちました。

「今度から俺が食材を持ってきてやるから、お前何か作ってくれよ」

「え？」

「その代わり、外のことを話してやるよ。どうなってるかを、順繰りにな」

今更外のことを聞いてもなぁ……。いや、知っておいた方がいいか。

「なら、僕の処刑はいつ頃になりますか？　まずそれを聞きたい」

「お前の処刑は、領主様が決定を下してから一週間後だ。領主様自身は、今回の件でお前を処刑することには難色を示しているからな。もう少し先になるだろうよ」

「それはなぜ？」

「そこまでは俺も知らん」

そう言うとガーンさんは椅子に座り直し、酒の壺《つぼ》を手に取りました。

「今日の料理の礼に答えてやれるのはここまでだ」

「まあ、ありがとうございます」

「明日からも頼むぞ。そうしてくれりゃあ、俺も話してやる」

「そんときはおりゃあもご相伴に与《あずか》ってもよかかね？」

「あ、どうぞ」

「あんがとよぅ。じゃあ、おりゃあは寝る」

アドラさんは安心したように再び定位置に戻り、横になって寝ました。

この人、こうやって罪を償うために牢屋《ろうや》の中で寝てるのかな。凄《すご》いな。

僕はアドラさんが寝るのを見た後、再びガーンさんに向き直ります。

「ガーンさん」

「なんだ？」

「一つだけ、言わせてください」

僕はガーンさんを指さしながら言いました。

「僕の料理を食べるときは集中して、酒を飲むのは控えた方がよろしいかと」

「……なぜだ」

「酒の飲みすぎで顔色が黄色い。黄疸《おうだん》も出始めてる。動作のあちこちに、だるそうな様子が見えます。このままではそのうち、階段の上り下りだけでも息切れするほど体力が落ちるでしょう」

僕の言葉に、ガーンさんはハッキリと驚いた顔をしました。

そして訝《いぶか》しむような顔をして、僕に恐る恐る聞いてきます。

「なぜわかった？」

「ていうことは、当てはまるのを認めたと？」

「話をはぐらかすな！　……誰にも言ったことのない俺の体調を、なぜ言い当てたのかと聞いている」

ガーンさんの必死そうな物言いに僕は気づきました。恐らく隠したいことだったのだと。まあ、自分の体調不良を他人に悟られるのは誰だって嫌だとは思います。城勤めなのに酒の飲みすぎで体を壊してるなんて、醜聞の元かクビ一歩手前の愚行じゃないかと。

だから、それを悟った上で僕はちゃんと答えることにしました。座り直して、ガーンさんに真っ正面から向き合う。

「あなたの症状は、僕の知り合いの症状と同じだからです。その人は、日々の仕事の疲労と責任による重圧から、酒に逃げて体を壊しました」

あれは今思い出しても、悲しい話でした。

昔、修業のために雇ってもらっていたとある料理店で、誰からも慕われていた料理長がいました。

料理の技術が高く人格も素晴らしい、僕が目標としていた人。

誰もがその人を頼り、皆の信頼を勝ち得ていました。

しかし、その人が急性アルコール中毒で病院に運ばれました。

驚いた僕たちや店長、オーナーが病院を訪れましたが、その人の奥さんによって面会を拒絶されました。そのときになって、ようやく料理長がどれほど大変な思いをしていたのかを知ったのです。

誰もが頼るから、仕事量が増える。誰もが信頼するから、手が抜けず休憩もできず心安まる暇がない。お客さんが楽しみに待つから休日すら料理の研究に没頭していた。

できるだけ奥さんやお子さんの前では穏やかでいたそうですが、深夜の誰もいないときを見計らって酒をあおる日々を送っていたそうです。

奥さんからその話を聞いて僕たちは猛省し、何度も何度も料理長のお見舞いに行きました。ようやく面会できたのは、何十回目の時だったか覚えていません。

面会できたとき、料理長はケロッとしてベッドに寝ていましたよ。曰《いわ》く、仕事や重責から離れて体調が良くなった、ようやく体の芯から休息できたと笑っていたのです。

その姿を見て、僕たちは泣いた。

こんなことを言わせてしまった自分たちのふがいなさを恥じたのです。

それから店の全体のことや各自の負担、役割、全てを見直しました。

そして料理長が戻ってきてからは、料理長一人に負担をかけずに全員が頑張った。

店も繁盛し、僕の修業も一区切りがつき、東京から去るときには料理長の顔がとても穏やかなそれだったことを、よく覚えています。

でも、気づく予兆はいくらもあった。

肌の色、白目の色の異常、体力の低下……疑わしい点はいくらでもあった。

気づけなかったそれを覚えていたからこそ、ガーンさんの異変にも気づいたわけです。

「……ということです。だから、ガーンさんも酒を控えてください」

僕が真摯《しんし》にそう言うと、ガーンさんは考えた末に壺《つぼ》を石畳の床に置きました。

「そうか。だから、気づかれたのか」

「だから気づけたのです。あなたに同じことになってもらいたくはありません」

「……わかった」

瞬間、ガーンさんは立ち上がって勢いよく酒の壺を蹴り飛ばした。

それが廊下の壁にぶち当たり、中の酒と壺の破片が散らばる。

びっくりする僕の前にガーンさんが中腰になって、僕の眉間に人差し指を突きつけました。

「お前の言う通りにしてやる。お前のお節介に乗ってやる。その代わり、旨《うま》い料理を作れ。俺が酒の誘惑に負けない料理を作り続けろ。代わりに俺は外の様子を、細かく話してやる。いいな?」

僕は驚いていましたが、ガーンさんの顔にわずかに笑みが浮かんでいました。

それを見て、僕も笑みを浮かべる。

「わかりました。処刑されるまでの間、あなたに美味《おい》しい料理を供しましょう。酒の誘惑に負けない料理を、ね」

ガーンさんは僕から離れ、椅子に座り直しました。

「それでいい。俺とお前はこれで、対等の取引相手だ」

当たり前の話だが、食王シュリ・アズマがどれだけ料理の技術を披露したとしても、それを伝える手段がなければ後世には残らない。

当時としては超絶していた食王の調理技術を伝えたのは、彼の弟子たちだ。

食王シュリ・アズマには四人の弟子がいたとされる。

彼らがいなければ、今頃食王の偉業は半分も伝えられず、レシピも残されず、信念も受け継がれず、知識も風化し、技術も伝わらなかっただろう。

その中の一人、過去が謎に包まれている男。

食王の一番弟子であり、彼の偉業を一番近くで支えた料理人。

食王にして〝最も自分のレシピを受け継いだ〟と言わせた弟子。

彼の膨大な料理のレシピを覚え、編纂《へんさん》し、後世に伝えた偉大な弟子の一人。

四人の弟子の中で〝食聖〟と呼ばれた一番弟子、ガーン・ラバー。

彼と食王の出会いは、薄暗い牢屋《ろうや》の中でのことだったと言われている。

五十九話　たわいない地下牢《ちかろう》暮らしとおつまみ ～シュリ～

おはようございます、シュリです。

一夜明けても地下牢暮らし。これが夢だったらなぁ、と夢想しましたよ。

しかし、目を開けても半地下構造の窓から差し込む少ない光量と、廊下に掛けられた魔工ランプの明かりが現実に引き戻してくる。辛《つら》いですわ。

でもそんなことばかり言っていられないので、僕は体を起こして伸びをします。

やっぱり体が硬いなぁ。こんな固い石畳の上で寝てるから、体中がバッキバキだよ。体を捻《ひね》れば背骨が鳴る、腕を伸ばせば指や肩が鳴る。

「いろんな行軍に付き合ってきたから慣れてると思ったんだけどなぁ……やっぱり布一枚あるかないかでこんなに違うんだな」

体中を鳴らし終わった僕はそう呟《つぶや》きました。

そうなんだよな、ここには毛布すらないんですよ。寒いんですよ。体が痛いんですよ。

うーむ、この世界に来てから体が丈夫になったと思ったんだけどな。そうでもないんだな、僕の体。

「さて……今日は何をしようか」

そんなことを呟きながら、壁にもたれかかって時間の潰し方を考えるのでした。

「おはよう、シュリ」

「あ、おはようございますガーンさん」

結局、起きてから二時間後くらいにガーンさんが来ました。

「……なんだ、眠そうだな」

「いつも早起きしてすぐ仕事してるのに、今日は起きてから何もせずにいたので暇で暇で……」

「暇なのか」

暇なんですよ。眠そうな僕を見てガーンさんが不思議そうな顔をしてますけど、仕事がないと暇なんですよ。

強制的な休みですからね。死ぬ前の休みって、凄《すご》い心がざわめいて泣きそうになるけど。

「まあいいや。なんか朝飯を作ってくれよ」

「それ、牢屋にいる囚人に言う言葉じゃないって自覚してます？」

「昨日の段階でその疑問は空の彼方《かなた》に投げ捨ててるぞ」

「それもそうか」

言われてみりゃ、昨日の段階でその常識ははるか彼方《かなた》に飛んでますわ。

「それで……何を持ってきましたので？」

「今朝はこれだ」

出されたのはジャガイモでした。

ガーンさんは昨日と同じように大きめの袋に食材を入れてきて、こうして僕に差し出してくるのです。

しかしなぁ。

「ジャガイモだけ、ですか？」

「ジャガイモだけ、だ」

妙だな、どうしてジャガイモだけなんでしょう。

僕は顎に手を添えて考えてみます。昨日、ガーンさんは乾燥アサリを酒のつまみに持ってきていました。

それに市場には食材がたくさんあった。エクレスさんがわざわざ市場をチェックして、領内の食糧事情を探ることもありました。

しかし、今はジャガイモだけ。何かあったのでしょうか？

「なんでジャガイモだけなんですか？　なんか……食材を持ってくるのに問題があったたん

ですか？」

「それはお前が、俺を満足できる料理を出せたら答えてやるよ」

「……ああ、なるほど。外の状況と関連している、と」

「そういうことだ」

そういうことか。外の異変とここにジャガイモだけしか持ってこられなかったことに、関連性があるってことか。

まあ、難しいことを考えるのはやめましょうか。

「朝ご飯にしてはアレかもしれませんけど、ジャガイモだけでも美味《おい》しくできる料理はありますよ。料理、というよりおつまみですけど」

「それでいいや。頼むよ」

「おりゃあの分もよろしくちゃー」

後ろからアドラさんが、寝たままで僕に言いました。

まあ、いいか。ガーンさんから受け取った袋にはジャガイモが数個入っています。予想より少ないな……まあいい。

一日目、朝はポテトチップスから始めましょう。

作り方は簡単です。材料はジャガイモと塩と油だけ。

まずジャガイモを薄くスライスする。厚さは均等に。火の通りを均一にするためにね。

次にこれを、フライパンで熱した油に投入する。じゅわ、といい音がしました。

「さて……やっぱりあったか」

袋を探ってみると、やはり僕の調理器具が入っている。昨日の調味料しかり、今日もお払い箱になった僕の道具を取り出しました。

出したのは皿と金網。皿の上に小さな金網を置いて、その上に揚げてポテトチップスになったそれを乗せます。

油をよく切り、塩を振りかけて完成です。

「はい、できあがりです」

「これだけか？」

「これだけです」

ガーンさんは残念そうな顔をして、差し出した皿のポテトチップス一枚をつまんで見ています。裏、表、側面を観察するように。

その様子を見ていた僕の隣に、ノッソリとやってきたアドラさんが座りました。

「ふーん、今日はジャガイモを薄揚げにしたもの、かいね？」

「アドラさん、ご存じで？」

「子供の頃にな。あんころは、とりあえず薄くして焼いて食ったもんじゃよ。塩をぶっかけただけでも、腹の足しにゃなったもんじゃき。おりゃあは嫌いじゃない。……けど、揚げるってのはしたことにゃあな」

「ないのですか？」

「料理がそんなに上手な方じゃないけぇ。焼くくらいなもんよ。ニュービストでは油で揚げるって調理法があるのは聞いちょったがね。試したことはない」

　そうですか、と言う前に、アドラさんはポテトチップスを口に運びました。

　サクサク、パリパリ、ざっくりと、ポテトチップス独特の噛《か》み砕く音がハッキリと聞こえてきます。

「おー、こりゃええ」

　アドラさんは嬉《うれ》しそうに体を揺らしながら言いました。

「軽い。なんというか、軽いわ、これ。ほどよい塩気に歯ごたえが軽い。水分が抜けきってるのか水気が一切ないから、パリパリになっちょる。美味《おい》しさもさることながら、ものすごい食べやすさがあるねぇ、これ」

「おい、アドラばかり食べんじゃねぇよ。俺にもよこせ」

「どうぞ」

　僕はガーンさんの方にも皿を寄せました。ガーンさんは鉄格子越しに手を伸ばして、ポテトチップスをつまんで口に運びます。

　パリパリと、こちらも小気味よい音を鳴らしながら食べ進める。

「……うん、確かにこれは後を引く旨《うま》さ、というよりも食べ続けたい食べやすさ、っていうのが適当かもしれんな。

ほどよい塩気に、食べればわかる独特な食べやすさ。続けて口にしても飽きがこない。

これは……酒が欲しくなるなぁ」

ガーンさんは口惜しそうに酒を飲む真似をしました。

「まあ気持ちはわかりますよ」

僕は苦笑して答えます。

「これはおつまみですからね。一品料理というより、口寂しいときや小腹が空いたときに食べるようなものですから」

「なーるほど。それじゃあおりゃあが感じた物足りなさは、酒がないからきゃあ」

「まあそうですね」

だけど、と僕は続けます。

「別に酒じゃなくてもいいんですよ。果実水でもいいんじゃないですかね」

「それもそうだ！　持ってくる！」

思いついたようにガーンさんは立ち上がり、脱兎《だっと》の如く駆けていきました。

あれは、おそらく厨房《ちゅうぼう》かどっかから果実水を持ってくるつもりだな。僕はそれを考えて、ちょっと笑えてしまいました。

「シュリ、おりゃあも、もうちっともらってもいいか？」

「どうぞどうぞ。どうせだから、全部ポテトチップスにしてしまいましょうか」

「え？　そんなに食えんぞぃ？」

「問題ありません」

僕はフライパンに油を足して、再び揚げる準備をします。

「どうせ、食べ尽くすまで止まらないでしょうからね」

そして、ジャガイモを薄く切って、調理し始めます。

結局、三つ目のジャガイモを薄く切って調理の準備をしている頃に、ガーンさんが戻ってきました。

手には水差しと杯が……三つ？

「持ってきたぞ！」

「おう、持ってきたきゃあ」

「もちろん。全員分持ってきたぜ」

「僕たちの分も？」

僕が聞くと、アドラさんもガーンさんも、何言ってんだこいつって顔で僕を見ます。

何秒かそうして互いの顔を見続けた僕らですが、ようやく気づいたのか二人とも笑い出しました。

「そうだったそうだった！　おりゃあもシュリも囚人じゃった！」

「あー忘れてたな！　自然と全員の分を持ってきてしまってたわ！」

「まあ、そういうことならありがたくいただきましょうか」

話している間も作っていたポテトチップスの油をきり、皿に盛り付けて出しました。

「ちなみにそれ、なんの果実水で？」

「リンゴだな。ニュービストのリンゴを潰して作ってあった果実水を一瓶、パチッてきた」

「後で怒られません？」

「バレなきゃいいんだよ」

不適に笑うガーンさんが杯に全員分、果実水を注いで鉄格子の中に入れました。

「さて、食べようか。おいアドラ、お前散々食べたんだからちょっとは抑えろよ」

「無理無理無理。おりゃあも食べるの止められんからな」

「じゃあ次を作っちゃいますねー」

残ったジャガイモも用意して、そこからは黙々と作業を続けます。

揚がったらちょっとだけ食べて果実水を飲む。これだけです。

二人はその間に、出されたチップスを黙々と食べながら時々果実水を飲み、再び出されたチップスを食べ続けました。

三人とも静かに食べる、飲む、作る。これだけを繰り返す。

いつの間にか牢屋《ろうや》の中は、油で揚げるポテトチップスの音とそれを食べる音、果実水を飲む喉の音だけが響くようになりました。

それから時間が経《た》った頃、気づけばジャガイモがなくなりました。

揚げてある分だけ出して、僕はせっせと油の処理をします。

といってもこれを窓の外に捨てるのはなぁ……ちょっと気が引けるなぁ……。

こういうときのために、廃油保管用に器も用意してたんだけど、それは今はないし。

「どうしたもんかなぁ……廃油保管の容器も持ってきてもらったほうがいいかな……」

「……おいシュリ」

「どうしました？」

一人で悩んでいると、後ろからガーンさんが話しかけてきました。

視線を下に向けてみると、空になった皿が。どうやら食べ尽くしたようです。

そしてガーンさんだけでなく、アドラさんも不思議そうな顔をしていました。

「どうしたんよぅシュリ？　もうちっと作ってくれねぇか」

……どうやらこの二人、気づいてないようです。

「ないです」

「は？」

「え？」

「だから、これを見てください」

僕はガーンさんが持ってきた袋を出して、逆さにします。

何もないから、何も落ちてきません。当たり前ですが。

「もうジャガイモがないので無理です」

この言葉に、二人ともポカーンとしました。

そんなに意外だったかね？　でも食べ始めた時間とジャガイモの減りからして気づくと思ったんだけど……？

「そんなに俺たちは食べてたのか？」

「ええ、ずっと」

「ぼーっとしたままきゃ？」

「何を考えてらしたのかは知りませんが、何か物思いに耽《ふけ》った顔はしていましたよ」

多分、ただぼーっと食べてただけだと思いますが。

ですが、ガーンさんが途端に慌てだしました。

「シュリ！　袋を返してくれ！」

「え？　あ、はい」

「アドラ！　今何時頃だ?!」

「ずいぶんと日が高いわ。これもう、昼近くじゃないきゃ？」

アドラさんは立ち上がると、窓から外を見て言いました。

ああ、確かに。もう日の光はそんな感じですね。

「やばい！」

ガーンさんは大急ぎで廊下を駆けて行きました。

残された僕はその勢いに驚いて、立ってるだけでした。

そんな嵐が去った後、アドラさんは欠伸《あくび》をしながら定位置に戻っていきます。そして寝っ転がって腰を掻《か》きました。

「ふわぁ……眠いわ、ほんまにのぅ。そんなぼーっとして飯を食ってたとは思わんわ」

「ガーンさんは何を慌ててたんでしょうね、アドラさん」

「そりゃ単純よ」

アドラさんは投げやりな感じで答えました。

「あいつも仕事があるのに、朝から昼までここでサボってたわけだからにゃあ。上の人からのお叱りにビビっただけじゃあ」

「ああ、なるほど。そういうことですか」

まぁ端《はた》から見たら、看守なのに囚人と飯を食べて、時間を潰して仕事をサボってたわけですからねー。

怒られると思ってガーンさんも走っていったのでしょう。僕だって同じ状況になったら焦る。走る。そして上司に謝る。地球でも一回、そういう失敗したことあるからわかる。

ただ、それはそれとして……。

「ガーンさんのことはわかりましたが……この油、どうしましょう？」

「捨てりゃあよかと？」

「いや、油をそのまま窓の外に捨てるのもちょっと……」

ここの牢屋《ろうや》は半地下構造だから、窓から捨てるのは問題があるような……。

と、考えていたらアドラさんが、寝ている場所とは真反対の位置にある奥の壁を指さしました。

「そこ、壁をずらしてみぃ」

「は？　ずらす？」

「ええけえやってみ」

なんのことかわかりませんが、とりあえず僕はフライパンを置いて壁の前に立ってみました。

近くまで来てようやく気づいたのです。よく見たらこの壁、石壁そっくりの絵が描かれてるだけで、実際は板だこれ。

実際に触ってみて、改めて木の板だと確信した僕は、それを横にずらしてみました。

すると、そこに出てきたのは便所でした。和式の便所だ、これ。

「え？　ここにこんなものが……」

「当たり前だがな。いちいち用足しのために看守が付いて外の便所に連れて行くわけなかろう」

「なるほど」

覗《のぞ》いてみるけど臭いがない。というか中が暗くて何も見えない。

便槽に何か魔工工作でもされてるのでしょうかね？

「……もしかして、ここに油を捨てろ、と？」

「手っ取り早かろ？」

「駄目です」

衛生上、こんなところに調理器具を持ち込めるか。


結局、油は窓から外に捨てておきました。ちょっとずつ捨てて、残りが少なくなったらまとめてドバーッと。

よかったよ、窓に鉄格子がなくて……人は出られないけどフライパンなら余裕で通るくらいの窓だからね。

あと触ってみてわかったけど、どうやら窓の外に側溝があるらしく、これで雨水などが中に入ってこないようにしてるみたいです。そりゃそうだよな、中に水が入ってきてたら大変だし。

しかし困ったな……時間がちょっと経《た》っていまして、油を捨てただけでは駄目なのです。ちゃんとフライパンに残った油を紙か何かで拭き取ってゴミとして捨てないと、フライパンが駄目になるんだけど……。

どうしたもんかと迷っていると、廊下を歩く誰かの足音が聞こえました。

といってもここに来るのは一人しかいないな。僕はそう考えて、鉄格子の前に立ちました。

そうして牢屋《ろうや》の前に立ったのは、やはりガーンさん。

しかしその顔は、どこか憔悴しきったそれでした。手には変わらず、いろいろと入れてきただろう袋がありますが。

「どうしました？　ガーンさん」

「しこたま上司に怒られてへこんでるだけだ触れるな馬鹿野郎」

「予想通りすぎて言葉が出ません」

僕は無表情のまま答えました。

「ちなみになんて言い訳しました？」

「看守としての仕事に集中しすぎて報告が遅れましたと」

「それ、通りました？」

「三秒後に叱責が飛んできたぞ」

「でしょうね」

駄目だこりゃ。慰めようがない。

さてどうしたもんかと考えていましたが、ガーンさんは手に持っていた袋を僕に差し出しました。

「これは？」

「とある筋から聞いた、お前が今後必要だと思われる道具だ。とりあえず、そいつから預かってきたぞ」

……やっぱり、ガングレイブさんは僕に怒りを覚えてるんでしょうね。だから、僕のものを、もう不要だからとここに送ってるのでしょう。

心の奥底から寂しさを感じながら、僕は袋の中身を確認しました。

……うん、一通りあるね。これでフライパンも洗える。他の作業も滞りなく行えそうですね。

しかし、これで僕とガングレイブ傭兵《ようへい》団との繋《つな》がりが、徐々に消えていくような感じがして辛《つら》いです。

……いや、考えるのはやめよう。

終わってしまったことを、いつまでもくよくよしている場合じゃない。

「これはご丁寧に、ありがとうございます」

「……それから、その泣きそうな顔はやめるんだな」

へ？　思わず僕は顔を触ってしまいました。

すると、ガーンさんは真剣な顔をして言います。

「お前はどのみち、もうすぐ死ぬ。人は泣いて死ぬより笑って死ぬのが一番だ。笑って死ねるやつが強いやつだ。だから、最後まで笑え」

そう言うとガーンさんは、再び鉄格子の向こうの椅子に座りました。

懐から何やら茶色の板のようなものを取り出し、それを口に含みます。モグモグと口を動かしているので、多分干し肉か何かでしょうね。

「笑って死ね。それがお前にできることだ」

それは残酷な宣告。死ぬことが確定している僕への、確かな言葉でした。

僕は何も言うことができなくなり、フライパンを見つめる。

この世界に来てたくさんの人と出会って、いろんな別れを経験しました。

それが、最後には僕自身がこの世界とお別れという幕切れ。

……そうか、これで終わりか。

「そうすることにします」

僕は折り合いのつかぬ心のままに、口に出していました。

「笑って死ねるよう、整理することにします」

「それでいい」

ガーンさんはそういうと、どこに隠し持っていたのかもう一つの袋を取り出しました。

「そこでだ。最後にまた旨《うま》いものを頼む」

「はいはい……それで？」

「今度はバターも手に入れた。ふかし芋にバターと、豪勢にしゃれ込もうぜ」

「ぬぁに!?　ふかし芋とバターだとぉ?!」

後ろで大きな声が聞こえたかと思うと、ドスドスとアドラさんがやってきました。

「そりゃええがなぁ！　おりゃあの大好物だけんのぅ！」

「アドラさんはじゃがバターがお好きで？」

「じゃがバター？　ああ、そういう料理かぃ。そうよそうよ、おりゃあはこれに目がなくでのぅ」

上機嫌のまま、アドラさんは僕の隣に座りました。

「戦働きのおりには、狩りのときに故郷で取れたジャガイモと幼馴染《おさななじ》みの牧場の牛の乳から作ったバターを持っていって、夜の静かな森の中で食べたもんじゃぁ。

それが、なんともいえぬ豪華なもんでなぁ。おりゃあはそれを山のように食べるのが夢じゃったぁ」

満面の笑みを浮かべながら涎《よだれ》を垂らすアドラさん。

そうか、そんなに食べたいのかぁ……それならば。

「なら、今回は一工夫凝らしたじゃがバターを作ってみましょうか。材料は十分ありますよね？」

「もちろんだ」

「なら、どんどん作りましょうか」

ということでじゃがバターです。僕は袋の中の調味料や食材を確認し、ちょっと内容に凝ろうと思って笑みを浮かべました。

使う食材はジャガイモ、オリーブオイル、バター、パセリ、塩、胡椒《こしょう》、水です。いつも通りなら魔工レンジを使って簡単にやっちゃうのですが、今回はフライパンしかないので、これで作っちゃいましょう。

それでは調理開始。

まずジャガイモは皮を半分くらい剥《む》き、輪切りにして水にサッとつけてやります。

このジャガイモをフライパンに入れ、水を入れて蓋をし、中火で火を通します。

水分がなくなりかけたらオリーブオイルをかけ、バターを入れて全体になじんだら火を止める。

お皿に盛り付け、塩と胡椒、みじん切りにしたパセリをふって出来上がり。

「できあがりでーす」

「待ってました！」

そういうとアドラさんは我先にと、アツアツのままじゃがバターを一気に三つ、口に入れました。

熱くないの？　と言いそうになりましたが、アドラさんは幸せそうな顔のままです。どうやら熱さに関しては全く問題ないようです。

あっという間に飲み込み、再びお皿に手を伸ばしました。

「あ、おま！　俺にも食わせろ！」

その様子を呆然《ぼうぜん》と見ていたガーンさんでしたが、ハッと気づいて手を伸ばします。このままだとアドラさんに一気に全部食べ尽くされそうだもんね。

二人してどんどんじゃがバターを食べる様子を見て、僕は笑顔で次のじゃがバターを作る用意をします。

「このままだと、一気に食べ尽くしそうだもんなー……」

料理人として、作った料理を美味《おい》しそうに食べてくれる様子を見るのはとても楽しく、幸せに思う。もうすぐ死ぬ運命でも、この思いは変わらない。

そうしていると、一皿目を食べ尽くしたアドラさんから残念そうな声が出ました。

「ああ～……もう食べ尽くしてじまったがな～……」

「お前が一気に食べるからだろうが。俺は急ぎすぎて、口の中を火傷《やけど》しそうだったぞ」

手で口元をヒラヒラあおぎながら風を送るガーンさん。どうやら、よっぽど口の中が熱かったのでしょうね。

「そんなに急いで食べなくても……」

僕が苦笑しながら言うと、ガーンさんはクワッと目を見開いて言いました。

「んなこたぁ俺だってわかってたよ！　でもな、アドラのあの食べっぷりを見ると、根こそぎ食われる恐れがあったからな！」

「おりゃあはそこまで意地汚くないぞ！」

「いえ、僕から見てもそんな恐れがありましたよ」

僕の言葉に驚く様子のアドラさん。

それを見て僕もガーンさんも呆《ほう》けた顔をしましたが、次の瞬間には大爆笑していました。なんせ、アドラさんは本当に自分の勢いに気づいていなかったみたいですから。

するとアドラさんもちょっと思い出すように虚空を見た後、ようやく自覚ができたのか大笑いを始めました。

薄暗い地下牢《ちかろう》の中、三人の男の笑い声が響き渡ります。

「ははははは……はー、笑った」

僕が涙を拭いながら言うと、ガーンさんも腹を抱えて笑っていたのをようやく抑えました。

「うははは……いやー、腹がよじれそうだったぞ」

最後にアドラさんも天井を仰ぎながら笑っていたのを止めます。

「ひゃひゃひゃ……おりゃあはそこまで夢中だったのけ！　自分でも気づかなんだわ」

そうやって三人で笑い合ってから、僕は再び調理の手を動かしました。

「さて、おかわりを作りましょうか。今度は、ゆっくり仲良く、ですよね」

「そうしよう。俺も落ち着いて食べたいわ。いやー……ジャガイモにバターってのは、手軽で旨《うま》いもんだ」

「そうじゃなぁ。しかし、これはおりゃあが食ったじゃがバターでも一番じゃな」

アドラさんは思い出すように目を瞑《つぶ》り、口を動かします。

「普通にふかしたジャガイモとは違う香り……清涼感を感じさせる風味とパセリの香りが鼻を突き抜け、食欲をさらにそそりよる」

どんどん思い出してきたのか、口元から涎《よだれ》が見えてきました。

それを拭い、アドラさんは楽しそうに続けていく。

「いくら食っても食っても飽きがこない。料理上手が一工夫凝らしたじゃがバターってのも、たまらんもんじゃぁ。ちなみにシュリよ」

アドラさんはぐっと僕に顔を近づけて言います。

「その一工夫とは、なんだったんかいのぅ」

「それは、これですね」

僕はオリーブオイルの瓶を取り出しました。

「ニュービストから流れてきた、オリーブオイルって油ですね。舌触りはよく香りも爽やか、動物性の脂とはまた違うのどごし。これを料理に少し加えるだけでもかなり違いますよ」

「ほう、オリーブオイル。聞いたことがない」

「そりゃそうだ」

ガーンさんは僕のオリーブオイルを、真剣な顔で見つめます。

「その油はここ最近、ニュービストが新発売として売り出している。というか、新しく開発された新製品をニュービストが買い占めて、周辺に売り出しているって言った方が正しいな。それを手に入れられるのは、食材売買に関しては海千山千のニュービスト商人にツテがあるか、それとも生産元とコネがあるかだ。

あと考えられるのは、運が良かったかだな。お前はどれだ？」

ガーンさんのその目に、僕は少したじろぎます。

そんなこと言われたってなぁ……。返答に困りますよ。

事実、オリーブオイルの補充に関しては、ニュービストの商人さんと話をする方が早いです。結構値が張るけど、仕入れて損はない。

ただ行商人さんは売ってくれないけど、店を持ってる商隊の人は売ってくれる。そこになんの違いがあるかは知りません。なんでだろうね？

ともかく、これに関してはニュービストから流れてきた人と取引をしてるのは確か。

「運が良かったからかな、と」

「そういうことにしておこうか」

ガーンさんはオリーブオイルから視線を外し、フライパンの方へと向けました。

「それと、その変わった鍋で作ってるジャガイモ、そろそろいい頃合いじゃないか？」

「あ！」

そう言われてようやく気づいた僕は、調理の手を動かし始めます。

いかんいかん、気が抜けていました。こういう緩い空気はここに来てから初めてだったので、ついつい。

いかんぞ、シュリ。料理人は火と食材と刃物を扱うんだ。油断したら怪我《けが》の元だぞ！

自分にそう言い聞かせながら、調理を進めていきます。

次のじゃがバターが出来上がり、皿に盛り付けてガーンさんたちへ出しました。

「次の分、できましたよ」

「待ってました」

「いただきますぜぃ」

二人は受け取った皿から、じゃがバターを匙《さじ》ですくって食べ始めます。今度はゆっくりと、味わうように。

その二人の様子を見て、ようやく僕は気づいたことがありました。

「そういえばガーンさん」

「何だ？」

ガーンさんはじゃがバターを食べる手を止めずに、僕を見ました。

「思い出したんですけど、ここに持ってくる食材がジャガイモだけって理由を聞きそびれてたなって」

「ああ、そのことか」

ペロリと唇をなめて、次のじゃがバターに手を伸ばすガーンさんが口を開きました。

「ガングレイブのことだがな」

その言葉に、調理の手が止まる。

「あいつは今、領主様から蟄居《ちっきょ》を言い渡されてる」

「蟄居？」

ちっきょ、ってなんだっけ？　ええと思い出せよシュリ、確か時代劇のドラマとかで見たことあるはずだ……。

　少し考えて、ようやく思い出した。確か、部屋の一室に閉じ込めるってやつだ。外出も許さないってやつ。

「それは、なんで？」

　僕が聞くと、ガーンさんは僕を指さして言いました。

「お前の行いに関しての処罰が決まるまで仕官の話は凍結し、部下を御すことができなかった反省を促すため、だ」

「……」

「今頃あいつらは、俺たちが食べてるジャガイモよりもまずいジャガイモを食べてるだろう。それが、ジャガイモだけを持ってくる理由だ」

　僕は何も言えなかった。

　相談もなく説明もなく、ただ衝動的にしてしまったことが、ガングレイブさんを苦しめている。

　その事実がただただ、僕の胸に突き刺さった。

　辛《つら》かった。ガングレイブさんたちをそんな目に遭わせた自分自身の思慮のなさに、ただ心が軋《きし》むような思いをさせられる。

　調理の手を止めず、動かしながら考える。

改めて、あの場では何が正解だったのだろうかと。真剣な顔で調理を続けながら、そんなことを考える。当然ですけど、答えは出ません。

人命を取るか、安定を取るか。

……傭兵《ようへい》団の仕事で人が死ぬところを間近で見てるくせに、こういうところで日本人気質《かたぎ》が出てくる。お節介で優しくて、そして馬鹿が付くほどの人間らしさというのが。

「で？　お前は何も語らなかったけど、そろそろ聞こうか」

ガーンさんは指を舐《な》めて、そして改めて僕の前に座ります。

鉄格子越しに、僕の目を見て。

「お前はなんで、領主様にあんなことをしたんだよ？」

核心に迫るそれを、聞いてきた。

六十話　真実と芋モチ ～シュリ～

「それを聞いて、今更どうするんですか？」

僕は思わず、そう言っていました。

ここで意地を張る必要もなく、隠す必要もなく、もしかしたら真実を知ってもらえばどうにかなるかもという期待もあるはずなのに。

なぜか、僕の口から出たのはその言葉でした。

「……ああ、いえ、そうですね。隠す必要もなかった」

だから、慌てて言い直しておきました。

「どうせだから、もう言ってもいいでしょうね」

「待て」

なぜかそこでガーンさんが止めてくる。

「逆に聞こう。今更俺が聞いてくるのはなんでだと思う？」

「……そう、ですね」

僕はできたじゃがバターを二人に出してから、考える。

だけど、上手く論理を展開できる自信がない。

「状況証拠の積み重ねでいいですか？」

「かまわない」

「まず、あなたとアドラさんは同僚だと言った」

それは、前の会話を思い出してみてわかったことでした。

「あなたは看守のはずなのに、アドラさんの戦いを間近で見て知ってるかのような口ぶりだった」

「……」

「看守で兵士を兼ねてるのかもと思ったけど、違う。あなたは、少なくともギングス様の傍《そば》にいることができるくらいの身分じゃありませんか？」

「そう思う理由は？」

ガーンさんが聞くので、僕は淀みなく答える。

「アドラさんは、ギングス様を殴ってここにいるとのことですよね？」

「まあ、そうじゃなぁ」

「それをガーンさんは知ってる」

「城に勤めていれば、そんな話はいくらでも聞く。特に領主様の息子を殴ったんだ。次期領主に刃向かったんだ。話はいくらも隠しても広がるだろうよ」

「そして、ガーンさんはギングス様から聞いてるんですよね？　アドラさんをここから出したいと思ってることを。

罪人を牢屋《ろうや》から出したいなんて言葉、ギングス様が公で言ったら大問題ですよね？　なのにガーンさんはそれを知ってる。愚痴をこぼすのを聞くことができるくらい、近い関係にある。ガーンさんは、本当はギングス様の側近か何かで、今回のことについて僕に理由を聞きたいのかな。探ってこいと命令されていたり」

「当たらずとも遠からずだが、完全な答えじゃない」

ガーンさんは鉄格子から離れて、椅子に座りました。

「だが、ある人からお前の行動の理由を探ってこいと言われてるのは確かだ。だってそうだろ？　仕官を控えた傭兵《ようへい》団の料理番が、なぜあんなことをしたのか？　あの場での言葉の意味はなんだったのか？　もしかしたら、俺たちが知らない領主様の何かをお前が知ってるんじゃないか。そう思うだろ？

それを聞きたがってるんだ」

「そして、僕はあなたにそれを言った場合にどうなるかわからないから、口に出すのを控えていたとも言えます」

「だろうな」

ガーンさんは納得した様子で頷《うなず》きました。

そうだ、結局僕は目の前のガーンという人間を知らなすぎたのです。

このことを口に出したらどうなるかわからない、どういう行動を取るか想像できない、どういう話になるか予測できない。

怖いからこそ、何も言えないのです。

「だが、黙ってる必要ももうないだろうよ」

「それもそうですね。……ちょっとややこしい話になるので、別のおつまみでも用意しましょうか？」

「なに？　じゃがバターで十分だぞ、もうこれ以上」

「僕のためです」

僕は袋の中のものを確認し、必要な食材を取り出します。

本当に何でも入っている。ガングレイブさんは、本当に僕への怒りでいっぱいらしい。もう会えないだろう。心のどこかでそれを悟っている。

これから作るのは、そのお別れの料理みたいなものだ。

「僕が、作りたいんです」

といってもあるのはジャガイモ。あとは少々の食材。なら、あれを作りますか。

作るのは芋モチです。北海道なんかでよく食べられるものですね。

必要な食材はジャガイモ、バター、片栗粉、チーズだけ。

まずジャガイモは軽く洗ってから、ふかします。ほんと、ガングレイブさんは厄介払いみたいになんでも袋の中に入れてガーンさんに渡したのですね、なんでもあるわ。そりゃこんだけの大きさの袋だもんな。

柔らかくなったジャガイモをボウルに移し、マッシュして片栗粉とチーズを混ぜます。しっかりこねて一口大の大きさの円盤の形にしたら、バターを引いたフライパンで焼いてやります。

これで中まで火が通ったら完成です。

「できあがりです。どうぞ」

「じゃあおりゃあからいただくわ！　これは、また美味《おい》しそうなジャガイモ料理やのぅ」

「俺ももらおうか」

二人は皿から芋モチを取ると、食べ始めました。

その間に僕は調理道具を片付けていきます。今日はここまででしょうから。

「ほぅ……これも旨《うま》いな」

「全くじゃあ」

アドラさんは再び嬉《うれ》しそうに、両手に芋モチを持って一口で食べていきます。おいおい、それはそんな一気に食べるものじゃ……。

「じゃがバターも旨かったが、これも旨いのぅ。なんというか、ジャガイモのホクホク感にもっちりとした食感が重なっておる。バターとチーズがよう合うわ、これ」

「確かにな……あちち」

ガーンさんは熱そうに芋モチを持って、口に入れていきます。

「詳しく味の感想を言うような料理じゃない、お菓子感覚だな。もっちりと水分があるから、普通にじゃがバターを食べるよりも食べやすい感じがする。

そうだな、食べやすいんだよな、これ。どんどん進む」

「はは、ありがとうございます」

調理道具を片付け終わった僕は、二人に向き直って正座しました。

「それ食べながらでいいから、聞いてもらえますか？」

「おう、話せ」

「おりゃあも聞いたるがな」

二人とも茶化す様子はない。どうやら、本当に僕の話を聞いてくれるらしい。

なら、もう隠すことはやめましょう。話すだけ話して、楽になってしまおう。

僕は深呼吸をしてから言いました。

「まず噂《うわさ》にある領主様の奇病ですが、あれは病気に罹《かか》ったわけではありません」

僕の言葉に、二人とも驚いた様子で僕を見ました。

「それは、どういうことだ」

　ガーンさんは、口の中にあった芋モチを急いで飲み込んでから聞いてきました。

　その顔はいつもより真剣で、目つきも鋭く、僕を睨《にら》む。まるで一言一句聞き逃さないようにしているようです。

「領主様の奇病。あれは正確に言えば、体質です」

「御託《ごたく》はいい！　さっさと結論を言え」

　いらついている様子のガーンさんにちょっと怖さを感じながら、僕は咳払《せきばら》いを一つしてから言いました。

「領主様は、あるものに対して体が過剰反応を起こし、体調を崩されています」

「あるもの？　毒か!?」

「毒ではありません。それは」

　僕は片付けたフライパンを取り出し、コンッと叩《たた》いてみせる。洗って拭いて片付けたフライパンの、鈍い鉄の音が牢屋《ろうや》に響き渡りました。

「金属です」

「金属、だと？」

「はい。ハッキリ言います。

　領主様は、金属アレルギーなのです。だから、体中に発疹《はっしん》が出てしまった。手足に水ぶくれができ、それを潰すと膿《うみ》が出る。関節が痛む。どれもアレルギー症状の一つです」

「待て」

ガーンさんが不思議そうな顔をします。

「アレルギーとはなんだ？」

「そこからですか……」

仕方ないよなぁ。アレルギーを知らない世界としても不思議じゃなかった。

地球にいた頃だって、アレルギーに理解がない人もいましたからね。

「簡単に言うと、体がその物質に対して過剰反応を起こすことです」

「過剰反応、だと？」

「もうちょっと上手い言い方とか説明の仕方があるんでしょうけど……人が本来持つ、病に対抗するための体の機能がある物質に対して上手く働かない……というか、まあそんなもんだと思ってください。僕は医者じゃないので、正確には説明できません」

というか説明してもわかってもらえる気がしないからなー。

「領主様の場合、それが金属でした」

「馬鹿かお前は」

ここまで聞いて大分理解ができたのか、ガーンさんが呆《あき》れたように腕を組みました。

「金属で体調を崩す、だと？　それなら領主様は戦の際、鎧《よろい》を身に着けなさる。お前の話が本当なら、戦場で体が大変なことになっていたはずだ。だが、そんな話は聞いたことがない」

「別に接触しただけで酷《ひど》くなるとまでは言いません。問題なのは、金属と接触した飲み物や食べ物を体内に入れることです」

「金属と？　それなら」

と、口を開こうとしたガーンさんが固まりました。

そして口を押さえて、明らかに何かに気づいた様子。どうやらわかってもらえたようですね。

「ええ。あの杯は、内側に金属が使われていました。さすがにそんなものを四六時中毎日使っていたら、体の中に微量の金属を取り込み続けることになります。

僕はガングレイブさんから事前に領主様の体調不良について聞いていました。

そして、間近で見て気づきました。明らかにアレルギー反応による肌の変化を。

だから、あの杯で酒を飲もうとした領主様を急いで止めたんです。あれで飲めば、体調を崩すのは目に見えてましたから」

そう。領主様のあの状況を一言で言うなら、金属アレルギーなのに金属製の杯で酒を飲んで、もっとひどい状態になろうとしていた、です。

僕も料理を作る身、アレルギーに関しては修業先でもいろいろと勉強していました。

昔の失敗ですが、ある珍しいアレルギー持ちのお客さんにその食材を出してしまったことがあります。料理長からガンガン怒られて反省しました。というか料理人なのに注意を怠った僕は、本当に未熟者で馬鹿でしたよ。当時の僕に会えるなら殴ってやるくらいに。

小麦、エビ、カニ、牛乳、卵、蕎麦《そば》、などなど……人が体調を崩すきっかけとなる食べ物は、たくさんあります。

大切なのは知ること、理解すること。食べられない人のことを考えること。

勉強の過程で、さまざまな変わったアレルギーについてだって知ることができたのです。

その一つが金属アレルギー。

金属製のネックレスや指輪で、接触している肌が赤く腫れる人だっているのです。

歯科用金属……歯の詰め物をしてる人が、ちょうど領主様と同じ症状を訴えることがあるようです。

「これが僕があの場で、領主様の杯を急に払い落とした理由です。そうしなければ、領主様の体調はどんどん悪くなるばかりでしたので」

「話の途中すまん。俺は行かねばならん!!」

突然、説明が終わりそうなところでガーンさんは椅子から立ち上がりました。

そして走って牢屋《ろうや》を出て行く……いったいどうした?

「どうしたんだろう、ガーンさん。あんな急いで……」

「そりゃ、おめの話を聞いて、ガーンの中で何かが繋《つな》がったんだろうよぅ」

すると、さっきから黙っていたアドラさんが立ち上がりました。

表情が硬い。虚空を睨《にら》むような鋭い目だ。さっきまで美味《おい》しそうに料理を食べていたアドラさんとは別人に見えるほどの変化。

「繋がった、とは？」

「そりゃ、この領地の将来を左右してまうほどの、なんかじゃ」

そういうとアドラさんはそのまま、いつも寝ている定位置に戻ります。

しかし今回は寝っ転がらない。壁に右手を突いて、何かしているようでした。

「この領地の将来、を？」

「おめも聞いたな。おりゃあは、ギングス様を殴ってここにいると」

「はい」

「もともとあの戦、ギングス様らしゅうなかったがじゃ」

壁に突いていた手を拳に変えて、軽く壁を殴り始めるアドラさん。

ゴツ、ゴツ、と音が響きます。

「まるで何かに急《せ》かされるように、勝ちを急いでおられたんじゃ。兵の犠牲も厭《いと》わんおつもりかと、おりゃあが諫《いさ》めても止まらんかった。じゃから、殴って止めるしかなかったんよ」

「はぁ……」

「あとでガーンから聞いた」

ゴッ、という音がだんだんとゴン、ゴン、と重い音に変わっていきます。

「ギングス様はあのレンハから、とにかく急いで戦を終わらせろと言われておったみたいじゃった。

ギングス様はあとで反省しておられたが、戦を知らんレンハが何でそないな口出しをしたか？　そして、なぜ領主様にそんな杯を贈っただか？」

ゴン、ゴン、がさらに大きな音へと変わり、

「おりゃあは頭がそこまで良い方じゃないけんど、これだけはわかる。レンハの悪意が、領主様やギングス様を侵しておる！」

ゴォォン!!　と凄《すさ》まじい音が鳴り響きました。

驚いた僕が思わず近づいてアドラさんの脇から壁を見たら、そこは拳大の大きさに陥没していたのです。

殴っただけで、石壁を壊すほどの威力。

「す、すっげぇ……」

思わず僕は口から漏らしていました。素手で熊を殺した熊殺し。その逸話に偽りなしであることを証明されたような気がしました。

この腕力、オルトロスさんとどっちが上だろう？

自分では判断できないくらい、迫力がありました。

「さて、シュリ」

そんなアドラさんが、首だけこちらへ向けて言いました。

「おりゃあはこれから、来たる嵐に向けて体を鍛え直す」

「はぁ」

「だいぶ鈍っとるわ……壁もぶち抜けんけぇな。ちょっとうるさいかもしれんが、勘弁してくれよ」

「そ、そうですか」

僕がアドラさんから二、三歩離れると、さっそくアドラさんは中腰になって動きを止めました。まるで空気椅子、だけどこれだけきれいな空気椅子は見たことない。

きっちり腰を落として膝を曲げ、呼吸が一定で静か。

惚《ほ》れ惚《ぼ》れするような静かな鍛錬方法。こういうのを見るのは、クウガさん以来かもしれない。

「こりゃ、邪魔はやめておこう」

僕はアドラさんから離れて、改めてガーンさんが持ってきてくれた袋の中のものを確認しました。

中には僕のものと思われる調味料や愛用していた道具などが、乱雑に入っています。こりゃ、整理した方がいいかなぁ。

……あとどれくらい、ここで過ごすことになるかはわかりませんが……せめて、死ぬそのときまでは僕らしくいたい。僕らしく……。

「ああ、駄目だ」

掠《かす》れるような声で口から出たそれとともに、僕の体から力が抜ける。尻餅をついて、体を抱きしめるように腕を回す。

歯の根が合わずガチガチと鳴る。恐怖で体が震える。冷や汗がとめどなく流れてくる。

「当たり前だ。どんなに覚悟したって、それに直面したら変われるもんか」

僕は改めて、それを言ってしまった。

「死ぬのは、怖い」

思わず涙が流れる。

「怖い、死ぬのが」

地球にいた頃には感じたことがなく、こっちの世界に来てみんなと一緒にいたときとも違う感覚。

たった一人で、明日にも死んでしまうのではないかという、死んでしまう明日を迎えてしまうんじゃないかという、そんな恐怖。

「……」

そうやって、僕は震えることしかできなかった。

――廊下から足音が聞こえたのは、そんなときだ。

顔を上げると、そこには知らない顔がありました。

この牢屋《ろうや》に来てから初めて会う、ガーンさんとアドラさん以外の人間。

「ガングレイブ傭兵《ようへい》団、シュリ」

「は、はい？」

僕は震える声で答えました。

「お前の処遇が決まった」

「はい……」

「明日……」

「……」

「明日……火炙《ひあぶ》りの刑を執行する。最後の夜を、悔いなく過ごせ」

それは、死刑宣告だった。

閑話　それでも彼らは立ち上がらなければならない　～ガングレイブ～

「……おい」

「なんや」

「酒はないか」

「あるわけないやろ。ジャガイモで我慢しとれ」

俺たちガングレイブ傭兵《ようへい》団は現在、蟄居《ちっきょ》を命じられてとある宿屋にいた。町中の宿屋を使って、傭兵団の兵士全員を閉じ込めているわけだ。

俺たち傭兵団の隊長格は、全員が広めの部屋の一室に閉じ込められ、数日そのままにされている。城からのお達しもなく、部下からの知らせもなく、情報も遮断された状態。

俺たち全員それぞれが苛《いら》ついていた。何かきっかけがあれば、一瞬で燃え上がるような苛立ちと怒り。

俺は椅子に座って机に肘を突き、机を指で叩《たた》き続けている。

「それ、やめないっスかガングレイブ」

「あ?」

「その音、耳障りなんスよ。イライラする」

「うるせぇ。耳でも閉じてろ」

「はぁ？」

俺とテグの視線が、バチバチと交差する。床に座っていたテグが立ち上がり、俺の前まで来る。

「苛つくのはわかるっスけど、オイラに当たるの止めてくんないスか？」

「なんだ？　やるのか？」

「いいっスよ、オイラは！」

「やめーや」

一触即発の空気の中で、クウガが呆《あき》れた様子で俺たちの間に立った。

「こんなとこで喧嘩《けんか》してもしゃーないやろ。暴れても、状況は一切よくはならんぞ」

「その通りです」

ベッドに腰掛けていたアーリウスが床を見つめたまま口を開く。

「私たちは……余計な疑いを向けられないように静かにしていなければなりません」

「それはいつまでやぇ？」

そんなアーリウスに、椅子を並べて横になっていたアサギが毒づいた。

「もう数日も、この部屋に閉じ込められてふかしたジャガイモと水だけで生活しとるわけやけど、どこで状況が好転するんやぇ？」

「それは……」

アーリウスは言葉を詰まらせ、さらに俯《うつむ》いてしまう。

アサギは鼻を鳴らしてから目を閉じる。

「希望も何もないでありんす。どうすることもできんのなら、暴れた方がマシやぇ」

「ここで暴れても体力を消耗するだけでしょう」

床に正座して本を読んでいたカグヤは、アサギに視線を当てて言った。

「ただでさえ行動を制限されております。そのときまで体力と気力は温存すべきかと」

「だからそれはいつまでやぇっ？」

カグヤの言葉に、アサギは体を起こしてカグヤを睨《にら》みつけた。

「いつになったらわっちらはここを出られる？　どうやったらわっちらはここを出られるんやぇっ？　答えてみぃっ」

「それはワタクシからはなんとも」

「わからんのんなら、余計なことを言わんでほしいぇ」

「ですが、何かは言わないといけませんので」

アサギとカグヤの間も、剣呑《けんのん》な雰囲気になる。俺とテグ、アサギとカグヤ。二組の喧嘩《けんか》寸前の中で、部屋の隅で座り込んでいたリルが顔を上げて呟《つぶや》いた。

「でも、未《いま》だにわからない」

誰に言うでもない言葉なのだが、それはここにいる全員が聞き逃せないこと。

「なんでシュリはあんなことをした？」

そう、ここに閉じ込められる原因になったシュリのことだ。

壁際に立っていたオルトロスは、ことさら眉をしかめていた。無論、俺も。

シュリが騒ぎを起こしたあと、俺たちはすぐに拘束された。礼服、ドレス姿のままでだ。城で事情聴取……という名前の詰問を受けた。

なんのつもりだったのか、示し合わせたものなのか、初めから領主を害するつもりだったのか、とな。

もちろん俺たちにそんなつもりはない。シュリにだって、大事な仕事だと言った。だから、なんでシュリが土壇場であんなことをしたのか理解できなかったんだ。しかし、そんなもの相手には通用しない。現実問題としてシュリは領主へ不敬を働き、捕まったのだからな。

その責任はもちろん、取らされた。宿屋に置いていた俺たちの荷物はここに運び込まれ、衛兵の監視のもと蟄居《ちっきょ》を言い渡された。

まだ正式に仕官を拝命したわけじゃないこの状況、相手の命令を聞く理由はない。が、シュリが捕まっている以上逆らうわけにもいかない。

……いや、やめよう。

正直なところ、シュリの行動の理由を知り、対処して、なんとかこの処分を取り下げてもらって仕官する——そんな淡い希望に縋《すが》ってる。

だが、それも最初の日だけだ。二日目からはシュリに対する怒りが湧いてきた。ここにいる全員がだ。

なぜあんなことをしたのか、なぜなんの説明もなく突っ走ったのか。

どうして大事な場面だったのに、あんな失敗をしでかしたのか。

理由を聞くこともかなわず、この部屋でジャガイモと水しか口にできないことで、その怒りが爆発しそうになっていた。

「知るか、そんなもん」

俺はテグから離れ、乱暴に椅子に座った。

「あいつが何も言わずにあんなことをしでかしたんだっ。今更知ってどうするんだ」

「……でも、リルは気になる」

リルは思い出すように腕を組んで目を閉じた。

「あのとき、シュリは間違いなく何かを知った。だからあんなことをした。シュリはいつもはお人好しだけど、料理するときや真剣なときはちゃんと真面目だったから。

理由がなければあんなことをしないし、あんな怒りを出す人じゃない」

「だから！　今更知ってどうするんだ！」

俺は怒鳴るようにリルに言った。リルは俺の様子に肩をびくつかせて驚いている。

「せっかくの仕官話も流れそうだ！　それだけじゃなく、俺たちの身だって危ない！」

「……ガングレイブの怒りはもっともだとオイラも思うっス」

テグはどっかと床に座った。

「なんであんな馬鹿をしたのか。オイラだって人生を左右するところで、シュリのしたことには怒りが湧くっスよ」

「ならわかるだろ！　あいつは！」

「でも!!」

テグは泣きそうな顔をした。

今にも崩れそうなほどの脆《もろ》さが、そこから感じられた。あとほんのちょっとのきっかけで、泣き崩れそうなほどの弱さが、だ。あのテグから。

「……ガングレイブだって、わかってるっスよね？」

「……何がだ」

「オイラたちは、シュリに助けられてきたって」

その言葉に、俺の胸がズキリと痛む。

「あいつは大事な場面場面でオイラたちを助けてきたっス。

そりゃ、あいつが原因で騒ぎが起こったことなんて山ほどあるっスけど、でもその度にオイラはあいつを信じて助けて、助けられたっス。……だから、怒りはあるけどどこかで信じてるんスよ。シュリは絶対、何か大切なことのためにあんなことをしたって。

それがわかってるから、ガングレイブも決定的にあいつを見捨てられないんスよね？」

テグの弱々しい目つきに、俺は耐えられず視線を逸《そ》らす。

「……そうだよ」

そうだ、その通りなんだ。俺はわかってた。

シュリが怒ったのは何か大事なことがあったからだ。

それも、俺でさえ理由を知ったら看過できないほどの何かなのだろう。

今の俺ではその理由さえもわからないが。

「俺はまだどこかであいつを信じたいと思ってる。あんなことをした理由は必ずある。その理由を知らない限り、俺はシュリを見捨てきれない」

「で？　どないするんや？」

クウガの静かな声が部屋に響く。クウガは扉の横で座り、剣の手入れをしていた。

砥石《といし》を持ち込み、打ち粉を振り、剣に歪《ゆが》みがないかをチェックしている。その作業を続けながら、俺に視線を向けないまま言った。

「ワイらができるのは、ここを出ていくか。それともおとなしく従うか。それとも」

クウガは剣をピュン、と鳴るように鋭く振った。

「シュリを助けるか、や」

部屋の空気がひりつく感覚がする。クウガの意見は、ここにいる誰もが考えたことのはずだ。

シュリを助けて、またどこかでやり直す。今までと同じだ。

だが、今それを実行するには状況が違いすぎる。

「私は、シュリを助けたいと思っています」

「アーリウス」

珍しく、アーリウスが最初に口を開いた。こういう場合、俺の意見に追随する様子を見せてきたアーリウスが、だ。

誰よりも早くその意見を言ったんだ。俺は驚くしかなかった。

「アルトゥーリアのとき、シュリがガングレイブを、私を助けるために動くよう駆り立ててくれたことは聞きました」

「……そうだ」

「そのおかげで今の私はあります。ガングレイブだけでなく、シュリにも感謝はあります。

それに……私はシュリに二つの借りがあります。それを返すまでは、死んでもらうわけにはいきませんから」

しっかりとしたアーリウスの言葉に、全員が考え込む。

俺だって、本当はそうだ。あいつに助けられた。借りなんて、山ほどある。

アーリウスと同じようにそれを返すまでは、あいつに死なれたくないし死んでほしくない。そんなことわかってる。

「だけど、実際どうするでありんすか」

そのとき、アサギが口を開いた。横になっていた体を起こして椅子に座り、足を組んだ。

「もうわっちらは後がありんせん。シュリを助けてここを出ようと思うなら、もう全部捨てる覚悟がいるでありんす」

「捨てる覚悟」

リルが反芻《はんすう》するように呟《つぶや》く。

「そうやぇリル。わっちらは革命に関わったからこそ、ここでの仕官を望んでここまで来たんやぇ。なのにここでまた権力者に逆らえば、もう決定的に傭兵《ようへい》稼業は廃業することになるでありんす」

アサギの言葉に、さらに全員が考え込んでしまった。

それなんだ。それが、俺たちをここに縛りつけ、おとなしくさせる理由だ。

いつもと違う状況、それは俺たちにもう後がないってことだ。

ここでまた下手に動けば、もう俺たちが傭兵団として活動できることはないだろう。俺たちを雇うところはなくなる。革命に関わり、真っ向から権力者に刃向かう。度重なるその行為が、とうとう限界まで来ている。

明日から、飯にありつくことができなくなる。

それは何よりも恐ろしいことだ。いつの時代だってそうなのだから。

「わっちは、それでもシュリを助けるって意見があるなら従うぇ」

アサギはそう付け加えて体を伸ばした。

「なんだかんだ言ったって、なんとかなる気がするでありんすから」

「……そうか」

俺はそう言って黙り込んだ。

「結局、状況がわからないことにはどうにもならんス」

テグもそう言ってお手上げの様子だ。

その言葉を最後に、全員が黙ってしまう。再び全員の間に嫌な空気が流れた。

──そんなときだった。

「失礼するよ」

俺たちの部屋を客が訪れたのは。

部屋にいる全員がそちらを向き、驚いた。

「エクレス、様?」

そこに立っていたのは、エクレスだった。そして、その後ろにいるのは、

「と、ギングス様、ですか?」

なんと、次期領主の座を巡って争っているはずのギングスも、そこに立っていた。

公的な場なら、この二人が一緒にいることに疑問は抱かないだろう。

しかし、二人の様子を見ると明らかに私的な話のためだとわかる。普段、公的な場で見るものよりも幾分かラフな雰囲気なのだ。

「……ギングス。監視はどうしてる?」

「大丈夫だ。ガーンを使って遠ざけさせている」

「理由は?」

「シュリの処遇を伝えるためのもんだと言ってある。だからお前らは聞くな、ってな」

「上出来」

二人の様子を見て、さらに俺は驚く。前に仕官話をしていた二人のときよりも、幾分か距離が近い。仲違《なかたが》いをしている様子はない。

これは、どういうことだ? 俺が何も言えずにいると、エクレスとギングスは部屋に入

り、扉を閉じた。

「ガングレイブ」

「あ、はい」

俺は椅子に座りっぱなしだったことを忘れていたため、慌てて立ち上がって礼をした。

「これは、この度はうちの料理番が大変な無礼を働き、まことに申し訳」

「ああ、それはいい」

ギングスが一歩前に出て、俺の言葉を手で制した。

「それに関しては、むしろこっちが礼を言わなければならんからな」

「は？　なんやそれ」

クウガはのっそりと立ち上がり、剣を鞘《さや》に収めて腰に佩《は》く。

「どういう意味や？」

「そのまんまの意味だ」

ギングスはクウガへ顔を向けて答えた。

「あいつは、母上の決定的な裏切りの証拠を見せてくれた。そのおかげで、この領地を終わらせることができる」

「ボクたちはね、ガングレイブ。最初からこの領地を『譲渡』することを考えてたんだ」

二人の言葉に、今度こそ全員の動きが止まった。

わけがわからない。領地を譲渡？　どういう意味だ。

俺が口に出せないでいると、カグヤが立ち上がり、自分の荷物を探りだす。

「その裏切りの場面……その証拠は」

そしてカグヤが俺たちに示したのは、あの日の杯だった。領主が酒を飲むのに使おうとした、結構な装飾が施された杯。俺が見間違うはずがなかった。

「これのことですか？」

「!!　……なるほど、君が持っていたわけか」

エクレスは苦笑を浮かべた。

「あのとき、シュリくんの発言から杯が怪しいことはわかっていた。だから回収しようと思ってたんだけど、見つからなかったからね。てっきり、正妃《せいひ》の派閥の奴らがとっとと証拠隠滅を図ったと思い、半ば諦めながら捜索をしていたのだけど……」

「当たり前でしょう」

カグヤはその杯を自分の背中に隠すように、持ち替えて言った。

「シュリはあのとき、『この杯で酒を飲んでないな』と再三確認をしておりました。そして、レンハが贈った物であることを知ると『どう考えてもあれは領主様の体に毒でしかない』、『あれが贈り物というなら込められてる悪意があまりにも悪質すぎる』とも。

ならこの杯に秘密がある。ひいては」

カグヤはすっと目を細め、エクレスたちを睨《にら》みつけた。

その視線の強さは、俺が今まで見てきた中で一番と言えるほど。

「シュリを助ける鍵になるかと。どこかの誰かさんたちのように、怒りやらなんやらで葛藤している暇はありませんでした故に」

あまりの毒のある言葉に、俺たちは……シュリに対して怒りや信頼やらがごちゃ混ぜになっていた者は、思わず目を伏せた。

俺自身も、目を逸《そ》らしてしまっていたからな。というより、俺がいの一番にそれに気づいて行動していなければならなかった。

傭兵《ようへい》団としても、仲間としても、友人としても。

シュリを助けられる可能性が、今回の事件の鍵が目の前にあったなら行動しなければならなかったのに。

仕官話に浮《うわ》ついて、それに気づけなかった。

――そうだ。あのときシュリは言っていたじゃないか。

ここにきて、ようやく俺はシュリの言葉を落ちついて思い出すことができた。

あいつはあのとき、確かにカグヤが持っている杯で酒を飲むことを、危険だと言っていたはず。同時に領主は口にしていた。『過去に内側に鉛を貼り付けた杯を贈ってきた敵もいたが、これにはない』とも。

普通なら気づかない、領主の体調不良や奇病の原因。

今の今まで気づかなかったそれを、シュリが気づいていたんだ。

なのに俺は――!!

「カグヤ、その杯を見せてくれないか?」

俺がそういうと、カグヤは首を横に振った。

「お断りします。今のガングレイブにも、エクレス様にもギングス様にも渡せません」

「なにっ」

「え」

「なんだと?」

エクレスとギングスが驚くのもわかるが、俺にすら渡せないとはどういうことだ。

俺が思わず身を乗り出したそのとき、カグヤはその鋭い目を俺に向けた。

怒りだ。その目には、これ以上ないくらいの怒りが燃えている。

普段のカグヤからすると考えられないくらいの、強い怒りだ。

もはや表情で隠すことすらせず、眉を吊《つ》り上げてカグヤは答えた。

「今のガングレイブは、いつものように最悪を覆そうとする意思がありません。少しばかりマシな方策しか考えておりません。慌て者の考えるマシな方策など、周りにとっては迷惑以外の何ものでもありません。だから渡せません」

その言葉に、俺は胸が抉《えぐ》られるようだった。

まさに俺の心情を言い表していた。

シュリが処刑され、俺たちにも害が及ぶ最悪を避けるよりも、今回の事件を上手く収めて利益を得ようと皮算用するばかりだった。

この二つには大きな違いがある。

いつもの俺だったら、前者の最悪を考えた上で筋道を立て、大切なものを失わないようにするはずだ。だから、前回のアルトゥーリアのときだってシュリにケツを蹴っ飛ばされることで立ち上がり、アーリウスを失う最悪を避けることができた。

今までも、傭兵団《ようへいだん》が瓦解《がかい》する最悪を避け、次に繋《つな》がることを考えた。

そうだ、俺の考える最悪を避ける筋道とは、必ず全員生き残って次に繋がる手立てを残すことだった。

なのにどうだ？　このていたらくは。慌てて考えたマシな方策など、どうにかして俺たちの処分を取り消して、どうにかしてシュリを助けようと考えただけだ。

全く道筋も、次に繋がるものも、具体的な方策も何も考えてなかったんだ。

だからカグヤはこう言った。『慌て者の考えるマシな方策など迷惑』だと。

もし、この思考のまま行動をしていたらどうなっていた？　皮算用の行き当たりばったりな行動なんて、俺だったら殴ってでもやめさせることだろう。

俺は打ちのめされたように椅子に座り、顔を手で覆った。

「ガングレイブ……」

そんな俺の両肩を、優しく抱きしめるようにアーリウスが寄り添ってくれた。

温もりが、優しさが、同情が、今の俺には助かる。

「で？　それでどうするつもりだ？」

ここに来てギングスが苛《いら》ついたように口を開いた。

「俺様たちにも渡せねぇってのはどういうことだ？」

「当然でしょう？」

カグヤは俺から視線を外し、真っ正面からギングスと向き合う。

「これを渡すには条件があります」

「シュリを引き渡すことか？」

「違います」

なに？

「シュリを、『ちゃんと五体満足で怪我《けが》もなく病気もなくなんの支障もなく』引き渡していただくことです。こちらに引き渡される前に拷問されたり秘密裏に殺されたりして、死体として引き渡されても困ります。

彼はワタクシたちの仲間です。友人であります故、無事の帰還を望んでいます」

カグヤの言葉は、この場にいる全員の胸を打った。同時に俺は思わず顔を上げて、自分の無能さに打ちのめされる。

その言葉は、俺が言わなければならなかったんだ!!

全員の命を預かる傭兵《ようへい》団団長として、俺が言わなければならなかった。

カグヤの立ち位置で、俺がエクレスとギングス両名と話をしなければならないんだ。

俺が情けないから、カグヤは今、二人を相手にしている。

「俺様たちが信用できないと?」

「当然でしょう?　ワタクシたちの仲間を捕らえて、しかも真意としては『スーニティを譲渡』することを考えていると言いました。

意味がわかりません。領地を手放すなどと。それは領地を預かる者として決して考えてはならないはずのことです。自分の責任を放り投げると言ってもいい。論外です。……ですが」

カグヤはもう一度杯を目の高さに持ってきて、観察する。

「実はシュリが連行されてワタクシたちが蟄居《ちっきょ》を申しつけられた晩に、みんなが寝ている隙にこの杯を調べました」

「お前、ワイらが寝ている間にそんなことをしとったんか?」

「ええ。仕官話が流れるやらシュリの安否はどうかと心配するやらで、精神的に疲れていたのでしょう。全員がぐっすりでしたよ。幸い、その間に杯を調べることができました。クウガですらそうだったのですから」

「なら、リルも起こしてくれればよかった。リルも調べられる」

「すみません。リルも起こしてくれればよかったのですが、できればこの杯のことはギリギリまで隠したかったのです。慌て者がこの杯を使って勝手に相手と交渉をしようとするかもしれませんから」

さらにカグヤは畳みかけるように俺を見て言った。

ああ、もう、わかっているさ。自分が短慮だったと。

「カグヤ！　それは言い過ぎではありませんか!?」

「アーリウス。あなたがガングレイブを庇《かば》いたい気持ちはわかりますが、これで潰れるようならガングレイブはここまでです。それに、ワタクシにもわかりませんでした」

カグヤはそう言うと、杯の内側をこちらへ向けた。

中は金属加工されているだけだ。他におかしいことはない。

「ワタクシが調べる限り、この杯におかしなところはございませんでした。普通に金属加工された杯……材質まではわかりませんが、医術を修めたものの知識で言わせていただければ、薬が塗られていた形跡もありません。薬が仕込めるような仕掛けもありません。

今、そちらがおっしゃったシュリの言うところの毒とやらがなんなのかは、ワタクシにはわかりませんでした」

「リルにも見せて」

リルが立ち上がると、すぐにカグヤの元へ駆け寄った。

カグヤから杯を渡されたリルは、すぐに杯を調べ始める。触ってみたり、観察してみたり、匂いを嗅いでみたり舐《な》めてみたりとやりたい放題だ。

そして最後に目を閉じ、集中している。腕に刻まれた入れ墨が僅かに発光した後、光が消える。

目を開けたリルは難しい顔をしていた。

「どうだ、リル？」

俺が聞くと、リルは悩みながら指で頭を掻《か》いた。

「結論として、おかしな仕掛けや空洞があるような杯じゃない。普通の杯」

「普通？」

俺がそう言って周りを見れば、周りも不思議そうな顔をしている。

クウガがリルの横に来て、杯を観察した。

「ワイじゃわからんのは当然じゃが、リルやカグヤがわからんちゅうのはおかしいのぅ。本当に何もないんか？　シュリの言うところの毒に相当する何かっちゅうのは」

「ない。リルにもわからない」

リルは杯を持ち上げて、逆さまにしたりして観察を続ける。

「使われてる材質は金属類……ざっくり言うとこんなもの。外側の装飾には金や銀が使われてるし、内側には普通の金属が使われてる」

「金属っ？」

その言葉に反応したのは、エクレスとギングスだった。

二人は顔を見合わせた後、納得したように言う。

「やっぱり、シュリの言ってることが正しかった、と？」

「だが俺様も『アレルギー』なんて言葉は聞いたことがない……特定のものに対して体が過剰に反応して不調を来《きた》す、なんてことがあるのか？」

「特定のもので体が不調を来す、ですか？」

二人の言葉に、カグヤが何か思い出したようにハッとした。

「ワタクシ、傭兵《ようへい》団内で医者の真似事もしておりますが、傭兵団内では料理の好き嫌いのある者がおりました。

その者が言うには、それを食べると喉が痒《かゆ》くなって不快だから食べられぬと。

シュリが言ってるのは、その症例のことでしょうか？」

「待て」

そこまで話が進んだところで、俺は口を挟んだ。

全員の視線が俺に注がれる。緊張するが、今まで団長らしいことは何もできてない。言わなければならないし、やらなければならない。

俺は目を閉じて深呼吸してから、再び目を開いて全員の顔を見て言った。

「まず、リル」

「なに？」

「杯の内側には金属が貼り付けてあるのか？」

「ある」

「……見る限り、銀メッキされてるような輝きなんだが」

そうなんだ。杯の内側は銀のような色合いをしている。リルが言わなければわからないことだ。

「リルも最初はそう思った。けど、魔力を流してみると感触が違う」

「どう違うんだ」

「……あんまりこういう言い方はしたくないけど」

リルは悔しそうな顔をした。

「これは金属を熟知した人間が魔工で加工している。リルにも理解しきれないけど、金属の中でも輝きが強く耐食性が強いものを使ってる。だから銀と勘違いする」

「あのときシュリは、ニッケルがどうとか言っていた。それのことか？」

「リルにもわからない。けどリルにわかるのは、わざわざここまでして、銀で誤魔化そうとする人間はわかっててやってるだろうってことくらい」

「わかった。カグヤ」

次にカグヤを見る。カグヤも俺を真っ正面から見返した。視線が交差し、カグヤは俺を値踏みするような視線を向けた。

大丈夫だ、落ち着いている。

「薬の類いはなかったんだな？」

「間違いなく」

「リルから見ても、毒を仕込むような仕掛けはないと」

「断言できる」

「そうか」

俺はそこまで聞いてから、もう一度エクレスとギングスへ顔を向けた。

「お二人はここまで聞いてわかっていられるということは、シュリから何かお聞きになったんですね？　これらのことから杯に施された仕掛けってやつを」

「そうだね」

エクレスは扉の前から一歩横に動き、言った。

「詳しくは彼から聞こうか」

　エクレスが示すと、扉の外から男が入ってきた。

　大きな男だ。俺よりも背が高い。下手をしたらオルトロスの次に背が高いかもしれない。鳶色《とびいろ》の髪のその男は頭を下げると、口を開いた。

「初めまして。俺はガーン・ラバーと申します。今回、シュリに看守として近づき、彼から話を聞きました」

「看守として？」

　俺は思わず、焦るように問いかけた。聞きたいことが山のようにあるからだ。

「シュリは無事なのか」

「ええ」

「元気にしてるか!?」

「元気にしております」

　それを聞いて、俺は力が抜けたように椅子にもたれかかった。

　さらに両手で顔を覆って、みんなから顔を隠した。その下の表情を見られたくないからだ。

　思わず涙が出てしまっていた。

　止めようと思っても止まらないほどに溢《あふ》れていた。

自分が情けない！　俺は、何度もシュリに助けられていたというのに、あいつのことを考えてやることができなかった。

シュリの行動の意味を探ろうとせず、行動もせず、あいつのやったことの上っ面だけを見て怒りを覚え、苛《いら》ついて、当たり散らして……。

なんとみっともなくて、死にたいくらい情けないことか！

あいつは領主の危機に気づき、行動し、ヒントまで残してくれていたというのに！

俺はそれに気づかずに、目の前にぶら下がった仕官話に縋《すが》り付いて見るべきものを見落とし、大事なことを残してくれた仲間へ悪態までついていた。

何が団長だ、何が大陸王になるだ。

大きなことを言っておきながら、俺は何も見えてなかったじゃないか!!

「それで」

俺よりも先に、テグが口を開いた。恐る恐るエクレスとギングスに訪ねる。

「シュリはその……なんであんな行動を取ったんスか？」

そこまで言って、テグは慌てた。

「いや、その杯が領主様にとって危ないってのは話の流れでわかったんスよ！　でも、使われてるのはただの金属だし、毒も仕込めないし仕込んだ跡もないし……あれが危ないって理由はなんなんスか？」

テグの言葉を聞いて、俺は顔を上げた。

ガーンと名乗った男は目を伏せてから答えた。

「シュリが言うには」

ハッキリと答えたんだ。

「領主様の症状は、金属アレルギーとやらによるもの。金属に対して体が不調を来《きた》すのだそうです。杯に用いられている金属部分に酒が接触することによって、金属の成分が酒に溶け出し、それを体に取り込むことによって、体の内側から不調が起きるのです。本人の体質の問題だそうです」


ガーンの言葉に驚いた俺たちだったが、すぐに行動を開始した。なんせ詳しい話を聞かねばわけがわからない。

机を動かし、椅子を用意し、エクレスとギングスの向かいに俺とカグヤが座って、簡易な話し合いの場を整える。

エクレスとギングスの傍らにはガーンが、俺とカグヤの後ろには他の奴らが立って控えている。

俺は場を整えてから、改めてエクレスとギングスを問いただすことに決めたからだ。

二人もこっちとそういう話をするつもりだったらしく、勧められるまま座っている。

「では、詳しく聞かせていただきたい」

まず、俺から口を開いた。エクレスとギングスは落ち着いた表情をしている。

「まず、シュリの行ったことを確認します」

二人は頷《うなず》く。ここから始めないと話が進まない。

「シュリは確かに、領主様の杯を手で叩《たた》き落とすという失礼なことをしました。しかし、整理するとそれはどうも領主様を助けるためだったとのことですが」

「間違いねえ。俺もガーンから事の次第を聞いて、たまげたもんだ」

ギングスは疲れた顔をしている。

「父上の体調が思わしくないのは昔からだ。それも数か月前からなどという話じゃない。数年単位だ。理由もわからず医者もさじを投げたことだからな。それがまさか、母上の贈った杯が原因だとは思わなかった……」

確かに、ギングスがこういう表情をする理由はわかる。

なんせ話を整理すれば、自分の父親を自分の母親が殺そうとしていることになる。息子としてこれ以上の悪夢はないだろう。

気持ちはわかるが、今はそれを慰めているときではないな。

「領主様は……その、シュリが言うところの金属アレルギーというやつですが……詳しいことはシュリから聞いてますか？　どういう症状とか、他に何か？」

「症状に関して言えば、シュリが語った通りのことが父上に起きている」

エクレスは腕を組んで言った。

「水ぶくれ、膿《うみ》、関節の痛み……シュリの言うことが全て正しいなら、間違いなく、そのアレルギーとやらの問題だろうね」

「他には聞いてない。そうだな？　ガーン」

「はい」

傍《そば》に立つガーンが、頭《こうべ》を垂れて言った。

「金属に接触するだけの問題ではない、ということです。

なんせ領主様も戦に出ていられた身、鎧《よろい》や剣を身に帯びるなど当たり前でした。接触するだけで病気になる……いや、この場合は発症すると言えばよろしいでしょうか、ともかく、触れるだけで出てくる異常なら、私たちがすぐに気づいています」

「領主様のアレルギーは本来、金属との接触で発症するほどのものではなかったのか」

「はい。ですが、毎日金属……を取り込む、と言っていいのかわかりませんが、数年もの間毎日あの杯を使ったことで、徐々に体が不調を来《きた》すほどになってしまったのかと」

俺は腕を組んで、もう一度考える。

あいつがあのとき言った言葉を一言一句、ゆっくりと思い出す。

「あいつは……確かあのときこう言いました。『ただでさえアレルギー反応が重篤化しているのに、それ以上金属を体内で反応させれば、命にかかわる』と。

ということは、すでに領主様の体はボロボロになっているはずだ。会ったばかりのシュリが気づくほど、危険域に達していると見ていいでしょう」

「その証拠となる杯はそちらが確保している」

ギングスは忌々しげにカグヤを見たが、彼女の膝には、その杯がある。

あくまでも渡さないつもりなのだろう、それに乗っからせてもらう。

「まぁ……こちらが確保できなかったのは痛かったが、失われてはいないことを喜ばにゃならんだろうな。俺様も部下を使って探していたがな……さっきも言ったが、母上の一派が証拠隠滅を図ったと思ったからな」

「それに関してはボクも同感だよ」

エクレスは背もたれに寄りかかって天井を見上げた。

「やはり正妃様一派の手は、この領内に深く入り込んでいると見ていいだろうね」

「正妃一派……か」

ここでクウガが口を開いた。振り向けば、クウガは不機嫌そうな顔をして剣の柄に手を乗せていた。

無造作に左手の甲を乗せているだけに見えるが、こいつの抜剣は、この状態からでも超速で繰り出される。機があれば、すぐにエクレスとギングスに斬りかかるほど不機嫌そうだった。

それを察したガーンもまた身構える。見たところ武器を持っていないようだが、それだけで判断するのは危険だ。

「それで？　お前らはこの領地を『譲渡』する言うとったな？」

クウガはさらに一歩前に出る。空気がギリギリと軋《きし》みそうなほど緊張が走った。

「ワイはシュリに怒りを覚えとったし、見捨ててやろうかと思うてしもうた。あいつのしたことが領主を助け、ひいてはワイらを助けるための行動なら、ワイはシュリに土下座をしてでも謝らにゃならん。あいつをここで死なすわけにゃ絶対にいかん。じゃから答えろ。お前らはこの領地を譲渡する言うた。それはどういう意味や？

そのためにシュリを利用するんか？」

「そうだと言ったら？」

ギングスがその言葉を口にした瞬間、クウガの顔に憤怒のそれが宿った。

「お前らを切り捨ててシュリを助けて逃げる。その後で、シュリに土下座して謝る。あいつが望むならワイは腹を切る。さて、どうなんや？」

クウガの強い決意がこもった言葉に、改めて自分たちがシュリをどう思っていたのかを思い出し、恥ずかしく、情けなく、死にたいほどの気持ちが湧いてくる。

いや、今はそれを考える時じゃない。ちょっと全員苦い顔をしてしまったが。

「シュリくんはもちろん解放する」

エクレスは俺たちの顔をしっかりと見てから答えた。

「彼は言うなれば、領主様の危機を救った功労者。そんな人を、正妃様の一存で死なせるわけにはいかない。必ず五体満足で助ける」

「本当やろうな？」

「本当だ。誓って」

クウガとエクレスの間に緊張が走る。二人の間の空気が、熱せられた大気のように歪《ゆが》んで見えるようだった。

クウガはエクレスの顔をしっかりと確認してから、剣の柄から手を離す。それを見てガーンは安心したように大きく息を吐いて、再び姿勢を正した。

「その言葉、一応本当だと思うておくわ」

「そう思ってくれ。俺様も、こんな不義理はしたくない」

「で？　次の話」

リルが手を上げて発言した。

「この領地を譲渡するっていうのは？」

「簡単な話だよ」

エクレスもギングスも、二人して苦渋に満ちた表情で言った。

「この領地は限界だ。具体的には、外からの内政干渉がもはやボクたちでは抑えきれないほどになっているうえ、工作員も入り込んでいる。

父上は気づいていられない……もしくは気づいていても、今の乱世を渡りきるために放置なさっているのかもしれないが、このままだと領地は食い荒らされるだろうね……」

「内政干渉？　工作員？」

リルが首を傾《かし》げている。というか、俺も含めて、全員がどういうことかと思っているだろうよ。

内政干渉、工作員の暗躍、それに気づきながらも放置する領主。

ありえない。普通はない。

「……領主様は、強力な他国にこの領地を売ろうとしているってことでしょうか？」

「そう取ってもらっても間違いじゃねえな」

ギングスは頭の後ろで手を組み、背もたれに思いっきり寄りかかった。ギシ、と椅子が軋《きし》む。

「かくいう俺様も、それに利用されていたクチだ」

「ギングス様が？　……ああなるほど、外からの干渉とは、正妃様の実家の方からということでしょうか」

俺は納得した顔で腕を組んだ。

まあ、こんな乱世ではよくある話だ。嫁の実家が領地のことに口を出して、それが徐々に酷《ひど》くなっていくというもの。

普通の領主や王ならばそれを回避するために、いろいろと根回しや派閥を形成したりするだろうよ。なんせ嫁の実家とはいっても、実際には他国による内政干渉。撥《は》ね除《の》けられなければ領主としての資質を問われることになる。

だが、乗っ取りなんて、よくある話だ。

例えば、領主が妻にベタ惚《ぼ》れしていて、やりたい放題にさせている場合。これは領主がアホなのは言うまでもないが、それに付き合わされる部下も気の毒だ。

あとは政略結婚の結果、属国扱いってのもあるな。

うちに従え、その代わりに娘をやる。ただし次の領主や王はその娘との間に生まれた子を就かせろ、みたいな感じ。

これはもう国力の差から生まれる上下関係に近い。これを撥ね除けるのは難しい。

領主ナケクの場合がどれかはわからないが、おおむねこんな感じだろう。

「領主様は、そうすることが領地としての最善だと判断された、と？」

「わからない。それに関してはボクたちも知る余地がない。ただ、こっちが工作員を排除しようとすると、父上からの邪魔が入ったのは間違いなかった」

「実際、俺様の部下が工作員を捕縛したときも父上は俺様にやんわりと解放するように迫ってきたからな。まあ、口ではハイと言っておいて秘密裏に処理、なんてのは十指に余るほどあるが」

　ギングスは机の上で手を組み、前のめりで言葉を続けた。

「父上が何を考えていられるかわからない。それに、俺様たちが行動しても、もはや手遅れの状態になっている」

「だから、領地を譲渡すると？」

「そうだよ」

　エクレスは悔しそうな顔をした。

「普通に他国に取り込まれるのなら、ボクだって悔しいけど時代の流れで受け入れていたかもしれない。だけど、あの国だけはダメだ。属国扱いのことで良い噂《うわさ》を聞かない」

「あの国とはどこのことでしょうか？」

「君たちも聞いたことがあるんじゃないかな」

　エクレスは苦虫を噛《か》みつぶしたような顔をする。

「グランエンドだよ」

　その言葉に、俺は驚いた。明らかに表情だって変わっていただろう。そして、以前アルトゥーリアを訪れたときのことを思い出す。確かあそこの王の側室だったシャムナザは、グランエンドの出ではなかったか？

そしてシャムナザは、確実にアルトゥーリアを混乱させていた。息子の乱暴狼藉《ろうぜき》を許し、城内で横暴の限りを尽くした。あれは実家のあるグランエンドの策略？　それも内部から国を崩す企みだったとしたら……。

「前に、私たちもグランエンドから側室として入ってきた者がいる国に行ったことがあります」

「そうか。さぞかし横暴に振る舞っていたんだろう？」

「そうですね」

俺自身も怒りが湧いてくる。今思い出しても苛《いら》つき、顔をしかめるほどだ。

「息子に権力を振るわせて、国を内部からダメにしようとしていました」

「それが、グランエンドのやり方だ」

ギングスがその続きを引き受けるように口を開いた。

「実際、俺様も数年前まではやりたい放題に振る舞っていた。わがままをしていたよ」

「あの頃のギングスは手に負えなかったねー」

「まあ……兄貴の言う通りだけどよ。戦で結果を出していた分、わがままも許されていたよ。母上が望むことなら何でもやったし。

だけど、兄貴とガーンの二人から長い間、懇々《こんこん》と諭《さと》されてな。ようやく目を覚ましたのが数年前ってことだ。振り返ってみれば、それまで自分がしてきたことは領地にとっていいことではなかったもんな」

「差し出がましいようですが、例えば？」

ギングスは一瞬嫌そうな顔をしたが、すぐに観念したように口を開いた。

「まず、兵糧《ひょうろう》をグランエンドに送った」

「ふむ」

「金も送った、優秀な職人も送ったな」

「名目としては？」

「兵糧はグランエンドが苦しいから、職人は優れた技術を学ばせるための留学だな」

「それらは戻ってきましたか？」

「戻ってくるわけねえよっ」

悔しそうに言うギングスを見ると、それらは本当のことなんだろう。

まあ、一種の侵略としてはよくある話だ。国力を奪う、ということだ。

「目を覚ましたときは、多数の優秀な職人が流出し、兵糧庫は床が見えるほどになっていた。確かに俺は母上の、レンハの息子だ。だがそれ以前にスーニティの次期領主候補で武官の取りまとめをしているんだ。国が疲弊することに加担していたと思うと、吐くほど自己嫌悪に陥ったもんだ」

「ギリギリだったんだよ。ボクたちがギングスの目を覚まさせたときには、本当にダメになるかどうかの瀬戸際だった。職人は数を減らし、国庫も傾き始めていた。それが十数年単位で少しずつ行われていたから、これ以上進んだらとんでもないことになっていた」

「それで、領地を手放すと」

後ろからリルがそう聞くと、エクレスとギングスは二人して神妙に頷《うなず》いた。

「そうだ、この領地は限界だ。一度、スーニティという領地そのものをお終いにする必要がある。それだけ、グランエンドの手が伸びすぎてしまった」

「具体的には、何をするぇ」

ここでアサギが口を開いた。振り返って見れば、その顔は不機嫌そうだった。

「領地をお終いにするってのは、簡単なことではありんせん。血統の消滅、領民のその後の安寧、他国との外交上の話し合い。わっちには想像できないほどのたくさんの事後処理をせにゃならんのぇ？」

「グランエンドにこの領地は渡さない」

エクレスはコツ、と指で机を突いた。

「ここは、ニュービストに渡そうと思っている」

「ニュービストにっ？」

俺たちは驚いて、後ろの奴らと互いに顔を見合わせた。

まあ、確かにあの美食姫は為政者《いせいしゃ》としてはマシな部類に入るだろう。以前あんなことがあったから嫌な思い出もあるけど。

だが、だからといってそんなことが簡単にできることか？

俺がそれを言う前にエクレスが続けた。

「ニュービストとグランエンドの国力は、武力で言えばグランエンドが上だろうけど、経済力ではニュービストの方が上だとわかっている。

あそこなら、グランエンドに対抗できると思う。ニュービストの国力を借りて、この領地からグランエンドの横暴な勢力を排除する。

もはや、そうしなければこの領地は遠からず死ぬ」

「領民はどうなるぇ？」

とうとうアサギは感情を抑えきれないらしく、俺の横に立って机を叩《たた》いた。

バン、と乾いた大きな音が鳴る。アサギはエクレスに詰め寄るように近づく。

ガーンがそれを止めようとするが、エクレスが手でガーンを制した。

「領民の安全の保障は、もちろん条件に組み込む。ここに住まう人の安全は必ず確保するようにしている」

「そうじゃないぇ。領民の感情はどうなると言ってるでありんす」

アサギの言葉に、エクレスは僅かに眉をひそめた。

「唐突に、自分たちを守るべき領主が他国に自分たちの土地を売り渡して、唐突に他国の人間として扱われることになるんでありんすよ？　先祖代々住まう土地の歴史が、そこで終わるでありんすよ？　その領民の感情はどうなると聞いてるぇ」

「仕方がない」

エクレスは絞り出すように、苦しそうに言った。

「仕方がないんだ。ボクだってそこを考えなかったわけじゃないっ。でもどうしようもないんだっ。すでにレンハはグランエンドの国主をこちらに呼び寄せる準備を進めている。そして父上を暗殺するだろう。その前に手を打たないと、この国はグランエンドのものになる。

最悪の未来を避けるために、ボクたちはやってるんだ！　そのためにボクは母上すら助けに行けてないんだ!!」

エクレスは感情のまま立ち上がって叫び、真っ正面からアサギと睨《にら》み合おうとした。

「エクレス」

それを止めたのは、静かに呼びかけたガーンだった。

「それ以上は、今は言うべきじゃない」

「でも！　兄さん！」

「俺を兄さんと呼ぶな」

ガーンはバツが悪そうな顔をして視線を逸《そ》らす。

「俺は、お前らの兄じゃない。そうとは認められていない。……ギングスだって混乱するだろう、今する話じゃない」

「待てよ、ガーン」

呆然《ぼうぜん》として、ギングスはガーンの顔を見た。

「どういうことだ。エクレスは俺様の腹違いの兄だ。だが、ガーンが兄貴の兄弟ってのは、どういうことだ」

「今はいいと言ってるんです、ギングス様。……ガングレイブ殿たちも混乱している」

ハッとして、ギングスは俺たちを見た。

ギングスが混乱するのはわかる。俺だって混乱してるんだから。

ガーンとエクレスが兄弟の関係なら、こいつは何者だって話になるからだ。俺たちは、いったい何者を相手にしているんだ。

「ガングレイブ殿。この件はいずれ、必ず話します」

ガーンは俺たちに向かって頭を下げた。

「エクレス様とギングス様が語ったことは全て真実です。この国は、静かにグランエンドから侵略されている。それも取り返しのつかないところに至りかけています。それを止めなければ、領民の未来が危うい。あの国は信用できない。

故に、あなたたちに頼みたい」

ガーンはカグヤの膝の上に置かれている杯を指さして言った。

「その杯をこちらにいただきたい。レンハの悪行を表沙汰にし、レンハを追放するために。この領地をせめて綺麗《きれい》にしてニュービストに明け渡し、最後に領民を安心させたいのです」

「……」

カグヤは憮然《ぶぜん》とした様子で黙っていた。今、全員の顔がカグヤへ向けられている。

俺は内心こう考えていた。絶対に渡すなと。

ここまで話がこじれているのなら、この領地で仕官するなんて話は捨てた方がいい。

政争に巻き込まれるのはもうこりごりだからな。

だから、カグヤの持つ杯を交渉材料にしてシュリを無事に取り戻すべきだ。

俺がそう願っていると、カグヤはようやく口を開こうとした。

「ワタクシとしては」

「失礼いたします!!」

だが、その言葉は途中で遮られた。

部屋に駆け込んできた兵士が、膝立ちで礼をしている。

ガーンは不機嫌な顔をして言った。

「何をしている。この部屋には近づくなと厳命していたはずだが！」

「はい!!　ですが一大事なのです！」

兵士は頭を下げたまま言った。

「捕らえられている御仁の処刑が、明日に決まりました!!」

部屋の空気が、明らかに固まった。

そしてその情報の意味を理解した瞬間。

俺たちは燃え上がるような怒りのまま叫んでいた。

「ふざけんなやエクレス！　ギングス！　何がシュリを五体満足で返すや!!」

「シュリをこのまま見殺しにする気かぇ！」

「今すぐにシュリを助けるっスよ！　それくらいできるんスよね！」

「こんなふざけた決定を下すあなた方に、この杯を渡すことはできませぬ故！」

「シュリを助けるんじゃないんですか！　シュリを返すんじゃないんですか！　どういうことですか！」

「……っ!!」

口々に叫ぶクウガ、アサギ、テグ、カグヤ、アーリウス。そして押し黙ったまま今にも殺さんとばかりに睨《にら》みつけるオルトロス。

そしてリルが部屋を出ようと歩きだしていた。ドレス姿のまま、手袋を投げ捨ててその下にある入れ墨を表に出す。

「リルはもう待てない。シュリを迎えに行く」

「ま、待ってほしい！」

怒号が飛び交う中で、慌てたようにエクレスが言った。

「これは、ボクたちも知らないことだ！　ボクはこの決定をとことん遅らせるように厳命している！　それが急に決まるなんて、いくらなんでもおかしい！」

「そうだ！　俺様たちが仕組んだことじゃない！　ここで慌てて出て行っても、相手の思うつぼだ！」

「しかるに」

その声は、静かに部屋に響き渡った。

ハッキリと聞こえたそれに、視線が一つに集まる。ガーンはみんなの注目を一身に浴びながら、落ち着いた声色で言ったのだ。

「この性急な決定、準備を考えると、正妃《せいひ》レンハの一存で決定した可能性があります」

「……！　では、まさか、父上は！」

「いえ、害されたと考えるのは早計かと。……領主様は体調が優れませぬゆえ、それを口実に罪人の処刑を正妃が勝手に決定したかと」

「これはマズいな！」

　エクレスが立ち上がると同時にギングスも立ち上がった。椅子がその勢いで、後ろへと倒れた。二人はそれを気にすることもなく、急いで扉に向かった。

「すまん、ガングレイブ！　お前たちはまだここを出るな！」

「はぁ⁉」

「俺様たちがなんとかする！　だから信じて待て！　杯は決して奪われるなよ‼」

「ちょ、待て！　ギングス！」

　しかし、俺の制止を振り切ってエクレスたちは出て行ってしまった。バタバタと慌てたまま、まるで嵐が過ぎ去った後のようだった。

　その後に残っていたガーンは、俺たちに向き直ると頭を下げる。

「すみません、ガングレイブ殿。こちらの不手際でございます」

「何が不手際だ、シュリの身が危ない状況でなぜおとなしくせにゃならん！」

「その前に、これを」

　ガーンは部屋の外に出ると、すぐ前の廊下に置いてあった袋を持ち、再び俺たちの前に立った。少し大きめの革袋で、食料を入れておくのによく使われるものだった。それを俺たちへと差し出した。

「これは、なんだ」

「今まで、牢《ろう》の中でシュリ殿が作ってきた料理でございます。保存処理をしてこっそり取っておきましたので、まだ食べられるかと」

「シュリが？」

俺は恐る恐る、その袋を受け取った。ずっしりと重い。

中を開いてみれば、ジャガイモを使った料理らしきものが入っている。

平たいもの、何やらモチモチしているもの。色合いはジャガイモなのだが……見たことがない。確かに、この感じはシュリが作った料理に間違いないだろう。

「なぜ、シュリが牢で料理を？　道具もないのに」

俺がそう聞くと、呆《あき》れた顔をしたガーンが答えた。

「実のところ、私は他の者のところにも顔を出しておりました」

「他の者、だと？」

「あなたの部下でございます。……そしたら、シュリをさっさと処刑してここを出せだの、もういらんからこの調理道具を処分してくれだのと押しつけてきたぞ。あんた、意外と部下を御し切れてないな」

突如無礼な口ぶりになったガーンだったが、俺にはそれを気にする余裕はなかった。

もう一度袋の中を見て、そして考える。

俺の部下が捨てたシュリの調理道具をガーンが手に入れ、それをシュリに渡した。

シュリはどう思っただろう？　あのとき、宴《うたげ》の席で浮かべた俺の表情と合わせて、どう思っただろうか？

決まってる。俺がシュリを見捨てたと思うだろう。

そう考えると、これまで以上の情けなさが俺の胸に去来する。胸から全身へと、耐えがたいほどの苦しさと後悔が広がるようだった。

謝りたかった。シュリに、頭を下げて謝りたい。

俺はお前を見捨ててしまっていた。お前がしたことの意味を知ろうとしなかった。

こんなふがいない団長を、お前はどう思っただろう。

膝から崩折れた俺は、その革袋を胸に抱いて涙を流していた。

「すまない、シュリ！　すまない……俺は大馬鹿だった……！　俺がお前の行動の意味に気づいてやっていれば、こんなことには……！」

「泣くのは勝手だ」

ガーンはそう言うと、俺たちに背を向けて歩きだした。

「だが、シュリが助かるように俺たちも最善を尽くす。あいつのおかげで、この領地に巣くう正妃一派の悪事の証拠を掴《つか》めたのだからな。これでこの領地は救われる。

俺自身もあいつに救われた……酒がやめられなかった俺に、美味《おい》しい料理を出してくれた。短い付き合いだが、あいつの良さはよくわかっているつもりだ」

部屋の扉に手をかけたガーンは、こちらに首だけで振り返って言う。

「あいつは死なすには惜しい。助ける理由はそれで十分だ。あんたらはここでおとなしくしていろ」

そして、ガーンは乱暴に部屋を出て扉を閉めた。

大きな音を立てて閉まる扉を見て、俺は呆然《ぼうぜん》としたままだ。動けない。

革袋の中にある料理に、再び涙が流れる。自分の馬鹿さ加減に自己嫌悪が止まらない。

「……ガングレイブ。どうする気や」

俺は涙を流したまま、顔を上げた。

クウガが俺を見下ろしていた。こいつも、苦しそうな顔をしていた。

ふと周りを見れば、全員が涙を流している。

全員が、わかってるんだ。あのとき行動できなかった迂闊《うかつ》さ、ここに閉じ込められてから行動しなかった自己嫌悪、真実を知ってようやくシュリの活躍を知った情けなさを。

全員がいやというほど味わっているんだ。

クウガですら、泣いている。涙を拭いながら言った。

「もう一度言うぞ。ワイは何が何でもシュリを助ける」

「……」

「そして土下座でもなんでもして、あいつのことを信じ切れなかったことを謝罪せにゃならん。お前はどうする？　お前が行動せんなら、ワイは一人でも」

「ふざけるな！」

俺は革袋を机の上に置いて、涙を乱暴に拭ってから言った。

「俺はやるぞ。今回は迷わない。アーリウスの件に関しても恩がある」

「私もやります」

アーリウスは手首で涙を拭った。

「シュリに返すべき借りを返そうと思っています」

「ワタクシもです」

カグヤは椅子に座ったまま、目を細めていた。

「あの人のおかげでどれだけ助けられたでしょう。今の今まで、あの人に救われておきながら何も返さないのは間違っております。シュリのおかげで、ワタクシはワタクシの道も見つけました」

「オイラもやるっス」

「リルも」

テグとリルもまた、意気軒昂《いきけんこう》としている。

「シュリはオイラの親友だと思ってるんス。そんなあいつを救えず信じられなかった自分が情けないっス！　自分で自分をぶん殴りたいほどに！　クウガと同じで、土下座でも何でもして謝らないと、気が済まないっス!!」

「リルもシュリにいろんなことを教わった。いろんな世界を見た。それなのにシュリがこのまま死ぬのを見るのは嫌だ！」

「うちも同意するぇ。シュリがいた方がきっと、もっと楽しいからなぁ」

アサギは立ち上がると、俺の肩に腕を回して密着してきた。

「で？　わっちらの団長さんはどういうおつもりで？」

俺はもう一度全員の顔を見た。

全員がやる気に満ちた顔をしている。今、俺が反対することなどあり得ない。

目を転じれば、オルトロスが堂々と立っている。腕を組み、俺の顔をまっすぐ見据える。その目は、俺に覚悟を問うているように見えた。自分もやる気だが、お前はどうすると力強く問いかけている。

――決まっている。答えなど、すでにみんなが示しているじゃないか。

「俺もみんなと同意見だ」

アサギの腕を肩から外し、もう一度全員に聞こえるように言った。

「俺はシュリを助けるぞ！　何が何でも、どんな手段を取ってでも責任を果たす!!」

俺の言葉に、全員が頷《うなず》いた。

その中でカグヤが一歩前に出る。

「してガングレイブ。いかがなさりますか？」

「というと？」

「具体的な方策です。シュリを救うのはもちろんです。ですが、どうなさるおつもりですか？　捕らえられているシュリをこれから助けるには、城の見取り図が必要でしょう。どの牢《ろう》に閉じ込められているのかを知らないことには行動できません。

また、助けた後はどうなさいますか？　どう逃げるおつもりですか？　一日で傭兵《ようへい》団全員に知らせ、この領地から脱出する段取りを立てねばなりません。他にも問題はありますが……ガングレイブはどうお考えで？」

「俺は決めた」

俺は腕を組んで言った。

「俺一人で、シュリのところへ行く。」

これは、俺のケジメだ。

部下を御しきれていない。誰がやったのか、ガーンの元にシュリの調理道具が流れてしまっているのがいい証拠だ。ガーンに皮肉を言われるのも当然だ。

過去にもニュービストでシュリに関して裏切り者が出たほどだ。……あれは苦い経験だ。

俺は大事なところで大事なものを信じ続けられなかった。

ここまで傭兵団が大きくなるために尽力してくれた仲間を、土壇場で見捨ててしまったんだ。信じるべき仲間の傍《そば》にいてやれず、部下の行動も御しきれずにいる。

そのケジメをつける。

「ガングレイブ一人で、スか⁉」

それに驚いたのはテグだ。テグは俺に詰め寄ってきた。

「何を考えてるんスか⁉　なんでガングレイブが一人で行く話になるんスか⁉　みんなで行けばいいっスよ！」

そうだな、お前の意見はもっともだ。もっともだし、不安に思うのはわかる。

俺たちは今まで傭兵団として活動して、今日の飯にありついてきたんだ。あの出会いから今まで、いつだってそこにはシュリがいた。

そのシュリを俺一人で助ける。それが理解できないんだろう。

「俺のせいなんだ」

俺は静かにテグに言った。

「これ以上、俺のミスに傭兵団全体を巻き込むわけにはいかない。アーリウスのときも、今回のシュリのときもだ」

「でも！　アーリウスのときはみんな」

「あのときは、フリュードに連れ去られたアーリウスを助けるという大義名分があった。フリュードがアーリウスを理不尽に奪い去ろうとしたからこそ、みんな義憤に駆られてくれていたんだ。

でも今回はそれがない。傍目《はため》にはシュリが何かやらかしたようにしか見えないだろう。

俺たちだって、そうだっただろ？　実際、やらかしたのは俺たちなのに、だ」

俺がそう言うと、テグは肩を震わせて俯《うつむ》いてしまった。

すまんな、テグ。だけど、これが俺にできる責任の果たし方なんだ。

「そして、その後のことなんだが……。もし俺が死んだらシュリを連れて逃げて、やり直してくれ」

「そんな!!」

「やり直す、でありんすか」

驚くアーリウスの横で、アサギは胸元から煙管《きせる》を取り出し、火を点《つ》ける準備を始めた。

「またここまで来るのに、何年かかるでありんすかねぇ……。ガングレイブなしを前提に？　無理でありんす。わっちは反対」

「なっ」

「ワイも反対や」

自分の剣の柄をコツ、と叩《たた》いてクウガが微笑を浮かべる。不敵な笑みだった。まるで、これから先に立ちはだかる敵に対して向けるようなものだ。

「どうせなら、みんなで行くんがいっちゃんええに決まっとるがな」

「クウガ、だが」

俺が反論しようとすると、クウガは剣を抜いて俺に鋒《ほこさき》を突きつけた。よく手入れされた鈍色《にびいろ》の刃《やいば》が、俺の鼻先で止まっている。

「お前だけの責任やあらへん。ここにおるもん全員の責任や。あの場には全員がいた。なのにだーれも助けんかった。

わかるかガングレイブ？　これは、もうお前がケジメをつけるだけの話やない。ワイら全員の責任なんや。フリュードんときとはちゃうぞ」

「ワタクシもそれがいいかと。今回のことはワタクシも含めて全員が行うべきかと。オリトルのときだって、全員でシュリを助けたではありませんか。今までがそうでしたし、今回もそれがよろしいかと。

それに、ガングレイブは自分が犠牲になることも視野に入れておりますが、あなたの言うところのやり直しには」

カグヤは杯を片手でいじりながら続ける。

「あなたとシュリがいなければ、話にならないことをお忘れなく」

「私はガングレイブと一緒なら……いえ、」

アーリウスが俺の隣に寄り添う。

「みんなと一緒であるなら、どこへでも」

「アーリウス」

「私はあなたに結婚を申し込まれましたから。どこでも付いていきますよ」

「……ありがとよ」

「話は終わった？」

リルが口を開くと、指を鳴らしながら言った。

「なら、早めに行動しよう」

「ああ。そうだな……全員で行こう」

つまるところ、みんな同じ気持ちだったわけだ。俺はそれに気づいて、思わず微笑が浮かぶ。みんなに見られないように、手で口元を隠して笑った。

みんな、シュリに対して悪感情を持った自分自身が許せないのだろう。俺がそうだし、全員がそうだったんだろうよ。

なら……その気持ちを尊重しようと思う。

「まずは装備を取り戻そう。いつまでもこんな格好のままでいるつもりもないし」

それをルリに言われて気づいた。俺たちは礼服やドレスのままだ。装備も置いてきたままだ。

あの騒ぎの後、俺たちの装備はどこかの宿屋の地下に厳重に保管されているらしい。

「場所はわかる。リルの装備には魔工でどこにあるかわかる仕掛けが施してあるから」

「ほう」

「みんなのと同じ場所でしょ。あとはそれを取り返すだけ」

「じゃあガングレイブ、実行は？」

テグが聞いてくるので、俺は笑顔で答えた。

「今日、今すぐだ。すぐに装備を取り返し、部下へ連絡する。俺が手紙を用意する。テグ、お前はそれを信頼できる部下に託せ」

「手紙？　何スか手紙って」

「もしものときの保険だ。気にするな。カグヤはテグに同行して、金をできるだけ持ち出して部下に渡してやれ」

ここまで部下を巻き込んでしまったことを、ちゃんと詫《わ》びなければな。

俺の意図を理解したカグヤが、目を閉じて答えた。

「もしものときの支度金、ですか」

「そうだ。……なんだかんだ言ったって、あいつらは俺によく付いてきてくれた」

俺は天井を仰ぎながら考える。

確かにこんなになっちまったが、あいつらはよく俺に付いてきてくれた。若造の俺を、信頼して。

古株の部下は少なくなり、中堅が増え、新参者はさらに増えたが。

それでも俺に付いてきてくれた戦友なのは間違いない。できるだけそいつらに報いたい。

だから、それを金でしか示せないのは情けないが、これが俺の精一杯の誠意なんだ。

「あいつらは巻き込めない。遠くへ逃がす。もしかしたらこれが最後になるかもしれないなら、せめて団長らしくしないとな」

「わかりました。すぐに金の計算をします」

「頼んだ。……オルトロス」

俺がオルトロスを呼ぶと、何をするのか察したように頷《うなず》いた。

だから、あえてハッキリ言ってやる。

「内通した奴の処分を頼む。残っていたら、他の部下たちの今後に支障を来《きた》すだろうし、野盗にでもなられたら面倒だ」

オルトロスは驚いていたが、すぐにもう一度頷いた。今まで暗黙の下に行ってきた粛正だったが、これで最後にしたい。だから、ハッキリと言う必要があった。

「いいか、これは傭兵《ようへい》団としてする仕事じゃない」

俺は全員の目を見て、決意に満ちた顔で言った。

「俺個人、そしてお前ら個人が勝手にやることだ。傭兵団としては関係ない。

俺たちは、ただシュリの友人として戦うんだ。俺も含めてシュリを信じ切ってやることができなかった奴は、あいつに頭を下げて謝るためにやるんだ」

そうだ、俺は謝らないといけない。信じてやれなかったこと、不安にさせたこと。

全部含めて、俺はシュリに謝らないといけない。

その上で、俺たちはもう一度始めるんだ。

全部捨ててようやく、俺はもう一度前を見て歩き出せる。

お前が全てを捨てさせられても俺たちを助けてくれたことに、ようやく報いることができる。

「全員、すぐに準備を開始しろ!!」

「「「おう！」」」

後の世で『英傑堕《えいけつお》とし』と呼ばれることになる、スーニティの戦が。

まもなく始まる。

六十一話　『英傑堕《えいけつお》とし』とモツ鍋・序《じょ》～シュリ～

僕は現在、磔《はりつけ》にされて、広場で衆人環視のもと、処刑される寸前です。

話が急展開すぎて付いていけませんが、僕だってわけがわからない。

昨日いきなり処刑宣告されて、今朝には連れ出され、抵抗も空しくこんなことになっているわけです。

僕の足下には薪《まき》がこれでもかと積み上げられ、これから行われるであろう処刑を想像することができます。

一連の準備が整ったときにはすでに朝日が昇り、水も食料も何も与えられていない僕は、直射日光で頭がぼんやりしてきています。これ、熱中症の一歩手前かもしれない。

「……ああ、死ぬのか」

僕は誰にともなく呟《つぶや》いていました。高い場所に晒《さら》された僕からは、広場に集まった人の顔がよく見える。

てか、よくこれだけ集まったなってくらいたくさんの人がいる。

そして僕の周りはレンハの派閥の兵が取り囲み、僕の背後ではレンハが豪華な日除《ひよ》け傘とテーブルを用意させて、優雅にお茶なんか飲んでいる。

レンハの周りにも兵がたくさんおり、さらに野次馬たちの輪の外にも兵が剣を持って立っています。

たくさんいるなぁ。何人いるんだ？　百人くらい？　ダメだな、頭が回らない。

それと、縛り付けられた胴と腕と足に食い込んだ縄が痛いわ。ギッチギチに縛りやがって。

「やばい……本当にその前に死ぬ……」

再び僕は呟いていました。ああ、でも、なんだろう。頭がぼんやりしているせいで、今の状況に現実感がない。

まるで劇にでも出演してる気分で、これから火刑に処されるのに当事者意識がない。

それだけが救いかもしれませんね。

「では聞け！　民衆よ!!」

時間が来たのか、僕の前に兵の一人が立ちました。

持っていた書状を顔の高さにまで持ち上げてから広げ、大声を出しました。多分、あれが作法なんでしょうね。

「この者は恐れ多くも宴《うたげ》の席に呼ばれておきながら、領主様を害そうとした！

あまりの不敬、あまりの無礼、そして危険すぎる行為にすぐさまレンハ様が動き、この者を取り押さえることに成功した!!」

「……は？」

さすがにぼんやりしていた頭でも、その文言は聞き逃せないですよ！

自分がやったことを丸ごと隠して、やられたことの端々を大げさに、そして抽象的に言えばこうなるだろうって感じの言葉。

思わず顔を上げ、首が動く限界までひねり、レンハの姿を確認する。

レンハが、醜悪な笑みを見せていた。今日も華やかなドレスを身にまとい、顔を豪奢《ごうしゃ》な扇で隠した。

こいつ、僕のやったことをとことん誇張してやがる!! 思わず文句を言おうとして止まる。

横にいたレンハの派閥の兵が僕の動きに対して槍《やり》を構えたからです。この位置からだと、守りようがない脇腹を突かれる。あの鋭い刃が肋骨の間を……と考えると怖くて何も言えません。

僕がおとなしく首を戻すと、兵は槍の構えを解きました。

「よってこの者を反逆罪にて火刑に処す！」

兵は最後の宣告をすると、書状を丸めてしまい込み、定位置に戻りました。

そしてレンハが近寄ってくる。兵たちに囲まれた状態で、僕を見上げて楽しそうに笑っていた。

「どういう気分？　領主様を害そうとして失敗して、こうして処刑されるのは」

「割と最悪です」

下手なことを言えば槍が飛んできそうなので、返事だけで済ませます。

そうでなければ怨嗟《えんさ》の叫びを上げてるところですよ。

レンハはそれを聞いて、さらに楽しそうに笑いました。優雅に可憐に、そして美しさを見せつけるように笑う。

そして磔《はりつけ》にされた僕の足下に近づき、ボソリと僕だけに聞こえる声で言いました。

「それは良かった。私の計画を邪魔したお前はここで死んでもらわねばな」

レンハの言葉に、僕はボンヤリとした頭が完全に覚醒しました。

憤怒の形相を浮かべ、僕はレンハを睨《にら》みます。やはり、こいつ自分で仕組んでやがったか!!

「やはりあなたが……!!」

「苦労したのだがな」

レンハはなおも余裕の表情を崩さずに続けた。

「疑惑を持たれずに領主を殺すには、毒や暗殺では不可能。しかし、うちの国の料理人にそういう知識を持っている者がいてな……つぶさに教えてもらったのよ。あの領主の体質は、上手くすれば数年先に怪しまれることなく殺すことができるってな」

「なに……？」

どういうことだ。こいつの国にいる料理人が、アレルギーのことを知っていた、と？

ガーンさんも知らなかった様子から察するに、この世界の医療レベルでは、アレルギーについての知識をもっている人間なんていないはずが……。

そこまで考えて、僕は一つの可能性に至った。

「まさか……外海人？」

あえて流離《さすら》い人《びと》という単語を避けて聞く。

するとレンハは一瞬驚いた顔をしたが、すぐにまた笑みを浮かべた。

「ほう、その可能性に至るとはな。確かにその通り、国主様の下には外海人の料理人がいる」

「やっぱり……!!」

となると、避けては通れない事実にぶち当たることになります。

「その人は、食べれば死ぬかもしれないことがわかっていて教えたのか……っ！　人に料理を供する立場である料理人が！　危険な食べ方の知識を悪用したのか！」

「そんなこと、私は知らん」

ここでレンハは僕に背を向けました。

「どうせお前はここで死ぬ。私の邪魔をしなければ死なずにすんだのに、馬鹿な奴だ」

「待て！　その料理人の名前はなんだ！　何者なんだ！」

「さて皆の者！」

僕の問いを無視し、レンハは大声を張り上げて民衆の視線を集めました。

ざわついていた場が、徐々に静まっていく。

十分静かになったところで、レンハがさらに言った。

「此奴《こやつ》から最後の言葉を聞こう！　自らの愚かさを悔い改め、死後の世界でも安寧にあるために！」

そう言うとレンハは離れていく。民衆たちの顔が全員こっちに向きました。

おいおい、こんな中で話をしなけりゃいけないのか?!　しかも死ぬ前の言葉なんて
……！　いったい何を話せと……！

だけど何か話さないと、今にも火を点《つ》けられて殺されそうだし……っ！

ああ、もう仕方がないっ。

「僕は料理人として日々の食《く》い扶持《ぶち》を稼いでいました」

民衆が僕の顔を見て、何を言ってるんだとざわめきだした。

「僕にとって料理とは、人に喜んでもらうたった一つの取り柄で、自分が日々生きていくために身につけた技能で、夢を叶《かな》えるために努力したことでもあります」

ああ、自分でも何を言ってるのかわからなくなってきた。でも、ここまできたら黙ってるなんて選択肢はない。

「今、この大陸は戦乱の世の中です。各地では覇権《はけん》を得るために戦争が起き、それでなくとも世が乱れ争いが絶えません。僕は傭兵《ようへい》団の料理番として、各地を巡りました」

いろんな戦場に行った。

いろんな国を見た。

「戦争だけではなく、他国からの経済的侵略で疲弊した国がありました。内乱で崩壊しかけた国を見ました」

いろんな争いを見た。

いろんな戦いを見た。

「それでも、人は美しかった」

いろんな愛を見た。

いろんな情を見た。

「人は本来、生きているだけで美しいはずなんです。日々を懸命に生きて、隣人を愛し、ものを大事にし、糧《かて》を得られることに感謝すること。

そうやって人生を真っ当に生きている人は、それだけで素晴らしく美しいのだと、僕は知りました」

いろんな死を見た。

いろんな生を見た。

「人は、生きているだけで美しい」

それが、僕がこの世界に来て得た結論だった。

人が簡単に死ぬ世界で、正義と悪が混在して判別しにくいこの世界で。

僕が曲がらず曲げられず生きていられたというのなら、きっと人間が美しいものだと背中で示した人がいたからだ。

「人は、そうやって生きるべきだ」

その言葉に、レンハの顔が明らかに歪《ゆが》んだ。

「僕が死んだ後の世の中で、そのことに気づく人が一人でも多くいることを望んでいます。そして、僕は今まで生きてきた中で思ったのは」

ここで僕は大きく息を吸った。

「僕の料理を食べて美味《おい》しいと言って、懸命に毎日を生きたかつての仲間たちに！　ただこういう最後になったことを謝りたい！

僕が迂闊《うかつ》なことをしたばかりに！　仲間たちに迷惑をかけたことをただただ謝りたい！

夢のために！　これから先の未来のために！　自分たちの手を汚してでも平和な世の中を作ろうと努力した！　あの美しい生き方をしてきた人たちに！　その邪魔をしたこと

を！　ここで心から謝ります！

ごめんなさい！　そして、僕の料理を美味《おい》しいと言ってくれて本当にありがとう！

あなたたちの生き方は、僕の目にはとても輝いていて美しかった！」

一気に言い終わったあと、僕は息を整えて、最後に言いました。

「以上です」

そうだ、これで言いたいことは全て言った。

伝わってればいいなと思うんですけどね。どうだろ、ガングレイブさんたちの姿は全く見えないからどうすればいいのか。

いや、これで最後なんだ。無駄なことを言うのはやめよう。

視線を転じれば、レンハが呆《あき》れた様子を見せていました。

「もういいわ。さっさと処刑しなさい」

「は！」

指示を受けた兵が、火の点《つ》いた松明《たいまつ》を手にして近づいてきました。

「ああ、一つ言い忘れていた」

そんなレンハに向けて、僕は笑みを浮かべて言いました。

とびっきりの悪意に満ちた笑みを、意識的に浮かべて。

「あなたも、あなたの生き方も、全く美しくない。人がもっている悪意で塗り固められて、とても汚いですよ」

その言葉を理解した瞬間、レンハは顔を真っ赤にした。そうだろそうだろ、ここまでの話は全部、ここに行き着くように話したからね！　せめてもの意趣返しだ。

こういう女性は、男性の心を射止めるために外見の美しさとかを、日頃から努力して維持してるもんですからね。

それを全部否定して汚いなんて言われたら、誰だってキレるでしょう？

しかもこの台詞《せりふ》、整理したら「外見も生き方もあんた汚いな」ですからね！

だけど、ここで予想外のことが起きました。

レンハが近くにいた兵から槍《やり》を奪い取ると、松明を持っていた兵を押しのけて僕の前に立ちました。

そして槍を逆に持ち、柄を僕の顔面に叩《たた》きつけてきやがった!!

「っ、ぷぁ！」

鼻っ柱に当たったもんだから、鼻血が流れる。痛いな！　鼻が折れるかと思ったぞ！

しかしレンハはそれだけでは気が済まないらしく、どんどん僕を殴りつけてくる。

顔、肩、腹、足……何度も何度も、何十回も殴りつけてくる。

周りにいる民衆もドン引きして、ことの次第を見守るだけでした。

そうやってどれくらい殴られたでしょうか、鼻や口、叩かれて裂けたこめかみから血が流れ、服の下の肌は青痣《あおあざ》だらけになっているでしょう。

あまりの痛みに頭がグワングワンしますが、レンハが息を切らして、槍《やり》で殴るのをやめた時にさらに言ってやりました。

「どうしました？　僕を火刑に処すおつもりなんでしょう？」

「！」

「それを火刑ではなく私刑《リンチ》とは……さて、あなたがやったことを、民衆はどう思いますかね？」

レンハはハッとして民衆の方を振り返りました。

全員が、レンハのしたことを目撃している。それも、最初から最後までです。罪人を罰するはずのこの場で、領主の妻が槍を持って殴るという醜態を晒《さら》したのです。

全員が、レンハのことをドン引きして見てる。

懐疑に満ちた目で見ている。

この場の空気がマズいことを察したレンハは、すぐに兵に向かって言いました。

「何をしているの！　さっさと火を点《つ》けなさい！」

「え」

「えじゃない！　お前は火を点ける役でしょう！　さっさとやりなさい！」

「やろうとしたところを、あなたが横からしゃしゃり出て僕を殴りだしたんでしょ？」

僕がそう言うと、レンハは怒りに満ちた目を僕に向けました。

それを見て、僕はさらに嘲笑ってやりました。

「生き方も汚ければ性格も手段も汚い、外見も汚く怒りに満ちている。美しさとはほど遠いですね」

「さっさと火を点けなさい！　早く！　一瞬でも早くこの男を灰にしなさい‼」

「は！」

ここらが限界か。僕は腹を括《くく》って目を閉じました。

この世界に来て結構経《た》ったけど、死ぬ時なんてあっという間なんだなぁ。

――というか、ここにいる僕は本当に、地球にいた僕と同じ人間なのだろうか？　死ぬ間際になってそんな疑問が湧いてきました。

あのとき謎の穴に落っこちた僕は、もしかしたら本当は線路に落ちて新幹線に轢《ひ》かれて死んでいるのでは？　ここにいる僕は、夢の中の僕なのでは？

――いや、これを夢だなんて言いたくないなぁ。

楽しかった。辛《つら》かったことや悲しかったことはたくさんあったけど、それでも楽しかった。それは間違いないのです。

カグヤさんの官能小説には困らされたけど、いつも怪我《けが》をしたときは治療してくれた。

アサギさんのイカサマ癖は最後まで直らなかったけど、いつも輪の中に入れてくれた。

オルトロスさんのオカマな言動には驚かされたけど、ここぞというときは助けてくれた。

テグさんの行動には振り回されたけど、僕を友達だと言って一緒にいてくれた。

アーリウスさんの恋の一途《いちず》さには困ったけど、今では仲間と認めてくれた。

クウガさんの求道者な部分は怖かったけど、その背中で僕を守ってくれた。

リルさんのわがままには悩んだけど、たくさんの思い出をくれた。

――ガングレイブさんと衝突したこともあったけど、あの人との出会いが幸運だった。

楽しかった。楽しかった。楽しかった。

「楽しかった」

だから、悔いなく終わろう。

「ありがとうございました」

ああ、でもなぁ。

「それと、ごめんなさい」

最後まで謝れなかったのは、辛《つら》いなぁ。

「さようなら」

「ここでさようならなんて言う奴がいるか！　馬鹿野郎が!!」

――それは、僕が一番に聞きたかった声。そして、聞けるはずがないと思ってた声。

目を開けると、大声に反応した兵や野次馬たちが、その方向を一斉に見ていました。

僕も正面を見ると、野次馬の人だかりの向こうから、八人の男女が歩いてくる。

ああ、その姿を見ることができるとは、僕は幸運だった。

礼服姿ではなく、戦場での装備を身に着けたいつもの彼らを最後に見ることができたのは、いい見納めなのかもしれません。

だけど、彼らは別に僕の処刑を見に来たわけじゃないのはすぐにわかりました。

彼らは一様に武器まで身に着けている。そして殺気立っているから。

「最後まで諦めるんじゃねえっスよ！　いつも諦めずにいたのはシュリじゃないっスか！」

「ここでお別れを受け入れるなんて、あなたらしくもないですよ」

声が聞こえる。テグさんとアーリウスさんの声が。

「全く、ここぞという時に死ぬことを受け入れるのはダメでありますゆえ故」

「わっちらはそんな薄情もんやないぇ」

カグヤさんとアサギさんの声が。

「……」

「さて、死にかけの馬鹿もんを救いに来たでぇ」

オルトロスさんの姿が見えて、クウガさんの声が届く。

「シュリ」

リルさんの声が、届いた。

「今から助けるから」

そして最後に。

「おいシュリ」

ガングレイブさんが僕に向かって言いました。

「すぐに助けるから待ってろよ」

「なんで……」

僕は全員の顔を見て、思わず言っていました。

だって、ここにいるはずが、来るはずがないんだと、そう思っていましたから。

僕のヘマのせいでこんなことになってしまったのです。あの場で衝動的に動かなければ、後で相談していれば、ガングレイブさんなら上手く立ち回っていた。料理人としての矜持《きょうじ》が、アレルギーに対して、誰にも何の相談もなく体を動かしていたのです。

そして捕まった後だって、ガングレイブさんたちは僕の調理道具を牢屋《ろうや》に送ってきた。てっきり、僕を見捨てたからだと思ってました。

だから、だからここに来るはずがないんです。

僕はもう傭兵団《ようへいだん》から捨てられたはずなんです。

「お前たち！　何をしている！」

レンハがすぐに声を上げると、兵たちが僕を囲んで槍《やり》を構えました。

さらに城の守備兵がどこかからゾロゾロ出てきて、どんどん数が増えていきます。百人くらいだと思っていたのが、実はもっと数が多かったのだと知りました。

「お前たちは蟄居《ちっきょ》を申し渡していたはず！　どうしてここにいる！　指定された宿屋にいなさい!!」

レンハの言葉に野次馬の人だかりが割れ、ガングレイブさんたちの前に道を作りました。立ち止まったガングレイブさんたちは不敵な笑みを浮かべています。

「断らせてもらーう」

そして、間の抜けた声でそう告げた。

レンハは一瞬何を言われたのか理解できない顔をしていたのでしょう、少しの沈黙の後、声を出しました。

ガングレイブさんの隣にいるみんなも、その声に釣られて笑みを浮かべています。

「何？　なんて言ったの。もう一度言いなさい」

「断ると言ってんだ。そんな命令は聞けねー」

ガングレイブさんは体を揺らし、なおもおちょくるようにして言います。

「お前ら上のもんが馬鹿すぎて命令を聞くことはできねーな」

場の空気が、固まった。

よりにもよって領主の妻である人物に対して、あまりにもあんまりな暴言を吐いたから。レンハに至ってはもはや真っ赤を通り越して顔色が白くなるくらいまで怒り狂っているのは、ここからでもありありとわかりました。

「貴様ぁ……！」

地鳴りのように低く、怒りを抑えた声。

ガングレイブさんはそれを見てから、僕の方に視線を向けました。

「よう、親友！」

「え？　親友？　どうしたガングレイブさん唐突にっ？」

「親友を親友と呼んで何が悪い？　なぁ」

ガングレイブさんが同意を求めるように、隣の人たちへ言いました。

皆一様に頷《うなず》いて、納得している。

「そうやぇ。親友でありんすね」

「そうですわねぇ。これまでの付き合いを考えたら、親友で間違いないかと」

「……」

「間違いねえっスよ親友！」

「あなたは間違いなく、私たちの親友ですよ。シュリ」

「間違いねぇ。親友やな」

みんな口々に、そんなことを言いました。

リルさんも僕の顔を見て、笑みを浮かべました。今まで数えるほどしか見たことのない、リルさんのその顔。

「リルにとっては恩人で親友かな。一歩上！」

「あ、ずるいっス！」

リルさんの言葉にテグさんは笑っていました。

そんなみんなの様子を見てから、ガングレイブさんは僕を見て微笑《ほほえ》みました。

「だろ？　間違いなくお前は俺たちの仲間で友だ」

「でも！」

思わず僕は声を張り上げていました。

「僕はヘマをした！　みんなの協力を得ていたら、こんなことにはなっていなかった！　僕のせいだ、僕のせいなんです！

みんなから親友なんて言ってもらえる資格なんてない！　あの調理道具が僕のところに届いたのが」

「それは俺たちがやったんじゃない！」

僕の言葉を遮り、ガングレイブさんが答えました。

「それは、俺が知らないうちに、ある部下が先走ってやらかしたことだ！　俺たちは何もしてない！　いや、何もしてなかったんだ！

お前が一人であんなことを抱えて、料理人として最優先すべきことをやった！　そして人を救った！

それは尊ぶべきことだ！　それは賞賛されるべきことだ！

お前は何一つ、恥じることなんてない！　むしろ恥じなければならないのは、俺たちの方だ！　お前のことを親友と呼んでいながら、お前を助けるために行動しなかった！　ようやく真実を知って、俺たちはお前が何を抱えているのかを知った！」

ガングレイブさんのそれは、もはや大声というより叫びに近かった。

しかし、その言葉が本気なのかどうかはよくわかる。

長い間一緒にいたからこそ、その言葉に嘘《うそ》がないってのは。

「すまなかった！」

よくわかるからこそ、その一言に僕は胸を打たれた。

「お前のことを知ってるつもりで、理解してるつもりで、大事なところで信じてやれなくてすまなかった！　お前にどうしてもそれだけは伝えたかった！　そして助けたいと思ったからこそ、みんなでここに来たんだ！

待ってろ！　すぐにそこから下ろしてやる！」

見捨てられたと思ってた。もう終わったと思ってた。

でもなにも終わってなかったし、捨てられてもいなかった。

あんな馬鹿をした僕を、親友と呼んで助けようとしてくれてる。今までもそうだったように、今回もそうしようとしてくれてる。

それだけで僕の胸は一杯になって言葉に詰まって、次に言うべきことが言えない。

「それで？」

ここにきて、レンハが口を開いた。もはや怒りを通り越して笑いまで出ているらしいです。こめかみがピクピクひくついていました。

「お前ら傭兵《ようへい》団は、我が領地への仕官を蹴るということでいいんだな？　革命に加担した過去を咎《とが》め続けられ、後ろ指を指され続けることを選ぶというんだな？」

「そんなもん、喜んで蹴らせてもらうに決まってるだろ。

それに傭兵団は関係ない。ここにいるのは傭兵団としてではなく、シュリの友人としてだ。勘違いするな馬鹿野郎」

傭兵団ではなく、友人として——その言葉が強く強く僕の胸を打った。

もはや顔を上げていられず、目を閉じても涙を止めることができません。

ただただ、ありがとう。それしか言葉が湧いてこない……っ。

「レンハぁ!!」

ガングレイブさんが叫ぶと、ゆっくりと腕を上げました。

まっすぐにレンハへ向けて指をさし、静かに告げる。

「グランエンドと共謀してこの国の領主を害そうとし、この地を他国へ不当に売り渡そうとするお前こそが!」

静かに、ハッキリと伝わる声で、この場にいる全員に聞こえるように告げたのです。

「稀代《きたい》の悪女だっ!」

シン、と場の空気が静まった。ガングレイブさんの言葉に、野次馬たちが意味を考え始めたのです。

そして誰かが口を開き、その内容は人々に波及していきます。

正妃様が領主様を殺そうとした?

じゃあなんであの男は磔《はりつけ》にされてるんだ?

グランエンドって、あの急成長を続ける国?

正妃様は確かにあそこから輿《こし》入れされたけど……まさか?

そんな内容の話がどんどん広まっていき、ざわめきだしました。

レンハはとうとうそれに我慢できなくなったらしく、怒髪天《どはつてん》を衝《つ》く勢いで金切り声を上げだしたのです。

「お前たち！　あの者どもを切り捨てなさい！　殺してもかまわない！」

「え、正妃様、この場では」

「いいから！　やりなさい!!」

レンハはその兵を蹴り飛ばし、さっさと安全圏まで逃げようと、派閥の護衛兵を率いて城へ向かい始めました。

同時に守備兵たちも本気で槍《やり》を構え、こちらに向けて進みだす。

いきなり始まる戦いの前兆に、野次馬たちは慌てて距離を取り始めました。しかし、完全に逃げだそうとする人はいません。

ここにきてまで本当に見物する気らしく、だんだんと喚声《かんせい》に変わり始めました。

「シュリ！」

リルさんがこっちに向かって三本の指を立ててました。

「三十分で終わる。それまでには下ろす。待ってて」

自信満々に胸を張っているリルさんの頼もしさと、その優しい言い方に、とうとう僕は俯《うつむ》きました。

こらえきれずに、涙が流れ出てしまったのです。我慢できなかった。これ以上出さないようにするのは無理だった。

傭兵団《ようへいだん》としてではなく友人として、ここまで来て、必ず助けると言ってくれた。

ただその事実だけで、僕は凄《すご》く救われる。

徐々に守備兵がガングレイブさんたちに近づいていく。ガングレイブさんたちも、止まることなく歩きだし、おのおの戦いの準備を始めました。

野次馬たちからの喚声やら雑音が大きくなっていく中で。

僕は誰にも聞こえないほどの小さな声で、言いました。

「僕は……！　幸せもんだなぁ……！」

だってそうでしょう。

命を懸けてまで、将来を捨ててまで、助けに来てくれる仲間がいるのです。

この現実が、僕にとって嬉《うれ》しくて仕方がない。

本当なら僕を置いて、どこか別の国へ逃げろと言うべきなのでしょうが、それも言葉が詰まって言えませんでした。

ただただ、胸が一杯で、嬉しくて、嬉しくて。

ありがとう、ガングレイブさん。

六十二話　『英傑堕とし《えいけつお》』とモツ鍋・破《は》～傭兵《ようへい》団隊長格～

大陸王ガングレイブ・デンジュ・アプラーダはあの日のことをこう振り返っている。

「あのときは、本当に自分でも馬鹿をしたと思ってる」

落ち着き払った声で、その顔には優しい笑みを浮かべており、とても穏やかな雰囲気だったと記録に残っている。

「下手をしたら今の自分すらなかったわけだからな。本当に無茶をしたと思っている。未《いま》だに妻のアーリウスとは寝所にて、アルトゥーリアのことやかつてあったスーニティのこと、それとサブラユ決戦での無茶について話をすることが多いからな。

だけど、あれは馬鹿なことでも必要なことだったんだと思う。かけがえのない仲間を助けるためには必要なことで、今に至るこの国はあそこから始まったわけだからな」

ガングレイブ・デンジュ・アプラーダはそう言って仕事に戻ったと当時の侍従長の手記に残っている。

多くの戯曲《ぎきょく》や劇にて、何度も異なる解釈で上演される、後世の歴史好きの中でも人気の高いエピソード。

統一国家の土台となった土地で起こった、国盗《くにと》り。

当時のガングレイブ傭兵団隊長格の、卓越した戦闘力の高さを証明した『喧嘩《けんか》』。

『英傑堕とし』と呼ばれる戦いの幕が開《あ》いた。


――来たか。

俺ことガングレイブは迫り来る大量の守備兵を前にして、落ち着いて剣を抜き放った。

前まで使っていた剣は砕けてしまったので、代用として持ってきた剣だ。

ただ耐久性だけを今回は求めて選んでいる。

「お前ら、わかってるな？」

俺がそういうと、全員が頷《うなず》いた。

「これは傭兵団とスーニティとの戦ではない！」

俺は周りの野次馬にわからせるように、大声を出す。

「俺たちは傭兵団としてここにいるのではない！　今ここにいるのは、シュリの友人としてである！　ならば！」

俺は足を前に出す。

「これはただの喧嘩だ！　誰一人、殺すことは許さない！　いいな⁉」

「「了解っ」」

全員の返事を聞いた瞬間、俺は足に力を込めて駆けだす。百人以上いる兵士を相手に、全く怯《おび》えることはなかった。

これならまだ、フリュードと戦ったときの方が緊張感があったもんだ。

俺は肉薄する相手の槍《やり》を捌《さば》き、懐に飛び込んで剣を振るった。大上段から振り下ろされた剣は、兵の槍を持つ手を直撃した。

この剣はあらかじめ、刃引きしてあるものだ。殺すつもりがないのだから、これで十分だと思っている。

俺たちは今回のシュリのことで、一つ取り決めをしてここに来ている。

さっき団員にも言ったが、それは誰も殺さないことだ。

シュリを助けるために他の人が何人も死ぬところを、シュリ本人に見せたくなかったからだ。

あいつは優しい。戦場に慣れたと本人は思っていても、やはり戦場慣れなどしていないのだ。アルトゥーリアでも戦場で吐いていたと報告を受けているし、グルゴとバイキルの戦争の時だって緊張の糸が切れて倒れたことがあったからな。

本人の目を塞ぐことも遠くに逃がすこともできないこの状況で、まざまざと人殺しを見せれば、シュリの心に大きな傷を残すことになるだろう。

それは避けたかった。

俺たちは戦場暮らしで人を殺すことに慣れている。戦いに慣れている。

だけどシュリには、まだ慣れてほしくなかった。綺麗《きれい》なまま……といえばちょっと大げさだが、あいつにはともかく今のままでいてほしいんだ。

実際、敵が打ち込んできた手首を両断することができず、籠手《こて》に阻まれて槍を打ち落とすだけだ。中の手首の骨はヒビが入ったかもしれないがな!!

「さあ来い！」

間合いの内側に入ったことで、槍の優位性を潰している。兵は槍を捨て、腰の剣を抜こうとしている。俺はすぐに近づき、剣を左手に持ち替えて、抜かれようとする剣を右手で柄頭から押さえる。

剣が抜けずに戸惑う兵の首筋に、逆手に持った剣の柄頭を叩《たた》き込んで昏倒させた。

そして崩れるそいつから剣を抜いて奪い、それをすぐさま後ろへ投げる。

剣は後ろから槍で突こうとしていた兵士に飛んでいき、一瞬だが槍筋をぶれさせることができた。その間に俺は走り出し、飛ぶ。

「おらぁぁ!!」

大きく振りかぶった剣を、兵の肩口に叩き込む。

ゴキ、と肩の骨が折れる感触が剣を通して伝わってきた。

着地した俺はすぐに振り返り、剣を構え直し、次に備える。

「どうした！　とっととかかってこい！」

俺が吠《ほ》えると、相手は躊躇《ちゅうちょ》する様子を見せた。その隙が俺の攻撃のための時間を与えてるんだけどな！

「クウガ、アサギ。技を借りるぞ」

その中で迫ってきた兵が、袈裟《けさぎ》切りで剣を振るう。

俺はそれに対して左手を使う。

襲ってくる兵の剣の鎬《しのぎ》に手を添え、瞬時に跳ね上げる。

剣筋が乱れ、あらぬ方向に振られる剣。俺は剣を素手で弾いた勢いを使ってその場で回転し、後ろ回し蹴りを兵の肝臓の辺りに叩《たた》き込む！

いくら鎧《よろい》を身に着けているとはいえ、完全に交差法として入った攻撃だ。相手は悶絶《もんぜつ》してその場でうずくまってしまった。

「さて……次だ」

俺はその相手の頭を蹴り、完全に意識を飛ばして次へ向かった。

――ガングレイブ傭兵《ようへい》団武力序列八位。

大陸王ガングレイブ・デンジュ・アプラーダ。

一目見ただけで技を盗み、自分のものとする達人。異才の戦士が、戦場を支配する。

――ほう、ガングレイブもなかなかやるやないか。

ワイことクウガは、横目でガングレイブの戦いぶりを観察しながら思った。

その間も襲いかかってくる兵の足首、手首、首へと三連撃の峰打ちを叩き込む。

「殺すなってのは面倒やわー」

ワイはそんな憎まれ口をたたきながら、翻《ひるがえ》りざまに柔剣術『枝垂《しだ》れ』で迫り来る槍《やり》と剣それぞれ二本ずつを一度に捌《さば》く。それらを流れのまま地面にまとめて打ち落とした。

「なっ⁈」

「ほい、これで終わり」

その武器の上に右足を乗せて動きを封じた一瞬の間に、四人の脳天に峰打ちを叩き込む。

「名付けて、剛剣術『火花』ってところかの」

打ち込みざまに手首と肘を固め、振り下ろす運動力に体重をかけて兜《かぶと》を貫通し、脳を揺らして気絶させる技ってところで。

すぐさま昏倒する四人をほっといて、ワイは真後ろに剣を振るい槍を捌く。

「そんな！　見ないでどうやって！」

「わかりやすいだけじゃ」

そのまま剣を振るう勢いを利用して、回転しながら敵の懐に飛び込む。

かがみ込んで膝、足首に力を込める。背中を敵の胴甲冑《どうかっちゅう》に押しつけてから呟《つぶや》く。

「剛剣術『鉄火砲』」

一瞬で下半身の力全てを解放して、立ち上がるようにして背中を相手に叩《たた》きつけた。

吹っ飛んだ敵は、仲間を何人も巻き込んで地面に倒れる。うむ、うまくいったな。

前にオリトルで使った技の超至近距離型ってところでええな。

ワイは剣を振るって気を張り直す。そして両腕を脱力させて垂らした。

「ほら、はよこんかい。シュリが待っとるでの」

ワイが挑発すると、示し合わせたように四人がいっぺんに襲ってきよる。

「カカカ！」

その不用意さに、ワイは思わず笑いがこぼれた。

「わかっとらんのぅお前ら!!」

ワイは剣の柄を両手で握り、大上段に構える。

「ワイを倒せるのは数やない！　強者のみや!!　いっぺんに襲いかかってくる雑魚《ざこ》なんぞ、時間短縮のご褒美でしかないわ!!」

ワイはそういうと、まず真後ろを振り返って唐竹割《からたけわ》りを敵に叩き込んだ。

が、相手もわかっとる。剣を上に構えて防御しようとする。

それが迂闊《うかつ》じゃということを教えてやろう!!

直撃の瞬間、手首、肘、肩の関節を緩めて軌道変化、一瞬で剣の軌道がワイの手前側へと変わる。そして手元に引き寄せた反動を利用して、相手の装甲が最も厚いであろう胴へ突きを打ち込む！

一瞬の間に敵は真後ろに吹っ飛ばされ、気絶していた。本当なら胴ごと貫いとるところじゃが、今はここまで。

柔剣術『狼楼《ろうろう》』。剣の軌道を手前に変化させた後に突きへと繋《つな》ぐ、防御を避ける技。

「さあて来とるのはわかっとるぞ！」

ワイは吠《ほ》えて、さらに敵へと躍りかかっていく。

一人、また一人、さらに一人。

シュリを助けるために、ワイは剣を振るっていく。一人倒すごとに一歩一歩シュリへと近づいていくのがようわかる。

待っとれよ、助けたるからなシュリ。そして、ワイに謝らせてくれぇや。


――ガングレイブ傭兵《ようへい》団武力序列一位。

剣聖クウガ・ヤナギ。

剣の極みに達した男が、戦場を蹂躙《じゅうりん》していく。

――あらあら、クウガもガングレイブも張り切っとるなぁ。皆が武装する中で、わっちだけがいつもの艶《あで》やかな服装で戦場を歩いていた。アサギはいつも通りが一番、てな。

「貴様！　女が戦場に立つとっ⁉」

近づいてきた男へゆらりと体勢を崩したあと、視界の外からこめかみめがけて蹴りを打ち込む。

超至近距離からの右回し上段蹴りが綺麗《きれい》に決まり、男は糸が切れた操り人形のように膝から崩れて倒れおった。うーむ、綺麗に決まったときの特徴でありんすな。

「な！　お前！」

「容赦するな！　この女も傭兵《ようへい》団の隊長格だ！　油断したら、あいつみたいになるぞ！」

「そうそう。わっちはこれでもそこそこ強いぇ」

わっちはゆらりゆらりと体を揺らしながら言うた。

「油断したら、わっちの足を見る間もなく気絶するでありんすよ？」

「こいつ！」

兵士の一人が剣を持って迫ってくる中で、わっちは極めて冷静に屈《かが》んだ。

というより、ほぼ地面に体を倒してる状態に近い。それでもすぐに起き上がれるように手足の力は抜いてない状態やぇ。

「おま、それは」

兵は一瞬戸惑って動きを止めおった。まあしゃあないぇ。剣術は基本的にこれだけ姿勢を低くしている相手を想定しないから。

わっちはその体勢から手足の力を解放し跳躍、胴廻し回転蹴りへと移行。一瞬で男の肩口に踵《かかと》をぶち込む。

男は、わっちの不自然な体勢からの不自然なほどの跳躍力に驚き、動く間もなく肩の骨を外されたぇ。

着地したわっちは、履いている下駄《げた》の調子を確かめる。

「うむ、リルの作ってくれた下駄は、丈夫で頑丈でぇぇ」

そう、これはカランコロンと軽げな音がするものの、実態は重量と頑丈さを併せ持った武器に近い。これを持って相手の頭を叩《たた》くだけでも凶器になるでありんす。

そんな下駄による蹴りの一撃をまともに受けた日にゃあ、そりゃあ鎧《よろい》の上からでも衝撃は凄《すさ》まじいぇ。

「じゃ、次」

わっちは再び体をゆらりとさせて振り返り、体勢が崩れた勢いを利用して跳躍。

すぐ前の男の鳩尾《みぞおち》に一撃、前蹴りを打ち込む。さらに、そこから踏みつけてもう一撃、蹴り上げを顎にぶち込む。この間僅か一秒。

剣を振る間もなく男は倒れてわっちは着地。さらに体を揺らし、右から迫る槍《やり》の刺突をかわす。

「いくぇ」

回転しながら避けざまに、男の膝口へ関節蹴りを放つ。ゴキ、という音とともに男は膝を抱えて倒れた。膝の関節、これで破壊やぇ。

さらに迫ってくる男二人の剣に、わっちは体を揺らしながら備える。

右の男が横薙《な》ぎに剣を振るうので、まずわっちは左足で前蹴りを放ち、男の手を止める。左の男が唐竹割《からたけわ》りを放ってきたのでわっちは右足を蹴って跳躍《ちょうやく》、左足の下にある男の手を軸にして体を横回転、剣戟《けんげき》をかわしながら左の男の顎《あご》をしこたま蹴りつける。

回転したまま着地し、右の男が次の行動に移る前に後ろ回し蹴りを鎧《よろい》の上から肝臓へ叩《たた》き込む！　左の男は意識を遮断され、右の男は悶絶《もんぜつ》しながら倒れる。

わっちは蹴りの回転を殺しつつ体勢を戻し、再び体を揺らし始めたぇ。

「どうしたぁ？　わっちは丸腰の弱い女子《おなご》やぇ。さっさと来んと、ほら？」

わっちの挑発に、兵たちが一気に襲いかかってくる。手間が省けそうやぇ。

――ガングレイブ傭兵《ようへい》団武力序列七位。

『楓鳳凰街《かえでほうおうがい》』の主、アサギ・カエデ。

妖艶な蹴りの魔女は、戦場で艶《あで》やかな華を咲かすように舞う。

――シュリはもう目の前なんだけどなー。リルはそんなことを考えながら、一歩一歩前に向かって歩く。

「おい！　あいつを止めろ！」

「無理を言うな！　そんなことできるあああああ!!」

「不用意に近づくな！　あの地面から伸びる土砂のムチに巻き込まれるぞっ！」

周りがうるさいけど、早く助けたいからさっさと歩きたい。だけど兵士がたくさんいるから、前に進むのだけでも苦労するよ。

一歩進めば地面から土砂のムチが一本生える。進めば進むほど、天災のような暴威が増えていく。

リルは基本何もしてない。そうやって作った土砂のムチを、仲間を巻き込まないようにして暴れさせているだけ。それだけで兵が数人単位で吹っ飛んでいく。

もちろん殺すことはしないよ。ガングレイブの命令だからね。面倒くさいけど。

「これなら、どうだ！」

兵の一人が、破れかぶれにリルに向かって槍を投げてくる。

まあ近づけないんだから、その判断はおおむね正しい。それしかできないんだから。

だけど、リルを相手にするならそれは悪手だ。

「ん」

リルがそちらを防ごうとせずとも、土砂のムチが槍《やり》を叩《たた》き落とした。土砂の破片がめちゃくちゃに飛び散り、槍が粉々に粉砕される。

「じゃ」

リルは槍を投げてきた敵兵を指さし、一言呟《つぶや》いた。

「あれはやっつけろ」

「や、やめ」

その兵が命乞いをするより早く、土砂のムチが大蛇の如くしなり、兵に襲いかかった。

その数三本。兵の上から襲いかかるような勢いだけど、その兵にぶつかる寸前に魔力をカット。

暴威はただの土砂崩れとなって、兵を首まで埋めるような量となって落ちる。

まあ、死んでないでしょ。リルはそう考えると、一瞥《いちべつ》もくれず歩みを止めない。

次第に襲いかかってくる敵の数が少なくなっていき、リルを遠巻きにするだけだった。

まあ、それが最適解かな。

「……そろそろ魔力が限界かな」

リルはそう呟き、魔力の流れを途切れさせる。

土砂のムチは形を保つ力を失い、元の土砂となって地面に散った。

それを確認した兵たちは、何十秒かこちらを大丈夫かと窺《うかが》い、大丈夫と判断した瞬間一斉に襲いかかってくる。まあ、刻印を操る魔力はもうないから、正しい。

「けど、リルにはまだ手札があるんだな～」

リルは楽しそうに懐から瓶を取り出した。手のひらサイズの小さな瓶だ。蓋もなく、透明な球体の器の中に複数の石が入っている。

器にも石にも無数の魔字《マギ・スペル》を刻み込んだこの護身武器。さて、

「結果をご覧《ろう》じろ」

リルはそれを上に投げた瞬間、目を閉じてしゃがむ。

瞬間、耳をつんざくような大音響と目も眩《くら》むような光量が解放された。

時間にすればほんの一秒にも満たない時間。だけど、敵の兵たちはそれをまともに食らったので気絶していた。野次馬たちも何十人かが目を押さえ、耳を押さえ、苦しんでいる。

うむ、気絶瓶と名付けよう。これは役立つぞ。だけど距離が開くと効果が半減するな。

「馬鹿!!　ワタクシたちはそれについて事前に知らされてたから対処できましたが、いきなり使う人がありますか！　ワタクシたちまで気絶させるつもりですか！」

「そうっスよ!!　オイラまで気絶するところだったたっス！」

だけどカグヤとテグから文句が来てしまった。しゅん。

「でも防げたでしょ?」

リルがそっちを振り返ると、みんなは目を閉じて耳を塞いでたから影響はない。

だけど他の兵たちは突然の音と光で朦朧《もうろう》としているのが何人かいた。

「それに、そっちの敵の戦力を減らしたんだから、むしろ褒めてほしい。リルは凄《すご》い!

頼もしい! もっとハンバーグ食べて! って」

「するか馬鹿野郎!」

ガングレイブがこっちに向かって叫ぶ。

「みんなそれを知ってたから避けて、運良く間に合っただけだろうが! 次から使うとき
は、ちゃんと合図を送れ! 仲間たちまで戦闘不能にする気か!」

「はいはい」

「はいは一回! ハンバーグ禁止にするぞ!!」

「はいすみませんでしたっ」

いかんいかん。ガングレイブの顔は本気だ。次からは気をつけようっと。

——ガングレイブ傭兵《ようへい》団武力序列三位。

発明の母、リル・ブランシュ。

天才の天才たる所以《ゆえん》、その知恵にて戦場に天災をもたらす。

──全く！　リルは滅茶苦茶をします故、こっちは苦労いたします！

「危うくこっちまで気絶するところでございました……」

ワタクシことカグヤは鳴り響く耳鳴りに顔をしかめながら、歩いておりました。リルと同じ方向、シュリのもとへ向かうためです。一番に助けたいという気持ちがあるのは否定しません。しかしリルと違ってワタクシは魔工が使えない身、リルより進行速度ははるかに遅いです。

「もどかしいですね」

ワタクシはそう呟《つぶや》き、右手から迫る槍《やり》を身を翻《ひるがえ》すことでかわす。それは見る人が見れば舞踊のような動き、その動きの中でワタクシを狙ってきた槍の持ち手を掴《つか》みました。

「うぉ!?」

それを巻き取るように手の内で捻《ひね》り、兵の手から槍を奪いました。

奪いざまに槍を持ち替え、石突きを相手の鳩尾《みぞおち》にしこたま突き込みます。

敵が悶絶《もんぜつ》して体勢を崩した瞬間に槍をさらに回転させ、その頭へ石突きを叩《たた》き落とす。

これでまず一人、兵の意識を刈り取りました。

その槍を捨て、今度は剣を持ってワタクシに襲いかかってくる兵へ向き直ります。

ワタクシは腰に携えたマチェットを手に、振り下ろされる剣を受け止めて防御。すぐにマチェットで、その剣を地面へと切り返して落とす。

瞬時に間合いを詰めながら、押さえていたマチェットを剣の刃上を擦《こす》らせる。柄元までマチェットを寄せた瞬間、ワタクシは敵の左側へ向かって体を入れ、相手の右腕を掴《つか》む。

敵は両手で剣を握っている。ワタクシはその右腕の肘を掴み、外側へと捻《ひね》って関節を決める。相手はこれで、剣を動かすことも手を動かすこともできない。

ワタクシはそのままマチェットを敵の喉元に突きつける。体勢が崩れた敵の軸足を刈り、右腕を押さえていたワタクシの左腕を敵の首元へ添え、そのまま後ろへ向かって振り抜く。

すると、すっかり重心を失った敵は後ろ向きに頭から地面に叩《たた》きつけられるわけです。一瞬で相手の意識を刈る制圧の技。

相手を倒し、ワタクシはマチェットを腰にしまい、次の敵へ備える。

次の敵も槍《やり》でした。その敵はワタクシ目がけて槍を横薙《よこな》ぎに振るってきました。これは、周りの味方も巻き込みかねない、危ない人ですね。

ワタクシは右から迫ってくる槍を、右足を上げて足の裏で柄の部分を受け止めます。

そのまま足の裏で柄を押さえたまま、地面を踏み抜く勢いで下ろす。地面と接触した瞬間に槍の柄が折れ、穂先が宙を舞う。転がった穂先をワタクシは左足で蹴り飛ばし、敵の太ももへと突き刺した。

「あら、意外と上手くいきましたね」

ワタクシは感心したように呟《つぶや》きました。せいぜいぶつける程度だと思ってましたが。

蹲《うずくま》る敵兵の横から再び剣を持った敵が迫ってくる。ワタクシは袈裟《けさ》がけに迫ってくる剣に怯《おび》えることなく、姿勢を低くして接近。頭の上で両手を交差して敵の腕を止める。

腕さえ止めれば刃はこちらへむかっては来ませんからね。敵兵が止まった瞬間ワタクシは交差した左腕で敵の左手首を掴《つか》み捻り上げる。

そして捻り上げた肘目がけて、ワタクシの右肘を打ち込む。鎧《よろい》の上からなので、打撲は見込めないでしょう。しかし、極まった関節目がけての打撃は確実に敵の左肘を破壊している。威力はそんなになくていい、剣が振れなくなる程度になれば。

「あたた……さすがに鎧の上からでは厳しかったですね」

ワタクシは右肘の痛みに耐えながら敵から剣を奪い、別の敵の足下目がけて投げる。投擲《とうてき》された剣は回転し、敵兵の足の甲へと突き刺さりました。悶絶《もんぜつ》しながら蹲る敵兵の顎を蹴り上げて、ワタクシは次の敵へ手招きをしました。

「さて、次のお相手はどなたでしょうか？」

――ガングレイブ傭兵《ようへい》団武力序列六位。

ヤオヨロズ教初代法王にして『聖女』、カグヤ・アマテラス。

戦場の暴力を否定するかのように、敵の武器を奪い暴れる。


――あまり時間をかけるのも面倒くさいですね。私は心の中でそう結論付ける。

最大範囲の魔法の使用をやめた私アーリウスは、腰の杖《つえ》を抜き、魔力を注ぎました。

「目標は前面扇状、範囲は十歩分……これですね」

私を囲む敵兵に警戒しながら両腕を広げ、目標範囲を定めるように杖を構える。瞬間、杖の先端から陽炎《かげろう》が生まれた。実体もなく、ただ空気の揺らめきだけが指定した範囲と射程に一瞬にして広がる。

「熱!!」

「なんだこれ、熱いっ!!」

兵たちは耐えきれず逃げだし、鎧《よろい》を脱ぎ捨てていました。その下の顔は汗まみれ、酷《ひど》い人は軽い火傷《やけど》状態で肌が真っ赤になっていました。

私が使ったのは、オリトルで使った魔法の応用。範囲内の温度を急激に上げて鎧の内部の肉体に直接熱の攻撃を与えるものです。

この魔法は便利で、相手が重装鎧であればあるほど効果が高いわけですね。

「では次」

私は右手の杖を上に掲げ、魔力を練る。そして、それを敵目がけて振り下ろしました。

ピュン、という風切り音が鳴ります。

瞬間、相手の肉体は全く傷つけず、身に着けている鎧と武器だけを両断。瞬時に兵の戦力を破壊。

再び左手の杖も同じように横薙《よこな》ぎに振るいます。二十歩範囲内の放射状に、見えない〝武器と鎧だけを切る刃〟を放つ。その範囲の敵の武器が、まるでバターでも切ったかのような滑らかな切り口で両断されて、地面に落ちました。

「まだまだ試行錯誤が必要ですね、この〝土魔法〟は」

これはリルの土砂の大蛇をヒントに作った〝非致死性〟の魔法。敵の武器や防具といった〝金属武装〟を、瞬時に極小範囲だけ錆《さ》びさせ、まるで見えない刃で切ったかのような現象を起こします。

敵の戦力だけを削る魔法。敵が武器を持っていなければどうしようもないでしょう。

「おら！　捕まえたぞ！」

しかし、私は戦士としての訓練は行っていないので、後ろから近づく兵に気づきませんでした。そのため羽交《はが》い締《じ》めで拘束されてしまい、その拍子に両手の杖を落としてしまいました。

「杖もない！　これでお前を」

「触らないでもらえますか？」

私は拘束された手首を動かし、相手の体のどこかへ接触させる。見えないのでどこかはわかりません。

「私はガングレイブだけのものですので」

「な、ギャッ!!」

そして、両手で『指紫雷《ししらい》』を発動。一瞬で弾ける電撃が、敵の鎧《よろい》を伝って全身へと伝導しました。敵兵が怯《ひる》んで拘束を解き、後ろへ蹈鞴《たたら》を踏んでいる間に、私はゆっくりと落とした杖《つえ》を拾いました。

「無礼な人。婚約者のいる女に気安く触るなんて」

その一言とともに、私は杖の先端から風の弾丸を放つ。殺傷性のない、吹き飛ばすだけの鋭い速さを持った魔法。それが兵の胴に命中し、吹っ飛ばしました。

背中から倒れる兵を一瞥《いちべつ》すると、私は再び相手へと向き直ります。

「さて、あなた方の剣を全て台無しにしましょう」


――ガングレイブ傭兵《ようへい》団武力序列四位。

真理の魔女、アーリウス・デンジュ・アプラーダ。

常人では見ることのない世界を見た彼女の魔法が、戦場にてその一端を見せる。

――戦場でのアタイはいつも孤独だ。

重装鎧の兜《かぶと》の下で、アタイは孤独を感じていた。黙々と役割をこなし、黙々と裏切り者を粛正する。それがアタイ……オルトロスの役目。

でも、それももうすぐ終わる。

「お、おいなんとかしろ！」

「無理だろ！　あんな奴どうしろって言うんだよ！」

兵たちの戸惑いごと、アタイは両手で持った斧《おの》を振り抜くことで吹き飛ばす。刃でなく面の部分で叩《たた》いてるもんだから、アタイの腕力だと二、三人は面白いように吹き飛んでいく。アタイの膂力《りょりょく》の前では、普通の兵士は相手にならない。アタイが大斧を振るえばそれだけ敵が吹き飛んでいく。防御も意味がなく、防具で固める意味もない。

一振りすれば敵が吹っ飛び、二振りすればさらに敵が吹っ飛んでいく。

誰も防ぐこともできず、命令のため逃げることもできない。アタイは及び腰で迫ってくる敵をなぎ倒すだけのお手軽なお仕事をしてるわけね。

「く、くそ！　全員で一斉に襲いかかれば！」

「あんなもんどうやって襲えばぐぇ！」

たじろいで言い合う敵に構わず、大斧の一振りで吹き飛ばす。それでも勇敢に迫ってくる敵というのもいる。三人くらいがアタイの足元に決死の覚悟で飛び込み、ひしと掴《つか》んでくる。

「お、お前ら！　押さえたぞ！　今のうちにやれ！」

ふーむ、勇気のある人もいるものねー。どんどんアタイを押さえようと武器を捨ててま

で突っ込んでくる人が増えていく。面倒くさいわー。

「フン!!」

気合い一発、アタイは大斧《おおおの》を片手で持ち、もう片手で足にしがみつく男の防具を掴む。

「ぬぅぅぅぅぅ!!」

「な、ななな、な!?」

片手で大の男の拘束をぶち切り、持ち上げる。驚愕《きょうがく》して止まる兵たち。

アタイは片手で持ち上げた男を振り回し、

「ぬぅぅぁあああ!!」

そこらにいた兵を目がけてぶん投げた。投げられた男は錐揉《きりも》み回転しながら他の兵たち

を巻き込んで吹き飛び、気絶したわ。これはいいわね。驚いて固まっている別の兵を足か

ら引っぺがし、同じように振り回す。

「逃げろ！　ありゃあ人間じゃねえ！　アドラじゃねえと太刀打ちできねえ！」

「おい押すな！　押すんじゃねえ！」

「フンっ!!」

アタイは逃げようとする者たちへ、再び男を投げつける。何人も巻き添えにしながら転がっていった。うん、これは手っ取り早いわ。

アタイは再び足に手を伸ばすが、そこにはもう誰もいなかった。

驚いて下を見ると、すでにアタイの足にしがみついていた兵は逃げ出してしまっていたわ。あーあ、ちょうど良かったのに。

「面倒くさくなるわー」

アタイはもう隠すことをせず、声に出して言っていた。

「アタイ、もう雑魚《ざこ》をなぎ倒しても嬉《うれ》しくないもの。爽快感なんて感じないわ」

アタイの口調に驚いた兵は目をまん丸くしてたけど構わないわ。これからは、隠さずに生きたいもの。そのままアタイは、敵兵の中へ悠然と歩いて近づいていく。


――ガングレイブ傭兵《ようへい》団武力序列五位。

初代処刑人、オルトロス・ネレーデン。

その戦力はまさに災害。戦場の敵に絶望を植え付けていく。


――あらー、強敵が現れたっスわー。オイラは溜め息をつきながら番《つが》えていた矢を引き絞る。目の前の大男は、気を緩めることができない強敵っス。

「さて、おりゃあは城の守備隊として、城の中から戦いを見ちょった」

キツい訛《なま》りのある言葉っスね。オイラは冷静に判断する。

「どいつもこいつも一騎当千の猛者《もさ》じゃあ。おりゃあが惚《ほ》れ惚《ぼ》れするほどにゃあ。しきゃあし、おめがかなりの脅威と見ての」

目の前の大男は、片手斧《おの》を持った手でオイラを指さす。

「さりげなく、目立たず、決して表に出ずに周りの仲間全部をカバーしちょる。やっかいな方角から来る敵を、よく見もせずちゃんと構えもせず、それでいて的確に矢を放って助けちょるわ。おりゃあはゾッとしたわ。その視野の広さと技量にの」

「バレてたっスか」

オイラは弓の弦を緩めて苦笑した。まあ、オイラは視野が広いほうだし器用なもんで、ちょっと手助けはしてたっス。ただし、クウガからはいらんことをするなとちょっと睨《にら》まれたっスけどね。

「だから、おりゃあは城を守るためにおめを倒す」

大男は片手斧を肩に担いで構える。

「おりゃあは熊殺しのアドラ。尋常に勝負！」

熊殺しっ。あの噂《うわさ》の！　これは、驚くような強敵だったたっスねー。

アドラは一気にこちらへ走ってくると、斧を振りかぶる。オイラが弓の弦を引き絞る前に、一気に決着をつけようって算段っスか。

「んじゃ、オイラはただのテグ。勝負を受ける！」

怒濤《どとう》の勢いで振り回される斧を、紙一重でやっと避けながらオイラは間合いを離そうとする。でも、この男はなかなかやるっスね。間合いが切れない。

離れても一歩で詰めてくる。矢を引き絞る余裕がない。こりゃ困った。これが熊殺し、素手で熊を殺したという腕力も伊達《だて》ではない。片手斧が擦《こす》る地面が、大きく抉《えぐ》れてる。体に触れた瞬間、肉も削れるだろう。

なら、この間合いで制圧する。オイラは弓から矢を離し、片手で鏃《やじり》近くを持つ。

アドラが斧を振ってきた瞬間、かわしざまに鏃でアドラの手を切る。

「ぬ」

アドラは、一瞬痛みに驚いたがそれだけ。構わずに攻めてきた。その度にかわし、いなし、鏃でアドラの手を傷つけ続ける。

「この、小技を‼」

そろそろ手が血まみれになってきたころに、アドラは顔をしかめたっス。だろうね、そういう技だから。

「くそ」

アドラが悪態をつきながら片手斧《おの》を持ち替えようとした瞬間、オイラは矢を番《つが》えて引き絞る。片手には矢を二本持っておく。

最初の矢はそこまで引き絞らず、狙いも中途半端なまま顔目がけて放つ。

アドラはそれを顔を傾けることで避ける。速度もそんなにないから、この距離でも避けられる。でも、それは予想どおりっスよ。

速射にて次の矢を素早く引き絞ったオイラは、アドラの右太もも目がけて思いっきり威力のある矢を射た。その矢はアドラの右太ももを貫通したっス。

「ぬぉっ、おおおお!!」

これに驚きながらも、アドラは構わずオイラへと迫ってくる。持ち替えた片手斧を横薙《よこな》ぎに振るおうとする。

オイラはその前に間合いを詰め、右足を払うように蹴っ飛ばす。軸足刈りってやつだ。痛みと重心が滅茶苦茶だった影響から、アドラの体勢が大きく崩れた。こうなると振っている斧を止めることはできず、ふらふらのままっス。腰の入ってない攻撃なんて、全く怖くないっスからねー。

オイラは斧を振るう手を掴《つか》み、それを背中で抱えるようにしながらアドラの懐へと飛び込む。そのまま曲げていた膝を一気に伸ばしながら、アドラの重心を持ち上げ、背負い投げでアドラを背中から地面に叩《たた》きつけた。

「ぐぃおっ!?」

アドラも周りのみんなも驚いている。まあ、アドラよりはるかに体が小さいオイラが、アドラのような大男を投げ飛ばすなんて光景はそうそう見ないっスからね。

悶絶《もんぜつ》するアドラの顔面に、鏃《やじり》を人差し指と中指の間に挟んだ拳打を打ち込むっ。

……寸前に止める。

「ごほ、ごほ……なぜ、おりゃあを殺さん……？」

咳《せ》き込むアドラに向かって、オイラは立ち上がりながら笑顔で答えた。

「もう勝負はついたっスからね。殺すなと厳命されてるんで」

「だから、おりゃあを殺さんと？」

「まあそういうこと。シュリには、人を殺すのはやっぱり、見せたくないなぁってのもあるっスから。それに」

オイラは顔を上げて周りを見た。

「もう、この『喧嘩《けんか》』は終わりっスよ」

オイラの言葉に、アドラは少し体を起こして周りを見る。

もう、守備兵で立っている者は少なかった。残ったものも、戦意喪失してへたり込んでいる。これは、喧嘩を続けるような状態じゃないっスから。

アドラはそれを確認してから、大笑いして地面に大の字に寝転がった。

「はははははは！　そうか、喧嘩《けんか》きゃあ！　そうやのぅ、これは喧嘩じゃなぁ！　……で、おりゃあは喧嘩に負けたわけだ？」

「完膚なきまでに」

アドラは穏やかな顔をして目を閉じた。

「それなら、おりゃあの負けじゃあ。もうちっと、体の感覚を取り戻してからここに出たかったが……それでも勝てなかったかも」

「うーむ、それは、まあ」

オイラは照れくさそうに、はにかんで言ったっス。

「オイラは強いっスから」

——ガングレイブ傭兵《ようへい》団武力序列二位。

初代冒険者、テグ・ヴァレンス。

人知れぬ天才は、戦場にて暗躍する。

六十三話　『英傑堕《えいけつお》とし』とモツ鍋・急《きゅう》 ～シュリ～

すげぇ。僕は思わず、自分が磔《はりつけ》にされてる現状も忘れて見入っていました。

眼前で繰り広げられる戦い。誰も殺さずに次々と制圧していくガングレイブさんたち。

そのあまりの凄《すご》さに、僕は呼吸を忘れるほどでした。

みんなが強いのは知ってたつもりです。幾度となく戦場を生き残り、渡り歩き、戦って勝ってきたのですから、相当なはずだとは思ってました。

オリトルのときやグルゴとバイキルのときも、クウガさんの強さだけではなく皆さんの強さだって見ていたはずでした。そのときだって、凄《すさ》まじいと思ってましたよ。

しかしこれは違う。明らかに違う。

たった八人で百人以上の敵を、殺さずに制圧する。その様子はまさに、物語に出てくる英雄のようなもの。

思わず胸が熱くなる。体の奥から言葉にできない高揚感が生まれる。

これが、これが僕の仲間たちなんだと。

友人たちなんだと。

親友たちだと。

自分のことのように誇らしく思う気持ちが、沸々と湧き上がってくるのです。

「おーい、シュリ。無事っスか？」

その声に下を見ると、テグさんが僕を見上げる形で真下にいました。

「すぐに下ろすから、待ってるっスよー」

「え？　下ろすって言ったってなにをぉおおぉぉ!?」

答えもせず、テグさんは矢を数本番《つが》え、躊躇《ちゅうちょ》なく、僕目掛けて射ってきたじゃないですか!?　その矢は僕を縛る縄を掠《かす》めるようにして飛来、見事に全ての縄を切り落としたのです。

ただし、僕はそのまま地面に落ちて尻餅をつきました。いってぇ!?

「テグさん！　下ろすなら別の手段があるじゃないですか!?」

「これが手っ取り早いっスもん」

「だからってこれは……いてて」

痛む尻をさすりながら立ち上がろうとしました。下にはすでに藁《わら》とか薪《まき》とか燃料が置いてあったから大分クッションになったけど、それでも痛いわ。

地面に手を突いて立ち上がる前に、僕に手を差し伸ばす人がいました。

「ん？」

「ん」

顔を上げれば、そこにはクウガさんの姿が。顔を逸《そ》らしながら僕へ向かって手を差し伸べているのです。

何を照れくさそうにしてるんだろ？　僕はそう考えながらクウガさんの手を取り、引っ張って立ち上がらせてもらいました。

「ふぅ……ありがとうございます」

「そうか。なら、ワイはこうしなければならんな、次は」

え？　と言う前にクウガさんは僕に向かって頭を下げました。

「え？　どうしましたクウガさん」

「すまんかった！」

クウガさんの口から出たのは、謝罪の言葉でした。きっちりと腰を九十度に曲げ、僕に向かって謝罪の姿勢を取っているのです。

なんでそんなことを？　と思う前にクウガさんがぼそぼそと言いました。

「その……ワイ、お前を信じきらんで……あの場で助けられんかったし、正直余計なことしやがってって……思うてな……。

エクレスとギングスから全て聞いてな、ようやくワイはお前が何をしたかったんかを……その、わかっての……本当なら、お前は賞賛されて当然のことをしとったのに……」

「いや！　いや！　クウガさん、頭を上げてくださいよ」

そうか、だからみんな僕を助けようと、こんなに必死で……アレルギーのことも、聞いたのか……。でもどうやって？

ガーンさんは本来はお偉方の近くに位置する職務……だと思うので、そこに伝わってから、クウガさんやみんなに伝わったのかも。正確なところはわからないけど。

それよりも僕は慌ててクウガさんの両肩を持って、顔を上げさせようとしました。

全く上がらねぇ。

グッと力を込めたはずなのに、ビクともしねぇ。力一杯込めても全く動かねえ。

いや、謝罪の気持ちはわかるけどそこまでしなくても！　と思うのですが頭を上げてくれないし上げさせてくれません。どうすりゃえぇの？

困ってる僕の前に、ぞろぞろと皆が集まってきました。

ガングレイブさん、テグさん、アーリウスさん、カグヤさん、アサギさん、オルトロスさん。そしてバツの悪そうな顔のリルさんと、勢揃《せいぞろ》い。

「本当にごめんなさいね、シュリ」

一番に口を開いたのがオルトロスさんでした。え？　オネエ言葉を隠すのやめたの？

「アタイ、何が何でもシュリを助けなきゃいけなかったのに、何もせずに牢屋《ろうや》にぶち込まれるのを見てるだけだったたんですもの。こっちは蟄居《ちっきょ》を申しつけられてて動けなかったたし動かなかったの。正直、シュリの行動の意味がわからずに怒りも覚えたわ。

クウガの言う通り、あなたのしたことは誇れることよ。それを気づかずに見捨てる形になっちゃったこと、本当にごめんなさい」

そう言ってオルトロスさんは頭を下げました。もう一度僕は慌てて口を開きます。

「やめてくださいよオルトロスさんまで！　……あの場で衝動的に動いてしまった僕が悪かったんです」

思い出してみても、僕がしたことは迂闊《うかつ》だった。ああいう扱いを受けることを、念頭に置くべきでしたのに。もっと注意深く動きべきでしたのに。

そんな思慮の足りなさが、今回の事態を生んでしまったと言っても過言ではありません。

「確かに、領主様があれ以上あの杯で酒をお飲みになるのは危険でしたけど……それでもすぐに危険じゃなかったかもしれません。他の方法だってあったかもしれない。

だけど僕は料理人として、目の前で食事をして倒れるかもしれないのを止めない理由はなかったんです。だから、あそこまでやってしまったんです」

「それは違います！」

僕が後悔の言葉を吐いていると、それを遮ったのはアーリウスさんでした。

「あなたは間違いなく、人の命を救おうとしました！　あの場にいる全員が気づかなかったことを、料理人という目だからこそ気づいた！

それは誇るべきことで、褒められ、賞賛されてしかるべきです！

私たちが、それに気づかなかったのが、全ての原因ですから……本当にごめんなさい」

アーリウスさんもそう言って頭を下げたのです。

……このままだと謝罪合戦になっちゃうな。それは、ダメだ。

「なら、僕はみんなを許しましょう」

僕がそう言うと、全員がキョトンとした顔をしました。それを見て、僕は微笑《ほほえ》む。

「みんな、どうせ同じようなことで後悔してたんでしょ？」

「あ、ああ」

ガングレイブさんが戸惑ったように答えました。

「なら、僕はみんなを許します。皆さんも僕を許してくれますか？」

僕がそう言うと全員が呆然《ぼうぜん》としていましたが、その中でガバッと僕を抱きしめる人がいました。

「テグさん」

「オイラはもちろんシュリを許すっスよ!!　だから、オイラもごめんなさい！　許してほしいっス！」

「ええ、もちろん」

僕はそう言ってテグさんを引き剥がそうとしました。男にいつまでも抱きつかれる趣味はねぇ。

でもこれも動かねぇ。クウガさんと同じく、力を込めても全く引き剥がせねぇ。なんだこれ。こんなに僕とみんなの間には力の差があんのか。困ったな、泣くぞ。

「わっちもすまんかったぇ……」

「ワタクシも、謝罪いたします」

「アタイもよ。ごめんなさいね」

「ええ、皆さんも許しますよ。僕もすみませんでした」

僕は必死にテグさんを引き剥がそうと力を込めてる中で、みんなと謝罪合戦です。しかしこいつ本当に離れないな。力すげぇ。

そんな僕を助けてくれたのがリルさんでした。リルさんはテグさんを掴《つか》むと引き剥がしてくれたのです。あれ？　僕リルさんより非力？

「ごめんね」

リルさんは僕の服の裾を掴《つか》みました。

「本当に、ごめんね。リルも、助けにいけばよかった」

「……こうして来てくれたじゃないですか」

僕はリルさんの頭を撫《な》でました。なんか撫でるべきかなって。

「だから、もう謝るのは終わりにしましょ」

「……うん。わかった」

珍しい、リルさんにしてはしおらしいぞ……まさかこんなときでも、アレが欲しいのかっ。

「ほら、こうして助かったんでまたハンバーグとか作ってあげますから！　ね!?」

「この空気読まず！」

「いて!?」

なんで!?　リルさんに腹を殴られたよ!?　おかしい……こんなときはこの対応で間違ってなかったはずなのに……まさか、ハンバーグだけではダメなのか……？

僕は腹を押さえながらそんなことを考えてると、ガングレイブさんが僕の前に立ちました。そして、頭を下げようとしたので、僕は慌てて両肩を掴《つか》んで止めます。

「シュリっ」

「だから、もうやめましょうよ。ガングレイブさん」

「だが、俺は」

「だからさ」

僕はガングレイブさんの肩を押し上げて、頭を下げさせないようにしました。

「もう、許したので」

「……そうか、そうか」

とうとうガングレイブさんは耐えきれなくなったのか、涙を流し始めました。

「すまんかった！　本当に本当に、すまんかった！　俺は愚かだった、馬鹿だった！

お前を見捨てようとして、なんであんなことをしたのかと責めて！　お前のことを理解しているつもりで何もしてなかった俺を、許してくれ！」

「はいはい」

僕はガングレイブさんの背中を、優しく叩《たた》きながら言いました。

「許しますので、僕のことも許してくれます？」

「もちろんだ、もちろんだとも……」

そうか、許してくれるか。よかった……。思わず僕も涙が溢《あふ》れそうで、それを抑えるので精一杯でした。

みんな、結局僕を心配してくれたんです。確かに怒ってはいたみたいですが、それも体を張って助けに来てくれたことでチャラだと自分に納得させる。もう、蒸し返さないよ。

「で？　これどうするのかしら？」

オルトロスさんが言いました。

「アタイたち暴れて、もう野次馬も逃げちゃったしレンハも逃げたし、守備兵はみんな気絶したまま倒れてるし。アタイたち、そろそろ逃げた方がいいんじゃないかしら？」

「お前、そんな喋《しゃべ》り方やったんやな……」

オルトロスさんの口調に、驚いた様子のクウガさんが呟《つぶや》きました。

あ、そうか。みんなは無口なオルトロスさんに侠気《きょうき》を感じてるんだったな。初めてぬいぐるみを持ってるのを見た僕も一種の恐怖映ぞ……

「シュリ？」

「何でもないです」

僕は慌てて視線を逸《そ》らしました。危ない危ない。オルトロスさんの勘は鋭いからな。

「ま、まあ、オルトロスの言う通りです」

ちょっと戸惑いの抜けないカグヤさんも、周りを見てから言いました。

「ここまで派手にやったのです。そろそろ逃げましょうか」

「この後はどこへ？」

「さあ？」

僕の問いかけに、カグヤさんは楽しそうに言いました。

「仕官話は流れましたが今となっては再び自由の身。どこへ言ってもよろしいのでは？どこかの国へ仕官の口を求めて向かうもよし、新しい仕事を探して受けるのもよし、いっそ商売替えして何かを売るのもよしでは」

「なるほど。そらええわ」

クウガさんも楽しそうです。

「国を手に入れる……安住の地を得るための目的に変わりはないわけやな」

「オイラ、それなら商隊がいいっスわ！　この世界を自由に旅したい！」

「食材仕入れてシュリの屋台飯もいいかもよ」

「それはいいですねオルトロス。私はガングレイブと一緒ならどこでもいいですが、それは楽しそうです」

「リルは作品を売りたいけど……まあいいか。それもそれで」

みんな楽しそうに、やりたいことを話し始めました。

ここからもう一度スタートする気持ちで頑張るか……。これも新鮮だなぁ……。

でも、この人たちと一緒なら、どこでも行ける気がする。楽しそうなみんなの輪のちょっと外からそんなことを考えていました。

「おーい！」

「ん？」

誰かが呼んでいるので振り返ると、街の向こうから大人数の人たちが現れました。

その人たちはどこかで見たことのある人たちで、馴染み深い人たち。その人たちを見て、ガングレイブさんは驚いた声を上げました。

「お前ら！　どうしてここにいる⁉」

そう、そこにいたのはガングレイブさんの部下たちでした。

みんなはガングレイブさんの前に立つと、武器を掲げて叫びます。

「水くせぇよ団長！　シュリを助けるのに俺たちを巻き込まないようにするなんてよ！」

「しかも支度金まで用意しやがって！　そんなに俺たちが頼りないのか！」

「アーリウス隊長のときと同じようにさ！　俺たちを頼ってくれよ！」

「俺たちもシュリに世話になってんだ！　体張るのに理由はいらねぇだろう！」

そうだそうだ、と口々に言う部下たちを前に、ガングレイブさんは目頭を押さえながら言いました。なんか、感極まってる感じ。

「お前ら……」

ガングレイブさんが何か言おうとしても胸が詰まってしまうのか、寸前で止まってしまいます。わかる、気持ちはよくわかるよ。

確かに僕の調理道具を、捨てるようにガーンさんに押しつけた人もいるのでしょう。でも、ここにいる人たちは僕を助けたいと言ってくれているのです。

僕はガングレイブさんたちだけでなく、みんなにも想われていた。

それに気づいてしまうと、僕は本当に嬉《うれ》しくて仕方がない。

「みんなを危険な目に遭わせてしまったのに、本当に、本当に……ありがとう」

僕はガングレイブさんの隣に立って、頭を下げました。

すると兵士さんたちから言われました。

「何言ってんだ！　あのリィンベルの丘で出会ったときから、お前は旨《うま》い飯を作ってくれただろう」

「あれがどれだけ嬉しかったかわかるか？　それまでクソマズい飯を食いながら戦場に出るのは辛《つら》かったんだ」

「また明日も食べたい、そのために今日も生き残りたい。そう思えたから戦場で戦えたんだ。本当にありがとうよ」

「礼を言うのは俺たちなんだ。だから、俺たちもお前を助けたかったんだよ」

兵士さんたちが僕を心配して言ってくれる言葉の一つ一つが、僕の胸をさらに打つ。

頭を下げたまま、もう一度だけ掠《かす》れた声で泣くように言いました。

「本当に、ありがとうございました……っ」

泣いていた。鳴いていた。啼《な》いていた。嗚咽《おえつ》を堪《こら》えきれず、涙を止めることができず、僕はとうとう涙を流してしまった。

全ては僕の失態から始まったことなのに、この人たちはどこまでも優しかった。いや、厳しいところもあるけど、ちゃんと僕を見ていてくれた。

料理を作ることしかできない。

料理を食べてもらうことしかできない。

料理を用意することしか、できないような自分。

みんなと同じように背中を預け合って剣を振るうことができず、戦場に出ては死んで戻ってくる仲間の遺体を前にして黙祷《もくとう》を捧げるくらいしかできない自分。

だけど、みんなは僕にしかできないことを知り、僕だからできることを評価してくれた。その一つ一つ積み重ねた仕事への信頼が、ここに証明されたのです。

料理人として、人として、冥利《みょうり》に尽きる……僕が涙を流していると、ガングレイブさんも涙ぐんだ目をして、僕の背中をさすってくれました。お互い、泣いてばかりで情けないけれど、ようやくみんなの元へ帰ることができた。

僕は涙を拭って顔を上げる。

「それで……これからどういう行動を？」

「おう、それだがな」

「おーい、無事か⁉」

ガングレイブさんが口を開こうとしたとき、後ろから声をかけられました。

振り向いてみればそこにはギングスさんの姿があり、部下を数人引き連れて、僕たちの前までやってきました。かなり急いで来た様子です。

「ギングス様？」

「あー、もう敬称はいらねえ」

　ギングスさんはちょっと頭を掻《か》きながら言いました。

「俺様はもう、この領地の次期領主でもなんでもねえ。だから、もう様はいらねえ。俺様だけが自分で使う」

「それは……なんでですか？」

「もう終わらせたからな。というか、終わった」

　ギングスさんが横に動くと、後ろから縄で縛られたレンハが現れました。

　レンハは憎々しげにギングスさんと僕たちを睨《にら》みつけています。

「この馬鹿が馬鹿をやってる瞬間に、ようやく捕らえることができた。ありがとよ」

「ギングス！　実の母にこんなことをしてどうするつもりよ⁉」

　レンハが叫ぶ。金切り声でうるさいなぁ。他のみんなも不快のあまり顔をしかめちゃってるよ。実際滅茶苦茶うるさいからな。

「お前たち！　ギングスではなく私の命令を聞きなさい！　すぐに私の拘束を解いてこいつらを捕まえなさい！」

「どうやって？」

　ギングスさんがレンハの顔を覗《のぞ》き込みながら言いました。

「どうやってこいつらを捕まえるんだ？　百人以上の守備兵を殺さずに無力化してなお余裕がある。一人一人が一騎当千の猛者《もさ》だ。

そんな奴ら相手に城の残りの守備兵を出すのか？　あんたの派閥の兵士以上の数は集められないぞ。百人以上の敵を倒せる奴に、百人以下の兵士をぶつけたって意味がない。無駄に戦力を減らすだけだ」

「そんな！　やってみないと！」

「それにだ」

ギングスさんが怒りで顔を歪《ゆが》めました。

「大切な城の守備隊の兵をここまでボロボロにされたんだ。これからこの領地は荒れるだろう、この領地の兵士は頼りないってな！　戦争になっても領民は協力しない！　むしろ逃げる奴らは多くなるだろう！　軍隊が当てにならない国なんて、他国によって荒らされるのは目に見えてるんだからな!!

お前がいたずらにこいつらを刺激したばかりに！　軍は面目丸つぶれだ！

……これからこの領地は、別の国の直轄地となる」

「馬鹿な！　そんなことをしたら、スーニティがなくなってしまう！」

「グランエンドに売り渡されるよりマシだ」

ここでレンハが驚愕《きょうがく》に顔を歪めました。

「お前……どこでそれを……！」

「お前のやってることはわかりやすかった。正妃という立場で好き勝手やって、罰せられなかったのは、派閥の力だ。だから俺と兄貴はこの時をずっと待っていた！　お前が馬鹿なことをしている証拠を突き止め、この領地からグランエンドの影響を消し、領民に安寧をもたらさなければいけないからな‼

それが、次期領主にまで選ばれていた俺の最後に果たすべき責任だ。

本当ならお前の言いなりになってグランエンドを引き入れるべきなんだろうがな！　お前の血を半分引いてることに反吐《へど》が出る！　お前の息子だろうが！　グランエンドの血族に連なろうが！　俺様はスーニティの人間なんだ！

自分の故郷を他国に売り渡すような馬鹿にはならん‼」

怒ってまくしたてるギングスさんの剣幕に、レンハは完全にノックアウトされたらしくうなだれました。

おそらくこれで、レンハの企みは全て潰れたと思っていいでしょう。いや、どういう流れでどれだけ潰されたのかはわかりませんし、詳しい説明もされてない僕では、どういうことになっているのかは想像するしかありません。

多分、このレンハは自分の実家の、国に、かな？　いろいろと物資を横流しとかして乗っ取りを企てていたってことでしょ。

その様子を見ていた僕は、恐る恐る口を開きました。

「あの、ギングス様。この領地ってどこか別の国の支配下に？」

「だから様はいらんわ。……そうだな、まともで当てになる国に従うことになるだろうよ。その場合、俺様と兄貴はお役御免だ。隠居することになるだろうよ」

「それで、いいんですか？」

「いいんだよ」

ギングスさんは、まるで肩の荷が下りたかのようなすがすがしい顔をして言いました。

「俺様も兄貴も、この領地のあれこれには疲れた……グランエンドからこの国を守れただけでも御の字だ。知ってるか？　職人通りの居酒屋で出す山菜料理、酒にとてもよく合うんだ。絶品だぞ。

市場に出る屋台の魚の炭火焼きも食べたか？　あれもいい。この土地では珍しい海の魚を出している。食べ応え十分の焼き魚を食える。仕事の合間の休憩にはもってこいだ」

そう言うとギングスさんは僕を見ました。

「わかるだろ？　一度も訪れたことのない母親の故郷なんぞより、この領地の方がはるかに大事なんだ、俺様にとってな」

「なるほど」

その言葉に、僕は納得して頷《うなず》きました。この人はこの土地のものを食べて、この土地の人間を守ろうとし、この土地を愛した。

間違いなく、この土地の人間なんだ。だから、この土地を守るために行動した。

こういう人が領主になるような人なんだろうなー。僕は漠然とそう感じました。

「それにしては」

納得している僕の肩を押しやり、クウガさんが前に出ました。

そして剣を一振りした後、ギングスさんの喉にそれを突きつけたのです。何の躊躇《ためら》いもなく、自然な動作でそれを行っていました。

何を、と僕が言う前にクウガさんは怒気をはらんだ声で言ったのです。

「どうにかする言うときながら、ワイらが来んかったらシュリが死んどったのは間違いなかったのぅ。どういうつもりや？」

「……それについては謝罪する」

ギングスさんはバツの悪そうな顔をしました。

「俺様と兄貴は懸命に親父を説得していた。こんなことはやめさせろと、即刻領主の権限で処刑を中止すべきだってな」

「説得できなかったんやろう？　こうしてノコノコ、今更出てくるのを見たらのぅ！」

「ああ……。だから後のことはガーンに任せて、俺様だけが部下を連れて来たんだ。せめて俺様が処刑の場に駆けつけて、無理やりにでもシュリを助けようと思ってな」

そこまで言って、ギングスさんはレンハを見ました。レンハはすっかり意気消沈したらしく、おとなしい。あれだけヒステリックに騒いでいた人が静かになると、それはそれで怖いな。

「そしたらレンハが逃げて来て、何事かと聞いたらこの騒ぎだ。これ幸いとレンハを捕らえて、この場に来たわけだが……確かに、お前たちが活躍してなかったらシュリは危うかった。謝罪する」

おそらく、ギングスさんは本当のことを言ってるんだと思います。

この人はどことなく、こういうところで嘘《うそ》をつかない人だと思う。そうじゃなければ、後ろの部下の人たちだってギングスさんにここまで従っていないでしょう。

そういった誠実さが、ギングスさんから感じられた。

……あれ？

「そういえば、エクレス様は」

「兄貴にも様はいらん。もうそんな身分じゃない」

「すんませんギングスさん。えと、エクレスさんは？　どちらにいますか？　まだ領主様のところに？　それとも別の場所へ？」

僕がそう言うと、全員が首を傾《かし》げて周りを見ました。レンハをとっ捕まえる絶好のチャンス。どうしてここにいない？　いや、それはギングスさんがやったので別行動を取っているのか？

「エクレスさんは別に何かしているんですか？　どこへ何を？」

僕が聞くと、ギングスさんは難しい顔をしました。

「兄貴はガーンと一緒に……最後の仕上げをするつもりだ」

「最後の仕上げ？」

「親父を殺す」

会話の中で出た言葉に、僕は一瞬フリーズしてしまいました。

何と、言った？　何を、言われた？　それが全く理解できませんでした。子が、親を、殺す、と？

「どういう、ことです？」

「現領主が死んで、ようやくこの領地は他国に渡せる。予定はニュービストにだ。そのために、親父には死んでもらう」

「待ってください!!　なら」

僕はわなわなと震えながら、言いました。

「エクレスさんは、父親を殺している最中、だと？」

「俺様が従えていた兵士を引き連れているから、護衛兵との戦闘はなんとかなるだろう。あとはガーンが支えれば」

ギングスさんの言葉を全部聞く前に、僕は走り出そうとしていました。

しかし、その肩をテグさんが掴《つか》んで止める。

「待つっス、シュリ」

「テグさん！　急がないとエクレスさんが親殺しをしてしまいます！　そんなことを」

「させられないなら、みんなで行くっスよ」

テグさんの言葉に、僕は固まった。

「やめさせるのはいいスけど、衝動的に動いて、それで今回はえらい目にあったんスから、ちゃんとみんなを頼るっス」

……そうだった、忘れていた。領主様の杯を払い落とした件だって、衝動的にやらかしてしまったから、こんな現状がある。僕は改めてみんなの顔を見て、お願いしました。

「お願いします。エクレスさんを止めたいのでみんなの力を貸してもらえませんか？」

「もちろんだ」

ガングレイブさんが腰の剣の柄を叩《たた》きながら言いました。

「政争で親殺しなんてよくある話だが、さすがに実際にそれと遭遇するのは俺だって胸くそ悪い。……フリユードの時で最後にしたいんだよそんなこと」

「何か言いました？」

尻すぼみで最後の言葉だけ聞こえなかったな……なんだったんだろう。

「何でもねえ。ともかく、エクレスを止めよう。最後の最後で胸くそ悪い終わり方なんて、勘弁だ」

「待て！」

　城へ向かおうとした僕たちを、ギングスさんが呼び止めました。

「聞いてただろ？　領主には死んでもらわねば、この領地の先が」

「関係ないです」

　僕はキッパリと言い切りました。

「子が親を殺すなんて、この乱世の時代でも看過《かんか》しちゃダメですよ。少なくとも手の届く範囲でそんなことをしようもんなら、止めたい」

「だが」

「ギングスさん。ギングスさんだって本当は、エクレスさんが直接手を下すのを良くは思わないのでは？」

　僕の言葉に、ギングスさんが固まる。図星だったか。自分の家族が家族を殺す、なんて悪夢に近いこと、本当は止めたいと思うもんじゃないかなと。

　まあ……この乱世にそれが完全に当てはまるとは、断言できませんが。

「本当は自分でやろうとしたんじゃないですか？」

「それは」

「兄に押しつけてるあなたにとっても罪悪感があるんじゃないですか？　なんだかんだ言ったって、僕たちのことを本気で止めようとしてませんし」

「……」

　ギングスさんは黙ったまま俯《うつむ》いてしまいました。図星だったのかも。

　するとギングスさんは僕の肩を掴《つか》んで、震える声で言いました。

「止めてやってくれ」

「ギングスさん」

「いくら兄貴に押しつけたっていっても、俺にとって兄貴は心許せる家族なんだ。そんな兄貴に、親殺しの汚名は着せたくない」

「わかりました」

　僕はギングスさんの手を掴んで言いました。

「必ず止めます」


　僕たちはギングスさんに別れを告げ、城へ向かって走りました。

　城には守備兵がおらず、誰にもすれ違わない。おかしい、おかしいくらい誰もいない。

「なんでこんなに誰もいないんでしょうね……？」

「いや、おるぞ」

　階段を上り、領主様の部屋に行ってみようと思っていた僕らに、クウガさんは言いました。顔をしかめて、階段の先を見つめています。

「この先から、戦闘音が聞こえる」

「え?!」

僕が驚きながら階段を駆け上がると、そこにいたのは領主様の護衛兵と戦闘を繰り広げる、ガーンさんとギングスさんの部下の兵士たちでした。

しかし、位置的にガーンさんがこれ以上護衛兵を先に行かさないようにしてる感じがする……。なぜだ?

「ガーンさん!」

「む!? シュリ、なぜここに」

「危ないぇ」

僕を追い越して、アサギさんが疾駆する。

瞬時にガーンさんの前にいた護衛兵の後ろに立つと、延髄《えんずい》目掛けて足刀蹴《そくとうげ》りを打ち込んだ。まともに受けたその兵は吹っ飛んで、前のめりに倒れて動かなくなりました。怖!

死んでないよね?

「さて、他には……」

「い、いや、もういい。もう十分だ」

すでに他の兵士が護衛兵を取り押さえたらしく、戦闘は終わっていました。

良かった……これでガーンさんは無事か。僕はガーンさんに駆け寄ります。

「シュリ！　無事だったか！」

「はい。皆さんに助けてもらいました」

「そうか……助けに行けなくてすまなかった」

「まあ、それは言わないことで」

「すまない」

僕とガーンさんが話していると、ガングレイブさんが僕を押《お》し退《の》けてガーンさんの前に立ちました。

「そんな話はどうでもいい。エクレスはどこだ」

その言葉に、ガーンさんは顔をしかめました。

「……エクレス様はこの先の部屋で領主様と――ナケクといる。俺たちはここで、ナケクの救援に来る正妃側の兵たちを止めているんだ」

「エクレスさんを止めましょう。話は聞きました。このまま親殺しさせてはいけない！」

僕がガーンさんの横を通り過ぎようとした瞬間、襟首《えりくび》を掴《つか》まれて後ろへ引っ張られました。何が何だかわからず、首がしまったことで悶絶《もんぜつ》していた僕が見たのは、ガングレイブさんとガーンさんが鍔迫《つばぜ》り合《あ》いをしている光景でした。

ギリギリと鋼が擦《こす》れ合う音が響く。その場面に、僕は固まりました。

「ガングレイブ！」

「クウガ！　シュリを守ってろ！　カグヤとアサギもだ！　リル、テグ、オルトロス、アーリウスの四名は俺と一緒に戦闘準備！」

ガングレイブさんの矢継ぎ早の指示に、皆が素早く動く。クウガさんとカグヤさんとアサギさんが僕を守るように前に立ち、リルさんとテグさんとオルトロスさんとアーリウスさんはガングレイブさんとともに、他の兵士に対峙《たいじ》している。

一瞬にして状況が変わってしまったことに混乱している僕は、ようやく声が出ました。

「なん、で？」

「やめさせるわけにはいかねえ」

ガーンさんは鍔迫り合いをしながら、苦しそうな口調で言った。

「これは、エクレスのけじめなんだ」

「けじめ？」

「お前らはレンハがグランエンドを売ったと思ってるだろ？　そう説明したしな」

「そうじゃ、ないのかっ」

ギィン！　という音とともに、ガングレイブさんとガーンさんが弾けたように間合いを離し、剣を構えた。

「それは間違いではない。領主は自分が殺されかけているのは知らなかった。だが、領地を売ろうとしたのは間違いない。レンハとともに、グランエンドの傘下に入ろうとしていたんだ」

「え」

どういうことだ……自分が殺されかけているのは知らず、それでもグランエンドの傘下に入ろうとした？　話が見えない。

「わからないだろう？　こう言えばわかるか？　自分が殺されそうになっていること以外、レンハの専横は領主とグルで行われていた。派閥に押されて仕方なく見逃していたのではなく、レンハと協力関係にあったんだ」

「⁉」

僕は驚いて言葉を失っていました。

グランエンドと手を結ぶため、正妃のあらゆる無法を許していたと？　僕を捕らえることや処刑するのも含めて？

ガーンさんは憎々しげに続けました。

「領主は、あいつは、それがこの国の将来のために必要だとぬかした‼　それはつまり、俺たちの母親に対する理不尽も、領主が許していたことの証左だ！」

「母親……？　え、正妃はレンハ」

「俺とエクレスとギングスは、それぞれ母親が違う！　元々エクレスの母親が正妃であり、俺の母親はエクレスの母親付きのメイドで側室だったんだ！」

その言葉の意味を悟るまで、少し時間が必要でした。平和な日本で暮らしていた僕には想像できないような話で、ようやく理解できたときには背中に冷や汗が流れた。

エクレスさんとガーンさん、ギングスさんはそれぞれ同じ父親に別の母親、つまり腹違いの兄弟だということです。

なんて複雑な家庭なんだ……日本だとドラマになるレベルだぞ。

「そうか、だからあの話し合いのときにそんな話が出たのか……」

ガングレイブさんは納得したように言いますが、僕にはなんのことかわからないのでスルー。それよりも、聞かないといけないことがある。

「エクレスさんとガーンさんの、母親、は」

「正妃レンハの陰謀によって領地から追放されている！　どこにいるのかすらわからない！　わかるか!?　エクレスは性別だけでなく母親まで奪われている！　あのレンハによってな！　そしてそれを父親の領主ナケクが黙認していたんだ！　全て昨夜、あいつの口から聞いたことだ！

許せるわけないだろう！　エクレスは男として生きざるをえず、母親と将来まで奪われた！　実の父親にだ！　だから、俺はエクレスの復讐《ふくしゅう》に協力したんだ。ギングスに手伝わせなかったのは、あいつまで巻き込むわけにいかないからだ……」

「……ん？　性別まで奪われた？」

どういう意味？　僕がそれを聞こうとする前に、ガーンさんは剣を持つ手に力を込めていました。そして、もう一度剣を振るう。

「お前らはもう知らなくていい！　俺たちが復讐《ふくしゅう》を終わらせて領地を守るまで、ここにいてくれるだけでいいんだ！　だから、待っててくれよ！」

「そういうわけにもいかんな」

ガングレイブさんは再びガーンさんの剣を受け止め、鍔《つば》迫《ぜ》り合《あ》いへ。

そして互いに押し合い、再び間合いが離れます。

「そっちの事情なんぞどうでもいい。ただ、俺の知る範囲で親殺しなんて汚名が生まれるなんて、認めたくないだけだ！　クウガ！」

「なんや！」

「俺たちがここでガーンを抑える！　お前らはすぐに領主の部屋に行き、エクレスを止めろ！　こんな胸くそ悪い話の終わり方なんて否定してこい！」

「了解！」

クウガさんは駆けだし、瞬時にガーンさんの横を通り過ぎました。

それを見て、僕は考える。これ以上踏み込んでもいいのかと。

エクレスさんは単に領地のことではなく自身の復讐……と言っていいのかどうかわからないけど、少なくとも母親のことに対する怒りで行動している節がある。

そんなことに、僕が口を出す権利があるのだろうか。

いや、考えるのはやめよう。考えるのではなく動こう。

僕は走りだしました。走って、走って、走った。いつも以上に手と足を動かし、みんなが気にする前にガーンさんの横を通り過ぎる。

さすがに僕がこの状況で動くのは予想外だったらしく、ガーンさんは驚いた顔をしました。ですがすぐに、僕に向かって手を伸ばす。

「待」

「させるかっ」

ガングレイブさんが斬りかかって、ガーンさんの動きを止めました。ありがたい！

僕は走りながら、クウガさんの遠い後ろ姿を追いました。てか、剣を持ってるのにやっぱり足が速いなあの人は！　走り方も綺麗《きれい》だし、日本だと引っ張りだこの陸上選手になれるぞ！

クウガさんはとある部屋の前に着くと、その部屋に中に飛び込みました。あの部屋か？

近づくと、キィンと金属音が聞こえました。それも、二つ。

驚いた僕がその部屋に飛び込むと、そこには確かにエクレスさんがいました。

ベッドが設《しつ》らえられた領主の寝室であるらしく、ナケクさんは壁際で手を押さえていました。エクレスさんも同様に手を押さえて蹲《うずくま》っています。

「エクレスさん！」

「!?　シュリくん、か？」

エクレスさんは驚いた顔で僕を見ました。エクレスさんの傍《そば》には短剣が落ちていました。ナケクさんの横にも一つ、ロングソードが落ちている。

「クウガさん」

「今にも相打ちになりそうやったから、二人の剣を打ち落としたわ」

クウガさんは剣を振るうと鞘《さや》に納めました。

「全く……親子で殺し合うなんぞ、正気の沙汰やないわ」

呆《あき》れた様子で嘆息するクウガさんを、エクレスさんがキッと睨《にら》みつけました。

「君にわかるもんか！　ボクは今まで自分を殺して、この領地のために、母上が残したこの領地のために生きてきたんだ！

なのに母上が排斥《はいせき》され追放されるのを父親が黙認し、レンハの専横を許していたなんて、ボクの今までの生き方はなんだったんだ！　意味がないじゃないか！

だから、こんな父親なんていらない！　この領地のためボクのため！　ボクの手で殺さないと気がすまない！」

「それは間違いだエクレス！」

ナケクさんはエクレスさんの言葉を遮って言いました。その顔は、必死に我が子のために行動していた父親のそれです。

「私はこの領地のため、お前たちのために行動していた！　この乱世の中、私では到底時代の流れに逆らうことはできない！　いつかは必ずどこかで破綻する！

だから私は、強国であるグランエンドを頼った！　向こうの言い分のまま従い、この国を守ってもらうようにしていたんだ！　この国は確かに最初は荒れるかもしれない、だがお前たちがいる！　私がたとえ……信じていたレンハに殺されようと、お前たちならきっと上手くやれる！　だから」

「そんなことのために母上を犠牲にしたのか！　ボクが幼い頃に、十数年前に犠牲にしたのはそんな理由か！　そこがボクには許せない！

愛する女を追放してまで、何を守るっていうんだ！」

エクレスさんの言葉は激しさを増していき、その怒気がハッキリとこっちにまで伝わってくるようでした。

何年も何年も、エクレスさんはその恨みを胸の内にしまっていたんでしょう。父親に対する恨みを、全く見せずおくびにも出さず、誰にも悟られることなく隠し通した。

そして、その怒りの全てを叩《たた》き込む、恨みを晴らす機会に恵まれた。恵まれてしまった。今に繋《つな》がるそれが、こうしてエクレスさんを歪《ゆが》めてしまったのでしょう。

「だから！　ボクは殺すんだ。レンハから母上の居場所を聞き出して取り戻すんだ！」

「それは……やめておいた方がいいと思います」

僕はエクレスさんの方へ向かって歩きました。唐突に話に割り込んだ僕に、エクレスさんは驚いた表情を見せました。

そしてすぐに怒りの表情になる。その態度は雄弁に気持ちを語っていました。

どうして邪魔をするんだ。ここまできてなんのつもりで邪魔をするんだ。

それだけの怒りと悲しみが、エクレスさんから伝わってくる。

痛いほど伝わる気持ちで、痛いほどわかる悲しみで、痛いほど共感できる恨み。

だけど、僕はそれに同情するわけにはいかないのです。

「お母さんの居場所を聞くならまだしも、どんな理由があっても……自分の父親をそんな形で殺すと……あなたの心に暗い影を落とすことになりますよ」

「君に何がわかる！」

次にエクレスさんは僕を睨《にら》みました。怒りに震えたまま、僕に向かって叫ぶ。

「ボクは、この領地のために性まで捨てた、女まで捨てたんだ！　それが全て無駄だったなんて、滑稽《こっけい》じゃないかっ！」

「……え？　女？」

僕は足を止めて、エクレスさんを指さしていました。

「エクレスさんは、女性、なのですか？」

そうか、だからガーンさんはこう言ったのか……。性別を奪われたと。女性なのに男性として無理して生きてきたのか。エクレスさんがクウガさんと似た中性的な雰囲気があったのは、それが理由か。女だけど男のフリをして、男物の服を着ていたので気づきませんでした。

ていうかそもそも顔からして中性的なんだよな。だから男の格好してても気づきませんでしたよ。髪は伸ばしてたけど、それも男性として伸ばす趣味があるのかな？　としか思ってませんでした。

いや、こんなことは今はどうでもいい。

「そうだよ！　ボクは女さ！　でも、女を捨てさせられた！　こいつに！」

「どういうことですかそれ」

「簡単なことさ！」

エクレスさんは恨みがましい声で言いました。

「……ボクはこれでも内政の才能があるし数字には強い」

「それは、最初に会ったときから素質はあるなと思ってました」

「だからこの男はボクを次期領主候補にするために、ボクに男としての生き方を強要したんだ！　そのせいでボクは、女の子としての楽しさを知らない！　全てこの男のせいで！　母上まで失って！　だからボクは！」

「でも、その格好は結構似合ってますよ」

空気が、ピシリと固まった。

エクレスさんはそう言われると思ってなかったのか、固まってしまいました。

クウガさんとナケクさんも理解できていないようで、固まっている。

「おま、この状況でよくそんなこと言えるのぅ」

クウガさんは感心したように言いますけど、これは正直な僕の感想なんだよなぁ。

確かに女の子らしい生き方ってのもいいかもしれない。エクレスさんも女性ならそういう生き方だってあっただろう。

「正直なところ、僕はエクレスさんを一目見たときドキッとしたんですよ」

「え？　ドキッと……？　ボクに？」

「ええ。正直自分が同性愛者なのかと思いましたけど、エクレスさんが実は女性だったなら納得です。単純にエクレスさんの生き方や立ち振る舞い、雰囲気が、男の服装にピッタリ合ってたんですね」

まあ、確かに女性として生まれた人が男性として生きるのは苦痛でしょう。それも強要されたのならもっと辛《つら》い。でも地球の日本のことを思い出すと、性別に関する悩みなんて山のようにあり、海のように深い問題もざらでした。

エクレスさんをその一つになぞらえてカテゴリに分けるのは、少し抵抗はありますが、修業時代にだって自分の体と心の性別が一致しないことに悩む人がいたもんです。

それを考えると、エクレスさんの悩みもその一つ。

「エクレスさん、自分を否定しないであげてください」

「否定？」

「エクレスさんは間違いなく魅力的に、美しく生きてます。それに」

僕はナケクさんの方を見て言いました。

「ここでナケクさんを殺しても、母親は戻ってこないです」

「君は、何が言いたい？　煙に巻いて復讐《ふくしゅう》をやめろと言うのかいっ」

「そうは言いません。復讐は否定しません」

僕はおどけたように手を広げて言いました。

「復讐は、その人が納得するために行われるものですから」

そうだ、僕は復讐を否定できない。てか復讐したことがある身ですからね。

昔、とある料理店に調理人として入ったときに、あまりにも酷《ひど》い先輩がいた。

後輩にパワハラセクハラなんでもありの糞野郎《くそやろう》でしたね。僕も何度か嫌な目に遭ったので、復讐を決意しました。

といっても殺すとかやり返すとかじゃありません。料理人の復讐は料理によって行われます。

簡単に言ったら、料理の腕を上げて先輩の居場所を奪ってやったのです。

先輩もそこそこの腕前でしたが、その頃の僕は修業の終盤辺りで、さまざまな料理店で揉《も》まれ、なかなかの腕をしてたと自負していました。

なので先輩が休んだ日に、先輩の仕事を全部余裕でこなしてやった。料理の鍋から味付けまで全部。その仕事っぷりと腕を認められ、僕は鍋を任されたのです。

そして先輩が戻ってきてからはさらに精力的に働き、先輩を皿洗いにまでしてやりましたよ！　ハハハ！

復讐《ふくしゅう》を達成したと感じたので、僕はそこで料理店を辞めました。そして先輩にこっそり、「そんな腕でよく威張ってましたね？」と耳打ち。顔を真っ赤にして怒ってたので、そこで復讐は完了。

後になってみたら、なんて情けないことに力を入れてたんだろうと自己嫌悪しましたよ。でも、それでわかったことがある。

復讐は本人が納得する方法で納得する結末を得ることが全てである、と。別にそれは嫌なことをされたからだけでなく、世の中に対する復讐だってあることを知ったのです。

だから、エクレスさんが納得できる方法で父親を殺し、納得する結末を迎えるなら、それは止めることはできないんです。

「でも、親殺しで納得するのですか？」

僕の言葉に、エクレスさんの肩が震える。

「父親を殺すことで納得できるんですか？」

「何が言いたい？」

「本当は、父親にしかるべき裁きを受けさせて母親を取り戻し、胸を張って出迎えたいと思っているのでは？」

「それはっ！　それは……ある」

尻すぼみになりながら答えて目を逸《そ》らすエクレスさんを見て、僕は確信した。

そこまで考えてなかったな絶対。自分と母親への理不尽な扱いに対する怒りで、殺すことしか思ってなかったんでしょう。

「なら、ここでナケクさんを殺してもどうにもなりません」

僕は蹲《うずくま》ったままのエクレスさんの前に座り、彼女の頭に手を乗せました。

「なにを？」

「まず、あなたの復讐のために父親を殺すってのはやめましょ？」

僕はエクレスさんの頭を優しく撫《な》でながら言います。

「父親が敷いた生き方を外れて、それよりもはるかに幸せになってやるってのが一番だと思います」

「幸せに、なる」

「これが復讐《ふくしゅう》の方法としては一番効くんです。自分が貶《おとし》めた相手が、自分よりもはるかに成功して幸せになってるってのは、結構効きますよ」

これは、実は復讐が完了した後に自己嫌悪になって、父さんに電話したときに言われたことです。

父さんは僕の所業に怒ってましたが、殴りかかるとかの方法を取らなかったことは褒められました。そして、こう言われたのです。

『ただやり返す、とか陰湿な方法を取るのは誰にでもできる。そいつと同じことをすればいいんだからな。だが、それではそいつと同じレベルになるだろう？　それは惨めだ。そいつとは別の方法で、別の生き方で、そいつよりも幸せに生きてやるんだよ。それが一番健全だ。

そして、この復讐の行き着く先は〝忘れる〟ことだ。やられたことも忘れ、そいつのことも忘れ、幸せの中で人生を満喫する。いつかそいつと遭遇しても、こいつ誰だっけ？ああ、あのときのあれかぁ、と思えれば、それはもう復讐完了なのさ。

だからシュリ。陰湿な方法や相手と同じ方法で復讐するな。もっと自分を高めて、そいつよりも高いところで幸せになって忘れてやれ。それが一番だ』

父さんから言われたときに、目から鱗《うろこ》が落ちましたよ。確かにそうなれば、一番の復讐だろうな、と。

「だから、エクレスさんも幸せになりましょう。ここで父親を殺して嫌な気持ちになる必要はない。幸せを目指し、母親を取り戻せばいいんです」

僕の言葉にエクレスさんは真っ直ぐに僕を見ました。

「ボクが、幸せに？」

「そうです」

「こんなボクが？　女を捨ててるのに？」

「捨ててるにもかかわらず、魅力的ですよエクレスさんは」

「本当に？」

「本当です。間違いなく」

「幸せになれる？」

「なれます。なんなら」

僕はエクレスさんの頭を、優しく抱きしめました。

「僕と一緒に幸せになりましょうか。僕も、辛《つら》いことや苦しいこと、悲しいことはいっぱいありましたけど、仲間のおかげで幸せになりましたから」

そうだ、僕は幸せ者だ。ガングレイブさんたちに出会い、旅をし、戦い、支え、喧嘩《けんか》もしたけど仲直りもした。その積み重ねは、間違いなく今を幸せに導いてくれている。

だから、あるいはみんなと一緒にいれば、この人の心の闇も晴らせるかもしれない。

「エクレスさん。その手に刃物を持たず、誰か共にいられる人と手を取り合えばいいんです。だから……無理しなくてもいいんですよ」

僕がそこまで言うと、エクレスさんの体が震えていました。震えて、そして僕の胴に腕を回した。顔を僕の胸に押しつけ、そして、

「うわぁぁぁぁ！」

泣いた。エクレスさんは、僕の胸の中でひたすら泣いていました。

泣いて泣いて泣いて……これまで我慢した分、全部を吐き出すように泣いていました。

これで、ようやくスーニティの戦いが終息したのです。

「んじゃ、シュリも戻ってきて一件落着ってことで乾杯！」

「「乾杯！」」

あれから時間が経《た》ち、深夜。

僕たちは城から宿屋に戻り、蟄居《ちっきょ》させられていた部屋に入りました。

事後のことは全てギングスさんたちに押しつけて帰ったわけですね。てか、そこまで僕たちが口出しをすることじゃないですし。

レンハとナケクさんがこれからどうなるかは、この領地の人が決めることですしね。

んで、僕らも金もそんなにない状態だし、ならこの宿屋で最後の晩餐《ばんさん》を取って、改めて

今後のことを考えようということになったのです。

　おのおのが床や椅子、ベッドに座っての酒盛りなわけですね。

　ということで、僕も酒を飲むことにしました。

「いやー、ようやく終わりましたねー」

「そうですわね」

　カグヤさんもちびりちびりと酒を飲みながら言いました。

「ここまで長かったので仕官話が流れたのは残念ですが、また頑張りましょう」

「てか、ほんまにどっかへの仕官を考えんかね？」

　クウガさんが勢いよく酒を飲んでいます。

「そろそろワイもどっかで腰を落ち着けたいわ。ワイらなら、どこぞの国が雇ってくれるやろ？」

「雇ってくれるっスかね？」

「当たり前やろ！　ここにおるもん全員が仕事ができて名声もあるし、傭兵《ようへい》団自体だって実績があるんじゃ！　革命に加担したあれこれの瑕疵《かし》があるけども、それだけ活躍したんじゃから適当な国に行きゃいいんや」

「それまでは傭兵団の仕事……があればいいっスけど、なければその合間に商隊でも組むってのはどうっスか？」

テグさんは陽気な様子で杯に酒を注ぎます。

「あの広場でも話したっスけど、やっぱ商売もできないと。世渡り上手にならんといかんスよ」

「アタイもいいと思うけどね～」

オルトロスさんはふぅっ、と息を吐きました。

「でも、実際何を売ればいいのかしら？　シュリの屋台ってのもいいけど、それだけじゃ売りが弱いわよね～。同じくらい、シュリの加工調味料でも売るの？」

「相変わらず、そのオルトロスの話し方には慣れんわ……」

「確かに」

「オイラも思った」

「ワイもや」

「リルも」

「ワタクシもです」

「私もですね」

「ちょ！　みんなしていけずね～！　いいでしょ、今まで言いたいこと我慢して無口を通したんだから！　アタイだってそろそろ素を出したいのよ～」

オルトロスさんの言い分に、僕らは思わず笑ってしまいました。

そりゃ、今まで黙ってた分話したくなるでしょうけど、いきなりオネエ言葉はな～。

これはもう慣れるしかないですよ。

「まあ、なんだ」

ガングレイブさんは机の上の料理に目を向けながら言いました。

「今までオルトロスには辛《つら》い役目を強いてきた。すまんかったな」

「謝らなくていいのよ」

オルトロスさんは杯を掲げながら言いました。

「アタイだって必要だからやってたまでだし、誰かがやらないといけないことだったからね～。やる必要があるなら、やるだけよ」

「いや、侠気《きょうき》溢《あふ》れる言葉なんだがやっぱり口調が……」

「ガングレイブ。料理に目を取られながら言ってもダメよ。アタイの顔を見なさい」

ハハハハ、ガングレイブさんも食いしん坊だなぁ。

僕は椅子から立ち上がり、机の上で煮込んでいた料理を確認。オタマでスープを掬《すく》い、僕の皿に移して味見をする。うん、これなら大丈夫だ。

僕は用意していた皿に、料理をよそうことにしました。これは鍋料理なので、机に魔工コンロを置いて調理し、煮えるのを待ってたってわけです。

「皆さん、じゃあ料理ができましたので食べましょうか」

「お、できたか！」

「ええ。これは、前におでんをしたときと同じで僕の思い出の料理でしてね。……僕が修業のために家を出る前日に、父さんがこれを作ってくれました」

地球にいた頃、僕が地元を離れて料理修業に出る前日の夜。

父さんが出立の門出にと作ってくれたもの。

「前のおでんが、一緒にいたい人ができたときに作る料理なら……これは出発の門出の料理ですね。また頑張ろうと、踏み出そうと思ったときに食えと父さんに教わったんです」

そう言って、僕はガングレイブさんの前によそった料理を出しました。

「それがこの、モツ鍋です」

今回はここにいる九人で食べるので、鍋は一つだけ。それでも材料はこれでもかと入れました。赤く染まった汁の中で、さまざまな食材が煮込まれているのです。

うん、作った調味料と出汁《だし》の香りが素晴らしい。旨《うま》くできましたね。

これも作り方は秘密。我が家の味……ということで。

「これは……内臓？　ああ、だから、モツ」

「そういうことですね」

リルさんは中身を確認して納得しました。そしていの一番に食べ始める。早いよ。

「うーむ、このピリ辛感」

リルさんは堪能するように食べてくれました。良い顔するなぁ。

「モツが柔らかく臭みがないように処理されてて、ぷるぷるで脂の旨みが辛さと一緒でたまらないなぁ」

「私は、やっぱり豆腐ですね」

アーリウスさんは匙《さじ》で豆腐を掬《すく》い、口に入れます。

ホフホフと、口から熱気を逃がすようにして食べていました。

「うーん、やっぱりこの豆腐の柔らかく崩れる感じに、汁が染みこんでるところが最高ですね」

「野菜も美味《おい》しいぇ」

アサギさんは床であぐらをかいて食べています。ギリギリ下着は見えない。

それでいい、そこで色気を振りまかれても困る。

「白菜にニラともやしって感じやけど、どれも味が染みこんでて旨いぇ。特にニラは、この鍋によう合うのぅ。ニラの癖のある風味がピリ辛風味によく合うでありんす」

「オイラも、これは旨いからお気に入りっスね！」

「そやな。これは旨いわ」

テグさんとクウガさんも同意してくれました。良かった。

オルトロスさんとカグヤさんも美味しそうに食べてくれてるし、作ってよかった。

こうして料理を堪能していると、部屋の扉が開きました。

「ん？　どなたです……か……」

僕はそっちを見て、思わず固まってしまいました。

そこにいたのは、ガーンさんとギングスさん、そしてエクレスさん。

なぜここに？　と思う前に、エクレスさんを見てさらに固まる。

エクレスさんが、長髪を切っていたのです。ストレートに伸ばしていた髪を、ショートボブの前下がりのような髪型に。

そして顔には少しだけ化粧を施していました。服装は前とほぼ同じですが、もう堅苦しいのはやめたのか、着崩していました。

なんか、髪が短くなって顔がハッキリ見えてくると、やはり女性なんだなって感じです。むしろこの方がエクレスさんのボーイッシュな雰囲気によく似合ってる。

「ほらなギングス。やっぱりこいつらここで酒盛りしてるんだよ」

「まさかそうとは思わなかったぞ……さすがに俺様でも想像できなかった」

「ちょうど料理もできてるらしい。ギングス、ご相伴にあずかろう」

「……まあ、あの豚の丸焼きを作る料理人だ。味は期待できる」

「ちょちょちょちょっと待った」

僕は慌てて立ち上がり、ガーンさんたちの前に立ちました。

「なんで皆さんがここに？　どうして？」

「俺様たちは領地の引き継ぎのための作業をしてるからな。もうそれほど偉い身分じゃないし、自由が利くし、仕事はそんなにないんだよ」

「そこで俺が、シュリのことだから料理を作って酒盛りでもしてるだろうと思ってな。二人を誘ってここに来た」

「え？　なんの事前連絡もなしに来るんです？」

僕は驚いていましたが、二人は構わず部屋の中に入って料理を覗《のぞ》き込んでいました。

そのあまりの無遠慮さは、止める隙さえありませんでした。

「お、これか」

「なんか赤いな……辛そうだな」

「いや、シュリのことだ。辛くても旨《うま》い料理なんだよ。シュリ、俺とギングスとエクレスの分の皿と匙《さじ》はあるか？」

「あ、余りなら」

「ダメっ」

そこでリルさんは料理を食べながら二人を止めました。

「モグモグ、これはリルたちの料理。ハムハム……あげる分は……もぐ、ない！」

「美味《おい》しそうに食べながら言われても止まらねぇよ。シュリ、早く俺様たちの分の皿を頼

「あ、はい」

なんか、止めてもダメそうですね。ガングレイブさんたちが口々に文句を言ってますが止まる様子もないし、こりゃ一緒に食べた方がいいな。

僕は皿を用意しようかと、部屋の隅に置いた道具類に向かおうとしましたが、服の裾を軽く掴《つか》まれたので止まりました。

そちらを向くと、エクレスさんが顔を赤くしていました。どうした？　恥じらってるのか？　可愛いなクソ。胸が高鳴っちまうぞ。

「ど、どうかな？」

「はい？」

何が？　と聞こうとしましたがそこで口が止まりました。

多分、エクレスさんはイメチェンをしたのです。髪型とか、化粧とか、服装とか。自分らしさを出すために、自分らしく綺麗《きれい》になろうとしたのでしょう。

こういうとき、気づかずにはぐらかすと女性の怒りを買うもの。

なので、僕はすらすらと滑らかな口調で言いました。

「似合ってますよ。薄化粧が女性らしさを際立たせつつ、服装がエクレスさんらしさを保ってくれてる。髪型も、切って良かったですね。顔がよく見えて、好印象です」

「本当に？」

「本当です」

嘘《うそ》は言わないよ。これは正直な感想なので。

するとエクレスさんは嬉《うれ》しそうに言いました。

「ならさ、その、話があるんだけど」

「話？」

「う、うん。その」

ここでエクレスさんは爆弾を投下した。

「ボクと一緒に幸せになってくれる、んだよね？」

空気が、冷えた。冷えて、固まった。

全員がこっちを見て、固まっている。料理に伸ばしていた手も止まり、口も止まる。

「え」

「だって言ったじゃん。一緒に幸せになろうってそういうことだよね？　ボクと一緒に」

「あ、ああ、あああ！　あれか！」

そういえばそんなこと言ったな！　でも、それは。

「あれはですね」

「いや、言わなくてもいいよ」

エクレスさんは楽しそうな笑みを浮かべて言いました。

「あんな告白まがいの説得を受けたんだから、ちゃんとボクの方を振り向いてもらうよ」

「え、はぁ」

「楽しみにしててね」

「不穏な空気を感じた」

戸惑う僕と意気揚々とするエクレスさんとの間に、リルさんがモツを食べながら割り込んできました。

「あなたからはテビス姫よりやっかいな匂いがする」

「おや？　君はシュリくんのなんなの？」

「仲間。親友。心の友」

「なら恋人じゃないね！　ボクがなっても大丈夫だ！」

「それはダメ」

リルさんは料理を食べる手を止めずに言いました。

「シュリに恋人ができるのは看過しない。そうやって言い寄ってくる女にはろくな奴がいないから、今度こそリルが守る」

「おや？　保護者の役かな？」

バチバチと火花を散らす二人を見ながら、僕は後ずさりしました。

なんかよくわかんないけど、この二人の間に不穏な空気が流れてる。なんだこれ。

僕が考えてると、肩に腕を回してきたクウガさんが楽しそうに言いました。

「なんやシュリ？　モテ期かいな？」

「いや、そんなわけじゃ」

「照れるな照れるな。ワイが女性の扱い方のあれこれ教えたるわ」

「だからそんなんじゃ」

楽しそうなクウガさん。後ろを見れば、他のみんなもニヤニヤしてる。

リルさんとエクレスさんは相変わらずバチバチしてるし。


ああ、でも。みんなの元へ戻れて、本当に良かった。

ようやく日常に戻ってきたのかと思うような、安心感があった。

これから始まる新たな日常に、もっと幸せがありますように。

僕はそう願いました。

閑話　その頃の手紙の行方 ～王族～

――ああ、平和やぁ。

「平和やんなぁ」

そんなことを呟《つぶや》きながら、俺は海を眺めた。

「何が平和なの？　トゥリヌ」

「ミューリシャーリ！」

後ろから話しかけてきた愛する妻を確認して、俺は喜色満面でミューリシャーリへと駆け寄る。

「大丈夫かいな。今日は冷えるで」

「トゥリヌ……今日は暖かい方よ」

ミューリシャーリは胸元へと視線を向けた。

「ねえ？　トゥーシャ？」

胸に抱いた赤ん坊を軽くあやしながら、ミューリシャーリは笑みを浮かべていた。

「トゥーシャは今日もかわええのぅ」

俺は破顔して、トゥーシャの頬をつっついた。トゥーシャは嬉《うれ》しそうにキャッキャと笑ってくれた。

シュリがグルゴとバイキルの運命を変えてくれたおかげで、山の民グルゴと海の民バイキルは一つとなった。

新しい国の名前はアズマ連邦。シュリの名前から少し拝借させてもらっている。

そして、ミューリシャーリとの間に一子をもうけた。可愛い女の子だ。

親父どのたち相談役は残念がったが、俺が一喝すると黙り込んだわ。文句は言わせん。可愛い我が子を愚弄するものは誰であろうと容赦はせんのじゃ！

「トゥリヌ。話があるの」

「何じゃ？」

「手紙が届いたわ。中身は先に私が確認したけど、差出人はガングレイブよ」

「なんじゃとっ？」

ミューリシャーリは持っていた手紙を俺に差し出した。俺はその手紙を広げ、急いで中を確認して笑った。

「こりゃ驚いたわ！」

「そうね。私も思わず驚いてしまったわ」

「そうじゃのぅ」

俺は手紙を握りしめた。

「まさかガングレイブから、シュリを引き取ってくれ言うてくるとは」

手紙の中身は、自分たちは今スーニティにいて戦うこと。そして失敗したときには命がけで救ったシュリを引き取ってほしいということだ。

「ならば、行かねばなるまい」

久しぶりに、シュリに会うとするか。

「アズマ連邦総首長、トゥリヌが直々に向かおうじゃないか」


「テビス姫」

「なんじゃウーティン」

妾《わらわ》は、今日も書類の山を片付けながら疲れた声で返答した。

全く、仕事ばかりで疲れるわい。たまには美味《おい》しいものを食べに行きたい。

「手紙が来ております」

「なんじゃ会合の約束事の連絡かの？」

「ガングレイブからです」

「何じゃと？」

妾は驚きながら手紙を受け取る。うむ、確かにこの筆跡はガングレイブのもの。

中身を読んで、驚いて二度見し、確認で三度見する。

「なるほどのぅ」

「いかが、なさ、れ、ました?」

「ガングレイブがシュリを引き取ってほしいとのことじゃ」

ようやくするとそんな感じじゃの。ふむ、しかしスーニティか。確かうちの外交官が、あそこの国となにがしか交渉している話は報告に上がっておったの。

確か……こちらの属国になる代わりに庇護《ひご》を得たいとかなんとか。こっちが損する話でもなかったから、許可は出しておったが。

「仕方がない。ガングレイブがシュリを頼むと言ったのじゃ。行くか」

「姫様、仕事、は」

「シュリを迎えに行く以上の用事なぞあるまいて。すぐに用意じゃ!」


「兄貴、手紙だ」

「なんだ?」

城の稽古場で鍛錬に励む俺ことヒリュウは、ずいぶん前に受けたリュウファとの戦いの傷を癒やし、体の調子を整えていた。

重傷は負ったがここまで回復できた。さらに鍛錬に励み、今度こそクウガとリュウファに勝ってみせる。そんな意気込みでいた俺のところに、ブリッツが手紙を持ってきた。

「差出人は？」

「驚くなよ。ガングレイブからだ」

「なに？」

俺は布で汗を拭って手紙を受け取る。中を開き読み進め、そして閉じる。

「ガングレイブが危機的状況らしいな」

「ほう」

「それで、自分たちが失敗したときのためにシュリを頼むそうだ」

「そうか」

ブリッツは楽しそうに言った。

「なら、ゼンシェが喜びそうだな」

「確かに」

俺は両手で持っていた木刀を壁に立てかけた。

ゼンシェはシュリと出会ってから、精力的に料理の腕を上げようとしている。

今ではシュリのことを「生涯の師との遅すぎる出会い」とまで言っているからな。

「どうするんだ、兄貴？」

「迎えに行くに決まってる。名代はミトスでいいだろう。残りの人選もミトスに任せる」

「経験のためか？」

「それもあるが」

俺は溜め息をつきながら言った。

「そろそろ、あいつもクウガと再会させてやろうかなと」

「いいのかよ？」

「仕方がない。今まで説得したが、あいつは本気でクウガに惚《ほ》れてる。ここらで久しぶりに会えるように配慮してもいいだろう」

ミトスはクウガに惚れてから、ますます強くなろうとしている。そして淑女としての嗜《たしな》みを身につけることにも精力的だ。その頑張りに報いてやってもいい頃だろう。

しかし……俺を倒した相手に妹が惚れるのは、なんというか本当に複雑だよ。


「ご主人様！　ガングレイブさんから手紙です！」

「ありがとよイムゥア！　そろそろ側仕《そばづか》えも板についてきたなぁ！」

俺っちは嬉《うれ》しく思いながら、イムゥアから手紙を受け取った。執務室での仕事中、今はイムゥアと俺っちことフルブニルの二人きりだ。

俺っちは久しぶりの相手の手紙を嬉しく思い、急いで読む。

「ほう！　ガングレイブも思い切ったことをする！」

「ご主人様？」

「シュリを引き取ってほしいそうだ！　自分たちに何かあったときのためらしいぞ！」

俺っちがそう言うと、イムゥアは嬉しそうな笑みを浮かべた。

「本当ですか?!　久しぶりにシュリ様に会えるんですね」

「会えるとも！　急いで出発の支度を整えるために、ガンロを呼んでくれるかい？」

「わかりました！」

そう言ってイムゥアは部屋を飛び出していった。うーん、やっぱり愛おしい。

部屋を出て行ったあと、俺っちは呟《つぶや》いた。

「まあ、ガングレイブにもしもなんてないと思うけどね」

あのガングレイブのことだ。うまくやってるだろう。でも、だ。

「久しぶりに友人に会う口実ができたのは、嬉しいねぇ」

誰もいない部屋で、俺っちはそう言った。


〈『傭兵団の料理番 10』へつづく〉

ヒーロー文庫

傭兵団《ようへいだん》の料《りょう》理《り》番《ばん》 9

川井《かわい》 昂《こう》

2020年6月10日　第1刷発行

発行者　前田起也

発行所　株式会社　主婦の友インフォス
〒101-0052 東京都千代田区神田小川町 3-3
電話／03-6273-7850（編集）

発売元　株式会社　主婦の友社
〒112-8675 東京都文京区関口 1-44-10
電話／03-5280-7551（販売）

印刷所　大日本印刷株式会社

ISBN 978-4-07-443884-6